DORIS GERCKE
Dschingis Khans Tochter

Buch

Bella Block, ehemals Detektivin, ermittelt inzwischen nur noch in Einzelfällen. Und sie will ihr Leben ändern. Als Charlotte Mehring, Inhaberin eines noblen Modeunternehmens, sie bittet, als ihre Dolmetscherin mit nach Odessa zu fahren, nimmt Bella das als Wink des Schicksals und akzeptiert. Doch schon in der ersten Nacht wird Charlotte aus dem Hotel entführt. Offenbar ist sie in einen Mafia-Krieg konkurrierender Firmen geraten. Auf der Suche nach ihr trifft Bella zwei Menschen, die für ihr weiteres Leben entscheidend sein werden: Sie begegnet Viktor, einem russischen Physiker, und Tolgonai, »Dschingis Khans Tochter«. Diese Frau zeichnet sich sowohl durch ihre Schönheit aus als auch durch ihre Gewaltbereitschaft gegenüber Leuten, die andere mißhandeln oder unterdrücken. Bella und Viktor machen sich auf, den Spuren zu folgen, die weit in die Vergangenheit reichen. Und wieder einmal ist Bella versucht, den Menschen resigniert den Rücken zu kehren. Tolgonai nimt den Kampf an – und verliert. Ihre Zuflucht wird Bellas Wohnung in Hamburg sein.

Autorin

Doris Gercke, 1937 in Greifswald geboren, absolvierte ein Jurastudium in Hamburg. 1988 erschien ihr erster Roman: *Weinschröter, du mußt hängen*. 1991 wurde sie in Deutschland und Schweden als Krimiautorin des Jahres ausgezeichnet. Nach ihren Romanvorlagen entstanden bereits mehrere äußerst erfolgreiche Bella-Block-Filme mit Hannelore Hoger in der Hauptrolle. Doris Gercke lebt in Hamburg.

Doris Gercke im Goldmann Verlag

Auf Leben und Tod. Roman (42726)
Der Krieg, der Tod, die Pest. Roman (9974/5949)
Die Insel. Roman (9975)
Ein Fall mit Liebe. Roman (42725)
Kinderkorn. Roman (9976)
Moskau, meine Liebe. Roman (5926)
Weinschröter, du mußt hängen. Roman (9971)

DORIS GERCKE

Dschingis Khans Tochter

Ein Bella Block Roman

GOLDMANN

Die Originalausgabe erschien 1996
beim Hoffmann und Campe Verlag, Hamburg

Umwelthinweis:
Alle bedruckten Materialien dieses Taschenbuches
sind chlorfrei und umweltschonend.

Der Goldmann Verlag
ist ein Unternehmen der Verlagsgruppe Bertelsmann

Ungekürzte Taschenbuchausgabe 8/98
Copyright © der Originalausgabe 1996 by
Hoffmann und Campe Verlag, Hamburg
Umschlaggestaltung: Design Team München
Umschlagfoto: TIB/Rogers
Satz: IBV Satz- und Datentechnik GmbH, Berlin
Druck: Elsnerdruck, Berlin
Verlagsnummer: 43891
AB · Herstellung: Heidrun Nawrot
Made in Germany
ISBN 3-442-43891-8

1 3 5 7 9 10 8 6 4 2

Ophelia:
Nieder mit dem Glück der Unterwerfung.
Es lebe der Haß, die Verachtung,
der Aufstand, der Tod.

Unter dem äußersten der weißen Sonnenschirme des Eiscafés, nur durch die Straße vom Platz vor der Odessaer Oper getrennt, sitzt ein Mann. Er trägt einen grauen Anzug, ein offenes Hemd und braune Schuhe ohne Strümpfe. Der Mann hat ein blasses Gesicht. Zwischen Nase und Mund wächst ein dünner, schwarzer Bart. Die Ärmel des Jacketts sind an den Handgelenken durchgescheuert. Der Mann ist der einzige Gast in dem Eiscafé. Die Kellnerin kommt heran. Er sieht ihr entgegen. Sie wendet sich um und geht zurück an das Büfett im Hintergrund. Sie wird ihn nicht nach seinen Wünschen fragen.

Der Mann sieht ruhig auf die Straße. Er beobachtet ein Auto, schwarzglänzend, mit silbernen Beschlägen. Das Auto rollt langsam heran und hält auf dem leeren, unteren Ende der Straße, in Höhe der weißen Schirme des Eiscafés. Der Fahrer steigt aus, öffnet die Tür hinter der Fahrertür und bleibt daneben stehen. Er nimmt die Mütze vom Kopf, hält sie sich vor die Brust und lächelt. Seine Mütze ist blau wie sein Anzug. Eine schmale, rot-goldene Litze blinkt über dem Mützenschirm und an den Ärmeln seiner Jacke. Es ist

Mittag, Herbstmittag in Odessa, die Sonne wärmt den Mann unter den weißen Sonnenschirmen des Eiscafés, den glitzernden Chauffeur und das wunderschöne Mädchen, das zuerst langsam, zögernd ein schlankes, weißbestrumpftes Bein aus der geöffneten Autotür gestreckt hat und nun, schmal, in glänzender, weißer Seide, die eng am Körper liegt, neben dem Chauffeur steht, groß wie der Mann in der Livree, nur eben viel zarter, viel schöner. Beide, der Chauffeur und das Mädchen, sehen über das Dach des Wagens auf die andere Seite. Die Autotür ist von innen geöffnet worden. Schnell und ohne zu zögern steigt der junge Mann im schwarzen Anzug aus. Jetzt geht er um die Kühlerhaube des Wagens herum, der Chauffeur tritt zur Seite, lächelnd nimmt der Junge das weißseidene Mädchen am Arm, legt die Hand unter dessen rechten Ellenbogen und führt es über den leeren Bürgersteig. Am Rand, vor den weißen Schirmen, bleiben beide stehen, wenden sich um und sehen zurück auf die Straße. Auf dem Bürgersteig, in respektvollem Abstand, sammeln sich Männer, Frauen und Kinder, die die beiden betrachten. Die Menschen sprechen nicht, rufen nur manchmal ein Kind zurück, das der weißen Seide zu nahe gekommen ist.

So, in respektvollem Abstand umringt, von Stille umringt, steht das Paar und sieht den Wagen entgegen, die nun, einer nach dem anderen, heranrollen, auf der eben noch fast leeren Straße anhalten, im Rücken die prachtvolle Fassade des Operngebäudes. Männer in teuren

Anzügen mit glitzernden Westen und schwarz-weißen Schuhen, dicke Männer mit roten Nacken und schwarzen Haaren, die ihre Zigarren auch im Auto nicht ausgehen ließen, steigen aus und kommen lachend heran. Frauen folgen ihnen, deren Kleider so kostbar sind, so leuchtende Farben, so raffinierte Schnitte haben, daß manche unter den Gaffern sich fragen mögen, wo gibt es diese Stoffe zu kaufen? Welches Schuhgeschäft bietet Schuhe an aus feinstem Schlangenleder, mit hohen Absätzen und Spangen über dem Spann? Wo kauft man solche Handtaschen, passend zu Kleid und Schuhen, an goldenen Ketten über den Schultern hängend, unter dem Arm zu tragen, mit passenden Puderdosen in ledergefütterten Klappen? Die werden jetzt aufgeschlagen, und in dem fröhlichen Kreis, der sich um das junge Paar gebildet hat, werden Nasen gepudert, zarte, junge und fleischige, alte, mit kostbaren, federleichten Quasten. Acht, neun Autos halten nun auf der Straße. Die Chauffeure stehen in einer Gruppe neben dem ersten Wagen, zünden sich Zigaretten an, stehen, die Arme über der Brust gekreuzt, beisammen und unterhalten sich.

In die Gruppe der Gaffer auf dem Bürgersteig ist Bewegung gekommen. Ein Fotograf ist aufgetaucht. Laut, mit rudernden Armbewegungen versucht er, die feine Gesellschaft zur Tür und auf die Stufen des weißen Gebäudes am Bürgersteig zu drängen. Da soll die Gesellschaft sich aufstellen; das junge Paar unten, neben ihm und auf der Treppe seine Gäste. Es dauert eine Weile, bis alle so stehen, daß sie ein hübsches Bild abgeben. Die Gaffer rücken näher heran.

Weg, ruft der Fotograf, zur Seite da!

Sie weichen ein wenig zur Seite. Der Fotograf dirigiert die Gruppe mit den Händen. Der Mann unter dem Sonnenschirm nimmt seine Aktentasche vom Boden und steht auf. Er wird näher herangehen müssen. Die vielen Gaffer verstellen seinen Blick. Er kann die Gruppe auf den Stufen von seinem Platz aus nicht mehr sehen. Auch die Kellnerin kommt aus dem Hintergrund nach vorn an den Rand der Straße. Sie sieht die vielen Menschen und den Mann im grauen Anzug, der sich langsam der Gruppe nähert. Sie sieht, daß er seine Tasche öffnet, seine Hand hineinsteckt und wieder herauszieht.

Ich weiß nicht, warum ich gerufen habe, wird sie später sagen.

Sie beginnt zu schreien in demselben Augenblick, in dem der Mann im grauen Anzug über die Köpfe der Menge hinweg die Bombe in die glitzernde Gruppe auf den Treppenstufen wirft. Die Detonation ist so stark, daß in dem Haus, auf dessen Treppe die Gruppe stand, alle Scheiben bersten. Auch in den anderen Häusern in der Nähe splittert das Glas in den Fenstern. Es klirrt und scheppert, aber niemand hört darauf in diesem Augenblick. Wer noch etwas wahrnimmt, hört die Schreie der Verletzten. Wer noch etwas sieht, sieht die Glieder der Zerfetzten. Wer noch etwas will, will Hilfe.

Der Anblick eines zerfetzten, abgerissenen Beins,

an dessen Fuß ein eleganter, unzerstörter Schuh merkwürdig obszön wirkte, und der Kommentar des Sprechers, der irgend etwas über »Mode« quasselte, waren der endgültige Anlaß für Bella, das Fernsehgerät auszuschalten. Ihr Bedarf an Fetzen, gleich welcher Art, war nicht groß; genaugenommen war er gar nicht vorhanden.

Du bist harmoniesüchtig, Bella, dachte sie, während sie überlegte, ob sie in die Küche gehen und das Tablett mit Wodka und Orangensaft holen sollte, das Willi dorthin gestellt hatte, bevor sie gegangen war. Willi war gegangen und würde nicht wiederkommen.

Es war Nachmittag, Herbst, die Sonne schien ungewöhnlich warm. Es war unsinnig, so zu tun, als sei nichts geschehen. Willi hatte es vorgezogen, sich in die Arme eines verliebten Studenten zu stürzen. Obwohl das Leben mit Bella durchaus erotische Augenblicke gehabt hatte, war Willi die Liebe zu einem Jüngling am Ende verlockender erschienen. Genaugenommen hatte Bella sie zu dieser Entscheidung gezwungen. Ein paarmal war sie gemeinsam mit dem Jungen, der sinnigerweise Willi hieß, bei Bella erschienen. Bella hatte »Wilhelmina« sagen müssen, nur um zu vermeiden, daß sich zwei Köpfe gleichzeitig bewegten, vier Augen mit den gleichen erwartungsvollen Blicken ihr entgegensahen. Der Junge, Jurastudent, war ein freundlicher, sanfter Typ, Wilhelmina intellektuell hoffnungslos unterlegen, aber im Bett wahrscheinlich hemmungslos vor Lust, mit der ganzen Rücksichtslosigkeit des jungen Liebhabers. Wie und unter welchen Umständen die erste Begegnung zwischen den beiden stattgefunden hatte, erzählte Wilhelmina an einem Morgen, während Bella bald nicht mehr zuhörte, nur die im ersten Herbstnebel auf der Elbe laut werdenden Nebelhörner wahrnahm und zu verstehen begann, daß die Zeit mit Willi vorüber war. Zwei Wochen hatte sie gewartet mit dem letzten Gespräch. Ein wenig in der Hoffnung, Willi würde zur Besinnung kommen, hatte sie deren Versuch zugesehen, das Leben mit Bella in der gewohnten Form aufrechtzuerhalten und den Ansprüchen ihres Liebhabers und ihres Körpers gerecht zu werden. Dann hatte sie die Sache beendet. Während der junge Mann vor einer Kommission von ausgewachsenen Männern saß, die ihn mit Fragen einfachster Qualität (»Ist der Verteidiger als Organ der Rechtspflege anzusehen?«) in Verlegenheit zu bringen suchten, um ihn anschließend zu sich in die Gemeinschaft der Volljuristen zu erheben, saßen Bella und Willi sich zum letztenmal in Bellas Arbeitszimmer gegenüber.

Wir werden unser Arbeitsverhältnis beenden, sagte Bella. Willi sah sie an. Ihrem Gesicht war anzusehen, daß sie verstanden hatte, worum es ging.

Besser, wir behalten uns in guter Erinnerung, sagte Bella.

Willi wäre nicht Willi gewesen, wenn sie kampflos aufgegeben hätte.

Ich hätte gern mit Ihnen geschlafen, sagte sie.

Einen Augenblick war Bella hilflos. Wie selbstverständlich sich jetzt dieser Satz anhörte, der so lange Zeit zwischen ihnen nicht gesagt worden war.

Ich weiß, sagte sie. Ich auch, wahrscheinlich.

Willi schwieg und sah vor sich auf den Boden.

Ich geh dann, sagte sie nach einer kleinen Pause.

Sie stand auf und ging in die Küche. Ihre abgetretenen Absätze knallten hart auf den Boden, während Bella sie hin und her gehen hörte. Sie wußte plötzlich, daß sie gerade dieses Knallen der Absätze vermissen würde.

Ich habe die Sachen auf das Tablett gestellt, sagte Willi. Sie stand in der Tür mit traurigem Gesicht, hielt den Kopf ein wenig schief, fragend, ein Bild des Jammers.

Danke, sagte Bella, auch für alles andere. Und viel Glück.

Ohne zu antworten, wandte Willi sich ab und verließ das Haus. Bella blieb im Sessel sitzen.

Später, als ihr klar geworden war, daß es wenig Sinn hatte, über Versäumnisse nachzudenken, die sich nicht mehr beheben ließen, hatte sie das Fernsehgerät eingeschaltet. Vielleicht hätte sie sich gezwungen, den Bildern aus Odessa mehr Aufmerksamkeit zu schenken, wenn sie gewußt hätte, daß sie selbst in ein paar Tagen dort sein würde. Aber sie wußte es nicht. Sie ging in die Küche, trug das Tablett mit Wodka und Orangensaft zum Sessel am Fenster und fing an, sich langsam und systematisch zu betrinken. Gegen Abend begann das Telefon zu läuten. Sie nahm den Hörer nicht ab. Irgend jemand versuchte wieder und wieder, sie zu erreichen. Später beschloß sie, anstatt den Telefonstecker aus der Wand zu ziehen, das Haus zu verlassen. Noch war es das Haus, in dem Willi und sie zusammen gearbeitet hatten. Es mußte ein Abstand geschaffen werden zwischen dem alten Leben und dem neuen, das jetzt zu beginnen hatte. Während sie im Dunkeln die Stufen zum Strand hinunterstieg, hin und wieder sich an einem Zaun oder einer Mauer stützend, kühlte der Wind ihren Kopf, und der Geruch nach Öl und Tang und Teer trug dazu bei, daß sie nüchtern wurde. Einmal begegnete ihr ein Mann, der vom Strand die Treppen heraufkam.

Kann ich Ihnen helfen, fragte er. Auch diese Frage trug dazu bei, sie wieder klar denken zu lassen.

Der Strand war dunkel und leer. Lautlos zog ein Containerschiff an ihr vorbei. Drüben am anderen Ufer waren die Lichterketten von MBB zu sehen. Vielleicht waren solche Anblicke dafür verantwortlich, daß Menschen im Zusammenhang mit Rüstung romantische Gefühle bekamen? »›Tante Ju‹ oder ›Iron Anny‹, wie die Maschine liebevoll genannt wird«, stand vor ein paar Tagen im kostenlos verteilten Anzeigenblatt und darüber in dicken Buchstaben BLASMUSIK UND SCHUNKELLIEDER. Die sollten den Ausflug der Kinder in der »Tante Ju« begleiten, ihnen aufspielen beim Volksfest-Rundflug mit der »Iron Anny«. So wie Odessa ihnen nichts sein würde, als eine spannende Kriminalgeschichte mit einem abgerissenen Bein am Rand des Kraters, den eine Mafia-Bombe vor der Oper hinterlassen hatte. Die Eltern würden mit ihren Kindern in der »Tante Ju« begeistert durch die Lüfte schaukeln. Ein Volk ohne Erinnern, ohne Geschichte, tot, gefährlich tot.

Irgendwann spürte Bella ihre Beine müde werden vom Stapfen durch den Sand. Da kehrte sie um, mit nassen Schuhen und durstig. Vier oder fünf Stunden war sie gelaufen, zu wenig, um genaue Vorstellungen davon zu haben, wie sich ihr neues Leben gestalten würde. Zu lange, um noch eine geöffnete Kneipe zu finden. Müde fiel sie ins Bett und schlief sofort ein.

Ich warne dich, Nigger.

Ich hab dir gesagt, du sollst mich nicht ankotzen, Nigger.

Der Mann hält die Arme an die Wand. Seine Beine sind gespreizt, zwischen Körper und Wand ist auf dem Fußboden ein stinkender Haufen von Erbrochenem. Kastner, der Polizist hinter ihm, schlägt ihm leicht, wie zur Probe, in die Kniekehlen. Der Mann hört nicht auf, sich zu übergeben. Ein zweiter Polizist kommt den Flur entlang.

Daß du dazu Lust hast, Kastner, sagt er, schmeiß ihn doch gleich weg. In zehn Minuten geht der Transport. Der Mann an der Wand würgt noch immer.

Hab ich dir nicht gesagt, du sollst mich nicht ankotzen. Hier, los, trink.

Ein Schlag in die Kniekehlen befiehlt dem Mann, sich umzudrehen. Schweißperlen haben sich auf seinem Gesicht gebildet. Er sieht grau aus. Kastner hält ihm ein Glas mit grau-weißem Inhalt hin.

Los, mach schon.

Der Mann beginnt beim Anblick des Glases erneut zu würgen. Er übergibt sich, einige Spritzer treffen Kastners Schuhe. Der stößt ihm mit dem Schlagstock vor die Brust. Der Mann taumelt, gerät mit den Füßen in das Erbrochene.

Du Sau, sagt Kastner zufrieden. Ihr seid alle Säue. Schwarze Säue. Bleib da stehen und rühr dich nicht vom Fleck.

Er geht den Flur entlang, bleibt stehen und stellt das Glas, das er noch in der Hand hält, auf dem Fußboden ab.

Das ist leer, wenn ich zurückkomme, sagt er, wir sind noch nicht fertig miteinander. Kapierst du?

Der Mann an der Wand schweigt. Kastner ist hinter einer Tür verschwunden. Jetzt ist er allein im Flur. Es stinkt und die Luft ist überhitzt durch die schlecht isolierten Heizungsrohre, die an der Decke entlang laufen. Er macht ein paar Schritte auf das Glas zu. Auf dem Fußboden entstehen Abdrücke aus Erbrochenem. Als er das Glas in der Hand hält und sich umsieht, geht die Tür wieder auf.

So ist es brav, sagt Kastner. Er ist ein großer kräftiger Mann mit blonden, kurzgeschnittenen Haaren und der Andeutung eines modischen Dreitagebarts. Er ist so groß und kräftig, daß die Kamera in seinen Händen wie ein Spielzeug wirkt.

An die Wand, Nigger, dich wollen wir schwarz auf weiß. Runter mit der Pudelmütze.

Bevor Kastner mit dem Schlagstock seinen Kopf erreicht, hat der Mann die Pudelmütze vom Kopf gerissen. Während Kastner fotografiert, sind vor der Tür Stimmen zu hören.

Kommst du endlich? Wie lange brauchst du noch? Seid ihr fertig? Wir sind soweit.

Los, Nigger, saubermachen, sagt der Polizist leise.

Der Mann sieht sich um. Er weiß nicht, womit er das Erbrochene beseitigen soll.

Nimm deine Jacke, du Schwein. Siehst du die Tür da? Weißt du, was 00 heißt? Ihr scheißt noch hinter die Büsche, was? Kommt aus dem Busch und scheißt hinter die Büsche. Rein da, nimm Papier, los, dalli.

Der Mann rennt, kommt mit ein paar Papierhandtüchern zurück und beginnt, den Fußboden zu säubern. Der Polizist, der vor einer Weile über den Flur gegangen ist, kommt zurück.

Es stinkt hier, sagt er, hoffentlich seid ihr bald fertig.

Er gibt sich Mühe, sagt Kastner. Er will auch auf Transport. Freut sich schon auf seinen Kral. Dalli, dalli.

Der Mann trägt die schmutzigen Papiertücher hinter die Toilettentür. Kastner hält die Flurtür schon auf, als er wieder zurückkommt. Der Mann hat nasse Hände.

Hat sich die Pfoten gewaschen, das Schwein. Los, raus hier.

Der Mann geht schnell an Kastner vorbei, nicht schnell genug. Er wird in die Seite gestoßen, fliegt schräg nach vorn und prallt gegen eine Gruppe von Schwarzen, die im angrenzenden Raum in der Nähe der Tür gestanden haben.

Marsch jetzt, hier ist keine Wärmehalle. Raus, bevor ich mich vergesse.

Die Schwarzen werden zur Tür gedrängt, über den Bürgersteig in ein bereitstehendes Auto geschoben, die Tür wird hinter ihnen verschlossen. Passanten gehen vorbei, ohne hinzusehen. Im Innern ist es dunkel. Der Wagen fährt an. Die Männer wissen nicht, wohin sie gefahren werden. Sie hocken auf dem Boden, stumm und äußerlich gleichgültig. Sie haben Angst. Die Angst verstärkt sich, als der Wagen anhält und die Tür geöffnet wird. Es sind keine Lichter zu sehen, weder von Häusern noch von Straßenlaternen. Die Scheinwerfer des Wagens sind abgeschaltet.

Hände hoch und einzeln rauskommen!

Sechs Männer steigen nacheinander aus dem Wagen. Sie halten die Hände über dem Kopf verschränkt. Jedem einzelnen leuchtet Kastner mit der Taschenlampe ins Gesicht, während er kommandiert: An die Wand, Hände bleiben oben.

Die Männer tasten sich unsicher vorwärts, kommen langsam voran, stoßen gegen eine Mauer, bleiben stehen.

Da bleibt ihr und rührt euch nicht.

Sie hören, wie Kastner und sein Kollege die Tür des Wagens zuschieben, einsteigen, die Vordertüren schließen und den Wagen starten. Die Köpfe gegen die Mauer gelehnt, die Hände darüber abgestützt, stehen sie und warten. Sie hören, daß der Wagen in ihrem Rücken wendet. Plötzlich werden die Scheinwerfer eingeschaltet. Licht fällt gegen die Mauer, auf ihre Rücken, auf die erhobenen Arme. Der Wagen fährt dichter heran, steht erst, als er fast ihre Beine berührt. Durch das Motorengeräusch hören sie Kastners Stimme.

Wenn ich euch noch mal erwische, kommt ihr nicht so billig davon. Das nächste Mal seid ihr dran.

Der Wagen setzt zurück und fährt davon. Es dauert eine Weile, bis die Männer die Arme von der Mauer nehmen. Sie versuchen, sich zu orientieren. Es ist vier Uhr morgens. In der Ferne sehen sie den roten Himmel über der Stadt. Vor ihnen liegen Felder. Wege oder Häuser sind nicht zu erkennen.

Für den Polizisten Kastner ist der Dienst beendet. Er läßt sich an der Wache absetzen, steigt um in seinen Privatwagen und fährt nach Hause. Um diese Zeit sind die Straßen noch leer. Für den Weg bis nach Lurup braucht er nicht länger als eine halbe Stunde. Als er ankommt und vor dem Gartentor parkt – wenn er um diese Zeit vom Dienst kommt, fährt er sein Auto nicht auf das Grundstück, eine Angewohnheit von früher, als die Frau noch zu Hause war und er sich Mühe gab, sie morgens nicht zu wecken – ist es kurz nach fünf. Er schließt den Wagen ab, geht über den Plattenweg, sieht sich an der Haustür noch einmal um. Niemand beobachtet ihn. Die Nachbarn schlafen noch.

Dann steht er im Hausflur, den Schlüssel noch in der Hand und lauscht. Auch als die Frau noch da war, ist es morgens im Haus still gewesen, wenn er vom Dienst gekommen ist. Dann lag sie im Bett und schlief. Bevor sie ihn für immer verließ, hat er nicht gewußt, daß es unterschiedliche Arten von Stille geben kann.

Kastner nimmt die Post vom Boden auf, die hinter der Haustür gelegen hat, und geht in die Küche. Früher standen da, wenn er kam, eine Thermosflasche mit Tee und ein Brett mit belegten Broten, über das sie eine dünne Klarsichtfolie gezogen hatte. Manchmal stand daneben eine Schale mit Pudding oder ein Teller mit Obst. Sie wußte, daß er Hunger hat, wenn er vom Dienst kommt. Er saß allein in der Küche und aß, aber er war doch nicht allein gewesen. Als sie gegangen war, hatte er in der ersten Zeit selbst für den Tee und die Brote gesorgt. Irgendwann mochte er nicht mehr so tun, als sei die Frau noch da. Wenn er jetzt nach Hause kommt, ist die Küche aufgeräumt, ohne Leben.

Kastner bleibt in der Tür stehen. Er wundert sich über sich selbst. Was ist los? Weshalb beunruhigen ihn Dinge, die nicht zu ändern sind? Er wird sich nicht gleich hinlegen. Er wird sich ein Frühstück machen, die Stille aushalten. Dann erst schlafen gehen. Als das Brett mit den Broten auf dem Tisch steht, die Küche nach Kaffee duftet, setzt er sich, um gleich noch einmal aufzustehen. Es geht ihm schon viel besser als vorhin. Innerlich lächelnd geht er hinüber ins Wohnzimmer und öffnet die oberste Schublade des Eckschranks. Sie hat einen Servietten-Tick gehabt. Er wird eine Serviette benutzen, so wie sie es gewollt hätte. Es ist das erste Mal, seit er allein ist, daß er die Schublade öffnet. Er sieht auf das Durcheinander von verschiedenfarbigen Papierservietten, weißen Papierdeckchen, irgendwelchen runden Papierfetzen und zieht die Schublade ganz heraus. Sorgfältig glättet er zerdrückte Servietten und stapelt sie, nach Farben geordnet, auf dem Wohnzimmertisch. Es gibt verschieden bedruckte rote und grüne Weihnachtsservietten, solche für Ostern, einige sind mit Blumen bedruckt, andere fein wie Spitzentaschentücher. Ein paar sind gebraucht und wieder in die Schublade zurückgelegt worden. Ob sie es war, die die Spuren auf dem bunten Papier hinterlassen hat? Kastner spürt, daß er traurig wird. Aber er schiebt die Schublade nicht zurück, sortiert weiter Papiertücher, Tortendecken und diese merkwürdigen runden Papierdinger, deren Sinn er nicht kennt. Er räumt die ordentlichen Stapel wieder ein und trägt die unbrauchbaren und benutzten Servietten in die Küche, um sie in den Müll zu werfen. Er vergißt, eine Serviette neben sein Frühstücksgedeck zu legen. Er ist traurig und fühlt sich sehr allein.

Am Morgen bleibt das Haus ruhig. Bella schläft lange und tief. Als sie wach wird, bleibt sie liegen, gegen ihre Gewohnheit. Es ist schwierig, ein neues Leben anzufangen, wenn das alte in Form von Büchern, Heften, Zetteln mit Notizen noch daliegt, als sei nichts geschehen, und darauf wartet, fortgesetzt zu werden. Sie beginnt darüber nachzudenken, ob wirklich nur die Trennung von Willi ihr die Lust genommen hat, die Arbeit fortzusetzen, mit der sie in den letzten Wochen beschäftigt war. Zuletzt haben sie Anzeigen gesammelt: zu Coca-Cola-Flaschen umgeformte Säulen des Parthenon-Tempels, Belmondo-Schuhe an den Füßen eines griechischen Diskuswerfers, Versicherungswerbung auf einer griechischen Vase.

Ein Gefühl der Ohnmacht war in den letzten Wochen in ihr entstanden. Welchen Nutzen hatte der Beweis, daß der Pergamon-Altar die Darstellung des erbarmungslosen Kampfes der neuen patriarchalischen Ordnung gegen die alte Ordnung der bluttriefenden Mütter sei. Wer will noch die Wahrheit wissen, wenn Venus für Wärme wirbt, die deutsche Braunkohle verbreitet und der schwule Antinoos in der Parfüm-Werbung Mädchen küßt. Es gab tatsächlich diesen

> augenblick der lautlosigkeit
> da der mächtige dunst des weines
> die nacken beugt
> der schatten das beil von der wand löscht
> und tote und mörder aussöhnt.

Tote und Mörder, Geschundene und Schinder waren lautlos eins geworden, ausgesöhnt sollten sie sein und waren es.

Es ist Mittag, als Bella beschließt aufzustehen. Sie fühlt sich merkwürdig leicht, unangemessen fröhlich, und beschließt, noch vor dem Duschen ein Stück den Strand entlangzulaufen. Auf dem Rückweg – sie hält die Tüte mit den Brötchen in der Hand, die gestern noch Willi gebracht hätte – kommt ihr eine Frau entgegen, deren Anblick geeignet wäre, ihr Selbstbewußtsein ins Wanken zu bringen, wenn sie nicht schönen Frauen von jeher mit Gleichmut begegnet wäre. Jedenfalls beim ersten Hinsehen.

Sie sind Frau Block, nehme ich an.

Auch die Stimme ist angenehm, klar, kräftig, gar nicht schüchtern.

Wollen Sie zu mir? Wenn Sie Zeit haben zu warten, bis ich angezogen bin, kommen Sie mit.

Bella nimmt im Vorbeigehen den Duft wahr, zu dessen Verbreitung Antinoos beigetragen hat. Der Gedanke, daß es Willi gewesen ist, die ihr eine Probe des Parfüms besorgt hat, läßt sich schon ohne größere Gemütsbewegungen denken. Bin ich herzlos, zu ernsthaften Gefühlen unfähig? fragt sie sich, während sie unter der Dusche steht.

Die junge Frau, vielleicht Mitte Dreißig, steht unten im Arbeitszimmer am Fenster. Bella wirft ihrem Rücken einen Blick zu, geht in die Küche und stellt

Frühstücksutensilien für zwei Personen auf ein Tablett. Sie trägt es hinein, stellt es auf den Tisch am Fenster und bittet die Besucherin, Platz zu nehmen. Sie denkt nicht darüber nach, daß sie alles so angeordnet hat, als säße Willi ihr zur täglichen Arbeitsbesprechung gegenüber.

Charlotte Mehring, sagt die Frau, während sie sich in Willis Sessel setzt. Sie trägt die Art Kleidung, die für Frauen mit perfekter Figur gemacht wird; schmale lange Hosen, einreihig geknöpfte Jacke, flache Schuhe, Rollkragenpullover, alles dunkelbraun und von bester Qualität. Ihre Haare sind blond und glatt, fransig bis zum Kinn, der Haarschnitt so teuer wie die Schuhe. Sie lächelt, weil Bella sie einen Augenblick zu lange gemustert hat, nimmt die Bewunderung wie selbstverständlich hin, die sie zu verdienen meint. Ihr Lächeln ist sympathisch.

Wir haben einen gemeinsamen Bekannten, sagt sie, das heißt, für mich ist er ein Verwandter.

Einen kurzen Augenblick denkt Bella an Eddy, nur, um den Gedanken schnell wieder wegzuschieben. Sie kann sich nicht vorstellen, jemanden zu kennen, der mit dieser Person verwandt sein könnte.

Mein Onkel hat mir allerdings gesagt, daß Ihr Verhältnis – sie zögert einen Augenblick, bevor sie weiterspricht –, daß Ihr Verhältnis zu ihm größeren Schwankungen unterworfen ist. Weshalb ich Sie bitten möchte, Onkel Peter einfach zu vergessen und mich anzuhören.

Onkel Peter. Bella ist sich nicht bewußt, jemanden dieses Namens zu kennen.

Peter Kranz, sagt die Schöne, während sie mit langen schlanken Fingern die Kaffeekanne faßt, darf ich, sagt und, ohne eine Antwort abzuwarten, erst Bella und dann sich Kaffee einschenkt. Bella sieht der Bewegung ihrer Hände zu.

Ich hab' ihn vor ein paar Tagen getroffen, irgendein Familienfest, und ihm erzählt, daß ich eine Frau suche, die Russisch spricht. Ich habe die Absicht, einen Teil meiner Produktion in den Osten zu verlegen. Außerdem möchte ich herausfinden, ob es sich lohnt, dort einen Laden zu eröffnen. Ich brauche eine Begleitung bei der ersten Kontaktaufnahme. Onkel Peter sagte, Sie seien perfekt in Russisch und außerdem eine geeignete Reisebegleiterin. Er macht sich Sorgen, weil er meint, die Verhältnisse da drüben seien für mich schwer zu durchschauen. Und es sei nicht ungefährlich. Ich glaube ihm nicht so ganz. Er ist einer von denen, die nur noch Übeltäter sehen, weil sie täglich mit ihnen zu tun haben. Ich könnte mir vorstellen, daß die Leute da froh sind, wenn sie Arbeit bekommen.

Wahrscheinlich, sagt Bella. So froh wie die Leute hier, die freigesetzt werden und nun endlich das tun können, wozu sie bisher keine Zeit gehabt haben. Überall sind die Leute froh. Die da drüben, weil Sie ihnen Arbeit bringen. Unsere, weil sie endlich frei sind. Frohe Völker, frohe Zukunft. Hat Onkel Peter Ihnen gesagt, daß ich nicht umsonst zu haben bin? Er hat gesagt, Sie seien früher mal eine Kollegin von ihm gewesen, hätten lange als Privatdetektivin gearbeitet und wären jetzt nicht – ich meine, ist ja auch egal, was er gesagt hat. Ich würde Sie gern als Begleiterin engagieren. Ich weiß noch nicht genau, wie lange, eine Woche, zehn Tage, vierzehn Tage. Die Kosten übernehme ich selbstverständlich. Geld ist kein Problem. Sagen Sie mir nur, wie hoch Ihr Honorar sein soll.

Was genau wäre meine Aufgabe?

Sie fliegen mit mir, wohnen im selben Hotel und begleiten mich bei verschiedenen Verhandlungen. Sie übersetzen für mich, unabhängig davon, ob uns drüben Dolmetscher angeboten werden. Und Sie halten an den Produktionsstätten, die wir hoffentlich zu sehen bekommen, die Augen offen. Ich will wissen, wie die Maschinen aussehen, wie der organisatorische Ablauf in den Werkhallen ist, ob die Leute zufrieden oder unzufrieden mit ihrer Arbeit sind, was sie für Stundenlöhne bekommen.

Ob sie überhaupt Lohn bekommen.

Auch das, wenn es nötig ist.

Wo genau ist eigentlich dieses »Drüben«? Sie haben bisher noch nicht gesagt, wohin wir fahren werden.

Dann habe ich Sie also gewonnen?

Vermutlich, sagt Bella, wenn es sich nicht gerade um Sibirien handelt. Da wäre es mir jetzt schon zu kalt. Sibirien? Nein, viel zu weit. Die Transportwege sind außerdem unsicher. Nein, nicht so weit. Ich denke an Odessa, an die Ukraine.

Meine Seele sagt mir, ich muß nach Odessa.

Wie bitte?

Tschechow sagt Bella, Tschechows Seele. Aber ich glaube, meine könnte ihm zustimmen.

Erst als Charlotte Mehring gegangen ist, begreift Bella, was sie getan hat. Und es ist ihr recht. Den Tag und den Abend verbringt sie damit, alle Spuren der Arbeit zu beseitigen, mit der sie in den vergangenen Monaten beschäftigt war. Die Lust, die sie dabei empfindet, das Vergnügen, Bücher, Zettel, beschriebene Blätter, Aktenordner in Kartons zu verstauen und auf den Boden zu tragen, überrascht sie.

Als sie damit fertig ist, setzt sie sich an den Schreibtisch und beginnt einen kurzen Brief an Willi, um ihr mitzuteilen, daß sie sich verpflichtet fühle, ihre Studien bis zu einem Abschluß »gleich welcher Art« zu finanzieren. Sie schreibt auch, daß sie für unbestimmte Zeit verreise und nach ihrer Rückkehr von sich aus den Kontakt wieder aufnehmen werde. Sie schreibt: »Viel Glück, Willi«, und es gelingt ihr ohne Anstrengung, die Worte so zu setzen, daß sie aufrichtig klingen. Sie glaubt nicht, daß sie Willi wiedersehen wird.

Dann ruft sie Kranz an. Sie hat vor, sich nach seiner Nichte zu erkundigen, aber dazu kommt sie kaum. Kranz überschüttet sie sofort mit einer Mischung aus Vorwürfen, Bewunderung und Jammern über sein Schicksal. Bella fällt es schwer, seinen Redestrom zu unterbrechen. Es scheint, als sei aus dem eher schweigsamen, überlegenen Mann ein wütender, in die Enge getriebener Beamter geworden. Erst als Bella ihm versichert, sie habe den ganzen Tag noch keine Zeitung gelesen und wisse nicht, wovon er rede, versucht er, verständlicher zu werden.

Sie lesen also keine Zeitung mehr, gut, gut. Sie können sich das ja auch leisten. Ich komme ins Büro und vor mir liegen, säuberlich aufbereitet, die neuesten Meldungen. Wissen Sie, was ich seit ein paar Tagen morgens als erstes tue? Ich beobachte das Gesicht meiner Sekretärin, wenn ich zur Tür hereinkomme. Was glauben Sie, wie oft es in dieser Woche nicht mitleidig ausgesehen hat? Einmal, am Donnerstag. Weil nämlich am Mittwoch der HSV verloren hatte. Sonst bin im Augenblick ich der Verlierer.

Sie?

Naja, auch der Verein, dem ich angehöre. Aber was glauben Sie, wie oft mein Name genannt wird.

Ist es Ihnen nicht gelungen, Wölfe im Schafspelz zu züchten, oder was immer Ihre Aufgabe war? Oder ist. Ich wundere mich, wie sehr Sie sich mit Ihrer Arbeit identifizieren. Ich dachte, es sei Ihnen klar, unter welchen Bedingungen Ihre Polizei arbeitet und wie die Leute gestrickt sind, die zur Polizei gehen. Sie waren doch früher gelassener, wenn es um Polizisten ging. Oder wenn Ihr Name in den Zeitungen genannt wurde. Die rechte Hand des Innensenators – klang doch immer hübsch. Weshalb jetzt auf einmal nicht mehr?

Bella, sagt Kranz, ich bitte Sie, machen Sie sich nicht lustig über mich. Mir ist nicht danach.

Aber wieso denn, ich habe das ganz ernstgemeint.

Der Innensenator ist zurückgetreten, sagt Kranz.

Es hört sich an, als verkünde er den Tod seines Vaters oder seiner Mutter oder beider. Vermutlich ist sein Schock aber größer.

Oh, mein Beileid, sagt Bella. Tut mir leid, daß ich Sie in Ihrer Trauer aufgestört habe. Fühlen Sie sich trotzdem in der Lage, mir ein paar Fragen, Charlotte Mehring betreffend, zu beantworten?

Ach, reden Sie schon.

Sie hört Kranz einen Stuhl heranziehen und ein Geräusch, als atme er erleichtert aus, während er sich auf den Sitz fallen läßt. Vielleicht ist er froh, von den Sorgen um seine Karriere abgelenkt zu werden.

Immerhin haben Sie die Frau zu mir geschickt. Sie möchte, daß ich sie nach Odessa begleite. Ist denn die Firma, die ihr gehört, so groß, daß sie ausländische Produktionsstätten suchen muß?

Wo leben Sie denn, fragt Kranz. Heute läßt doch schon jeder kleine Krauter im Osten produzieren. Charlottes Laden macht Millionen-Umsätze. Ich denke schon, daß es sich für sie lohnen könnte. Übrigens zeichnen Sie sich durch bemerkenswerte Ignoranz aus, was den Bereich Mode betrifft. Eigentlich kennt man die Mehring-Produkte. Noch nie was von »Charlotte-Design« gehört?

Bella antwortet nicht sofort. Sie denkt darüber nach, weshalb sie Kranz angerufen hat. Sie sieht die Mehring vor sich, schön, kühl, wortgewandt – aber etwas war nicht in Ordnung gewesen unter der Maske. Nein, in einer Maske war sie nicht erschienen. Man kann sich gut vorstellen, daß ein Teil ihres Wesens so ist, wie sie ihn vorführt. Aber da ist noch etwas anderes, irgend etwas, das sie verbirgt, das sie aber mehr beschäftigt als niedrige Löhne und große Verdienstspannen. Danach wollte sie Kranz eigentlich fragen. Und jetzt weiß sie nicht mehr, ob sie sich nicht getäuscht hat. Oder ob Kranz seine Nichte so gut kennt, daß er in der Lage ist, eine Sache zu erklären, von der sie selbst nicht genau weiß, ob sie existiert. Bella, sind Sie noch da?

Ja, sagt Bella, ich habe gerade über etwas nachgedacht. Ich glaube, ich sollte jetzt auflegen.

Habe ich Ihnen schon erzählt, mit welcher Begründung er zurückgetreten ist?

Kranz spricht schnell, vielleicht ist ihm nicht nach Alleinsein. Vielleicht hat ihr Anruf in ihm das Bedürfnis zu reden ausgelöst. In den oberen Etagen ist die Luft sehr dünn. Freunde, auf die man sich verlassen kann, die nicht jedes Wort zuviel als Sprossen für die Strickleiter benutzen, auf der nach oben zu kriechen sie selbst die Absicht haben, sind eher selten.

Nein, sagt Bella, ich vermute, wenn mir danach ist, kann ich es morgen in der Zeitung lesen.

Wann fahren Sie? Sie hätten nicht zufällig Lust, mit mir essen zu gehen, bevor Sie mit Charlotte –

Essen? Überlegen Sie gut. Das kann teuer für Sie werden.

Noch hab ich den Job ja.

Es hört sich tatsächlich so an, als rechne er damit, diesen Job in absehbarer Zeit nicht mehr zu haben. Was natürlich möglich ist, aber ganz sicher nur geringe Gehaltseinbußen mit sich bringen wird.

Trotzdem, trinken ist mir lieber. Sagen wir morgen abend? Wir treffen uns an den Landungsbrücken, Tor 6.

Bella legt auf. Sie fühlt sich so wunderbar leicht, daß es sie selbst erstaunt; und sie weiß, daß dies Gefühl anhalten wird.

Am Abend trifft sie sich mit Kranz. Sie hat immer noch keine Lust zu essen, was ihm offensichtlich recht ist. Kranz schlägt vor, den Abend mit einem trockenen Martini zu beginnen, den man am besten in der Tower-Bar über dem Hafen bekäme. Bella ist einverstanden. Während sie mit dem Fahrstuhl nach oben fahren, betrachtet sie ihn. Manche Männer sehen, auch wenn sie älter werden, noch passabel aus. Kranz ist ein hagerer Typ, der manchmal das Gesicht verzieht, als habe er Magenschmerzen. Wenn er lacht oder seine Magenschmerzen vergißt, sieht er intelligent aus.

Die Bar ist noch leer. Sie trinken ihren Martini, sehen auf die Lichter im Hafen und spielen Touristen. Als der Barmixer beginnt, ihnen die Skyline zu erklären, wechseln sie das Lokal.

Einmal versucht Kranz, Bella für seine Probleme im Dienst zu interessieren, begreift aber schnell, daß sie sehr wenig Lust hat, sich damit zu befassen.

In der nächsten Bar bleibt Kranz bei Martini, während Bella von nun an Wodka und Orangensaft trinkt. Sie lachen viel, besonders, wenn sie sich daran erinnern, bei welchen Gelegenheiten sie sich bisher getroffen haben.

Wissen Sie noch? Auf der Insel? Sie hatten sich gerade diesen Alexander Hausmann vom Hals geschafft. Damals habe ich Sie bewundert!

Erst damals?

Sie bewundern und von Ihnen nicht ernst genommen zu werden, gehört das eigentlich immer zusammen?

Keine Ahnung, sagt Bella fröhlich.

Sie beglückwünscht sich dazu, Kranz' Einladung angenommen zu haben. Hat sie vielleicht bisher ein falsches Leben geführt? Sollte sie nicht endlich anfangen, ihr Leben zu genießen?

Irgendwann, gegen Morgen, sitzen sie in der Bar des Atlantik-Hotels.

Hier hab ich Sie mal einen Opportunisten genannt, wissen Sie noch?

Und ob, sagt Kranz. Das hat mein Selbstbewußtsein damals ganz schön ramponiert.

Und? Stimmt's etwa nicht?

Jetzt geht Kranz nicht mehr auf Bellas lockere Bemerkung ein.

Ich werd' Ihnen beweisen, daß es nicht stimmt, sagt er. Ich mach' Ihnen ein Angebot. Wenn ich meinen Job verliere – was halten Sie davon, wenn wir uns dann zusammentun?

Sie werden Ihren Job nicht verlieren.

Da kann man nachhelfen.

Kranz strahlt Bella an. Sie begreift, daß er es ernst meinen könnte mit seinem Angebot. Daß sich das Angebot nicht nur auf eine, wie auch immer gemeinsam gestaltete, Arbeit bezieht, begreift sie auch. Sagen Sie der Frau am Klavier, sie soll noch etwas Schönes spielen, bitte.

Kranz steht auf und geht ein wenig unsicher zum Klavier hinüber, aber die Frau dort hat ihre Noten eingepackt und geht, ohne sich von ihm erweichen zu lassen. Er kommt zurück, zieht die Schultern hoch, lächelt entschuldigend. Nichts zu machen, sagt er. Geh'n wir woanders hin?

Wir gehen nach Hause, antwortet Bella und ist froh, daß Kranz die Frage »zu dir oder zu mir« nicht stellt.

Vor dem Hotel fragt der Portier: Ein Taxi oder zwei?

Alle so verständnisvoll heute nacht, denkt Bella, während sie neben dem Fahrer sitzt und ihren rechten Handrücken anstarrt.

Merkwürdige Sitte, dieses Handküssen.

In der Nacht hat es geregnet, genug, um das Pflaster der Puschkinstraße noch am Morgen glänzen zu lassen. Die Krähen sind aus den Akazien verschwunden. In der Straße ist es noch ruhig. Nur wenige Menschen eilen unter den Bäumen irgendeiner Arbeit zu, manchmal gehen sie langsamer, um auf den ersten herabgefallenen Blättern nicht auszurutschen.

Auf dem Bretterpodest vor dem Hotel Krasnaja

stellt ein dünner, übermüdeter Kellner die Tische und Stühle auf, die über Nacht zusammengekettet an der Hauswand gestanden haben. Ein Mann, dessen Oberlippe ein dünner, schwarzer Bart ziert, erscheint aus dem Innern im Eingang des Hotels. Ruhig beobachtet er die beiden Frauen in dicken Mänteln, die auf der gegenüberliegenden Straßenseite zwei ramponierte Kühltruhen installieren. Als die ersten Kunden sich neben den Kühltruhen aufstellen, noch ist nicht zu erkennen, was da drüben verkauft werden wird, verläßt der Mann das Hotel und schlägt den Weg zum Hafen ein. Er geht ruhig und gleichmäßig, ohne Hast. Ein paarmal überholen ihn eilige Fußgänger. Der Mann hat eine helle Steppjacke über seinen grauen Anzug gezogen. Er trägt einen grauen Hut mit einem dunklen Band und an den Füßen nicht mehr braune Halbschuhe, sondern eine Reebock-Imitation, schwarz, mit weißen Einsätzen. Alles in allem ist er genauso unscheinbar wie am Tag zuvor. Und genauso gefährlich.

Nach ein paar Minuten Fußweg hat er die Parkanlagen neben der Oper erreicht. Einen Augenblick zögert er, wendet sich dann nach links, nähert sich der Oper und bleibt stehen. Er stellt fest, daß um den Bombenkrater vor dem Standesamt eine Absperrung gezogen worden ist. Das Eiscafé ist noch geschlossen. Damit hat er gerechnet. Er wendet sich ab und setzt seinen Weg fort.

Der Frau, die im Eiscafé üblicherweise die Vormittagsschicht übernimmt, hat man gesagt, sie könne heute zu Hause bleiben, das Eiscafé bleibe geschlossen. Der Frau war es recht. Sie wird ein wenig länger im Bett bleiben als sonst. In ihrer Wohnung ist es jetzt schon ziemlich kalt. Sie ist froh über die kleine Wohnung, Zimmer und Küche in den dicken Mauern eines niedrigen Hauses in der Nähe des Hafens. Bis vor ein paar Jahren haben Angestellte der Schwarzmeer-Schiffahrtsgesellschaft in dem Haus gewohnt. Die Gesellschaft war reich und hat die Wohnungen ihrer Leute in Ordnung gehalten. Wahrscheinlich waren sogar immer genug Kohlen da. Dann, irgendwann zu Glasnost-Zeiten, ist der Direktor der Gesellschaft mit der Kasse durchgebrannt, um irgendwo anders ein lukratives Geschäft aufzumachen. Auch ein paar Angestellte sind verschwunden. Die Wohnung stand ein paar Wochen leer. Dann ist sie eingezogen, zusammen mit ein paar Bekannten, von denen einer die leere Wohnung entdeckt hat. Sie haben die Zimmer unter sich aufgeteilt. Es wohnt sich schöner hier als in dem Neubauviertel, aus dem sie gekommen sind. Inzwischen werden die alten Straßen wieder sauber gehalten. Die gepflasterten Straßen, die Häuser aus dem achtzehnten und neunzehnten Jahrhundert, die sehr dicke Mauern haben, gedrechselte Türen und schwarze Türklopfer, sind schön anzusehen und gelten unter Touristen als besonders sehenswert. Touristen gibt es allerdings jetzt nicht sehr viele. Die reichen Russen fahren ins Ausland, und ausländische Touristen haben zu viel Angst vor Unbequemlichkeiten. Sie kommen nicht mehr nach

Odessa. Autos fahren kaum auf den alten Straßen. Sie sind zu abschüssig, manchmal sogar, um leichter begehbar zu sein, mit Stufen versehen. So wohnt man hier ruhig. Irgendwo wird sie in den nächsten Wochen Kohlen auftreiben müssen. Der Herbst hat schon begonnen. Das Eiscafé wird nur noch kurze Zeit geöffnet sein. Dann hat sie Zeit, sich umzusehen.

Natürlich würde ich ihn wiedererkennen, denkt die Frau. Ich hab es ihnen trotzdem nicht gesagt. Was geht es mich an, wenn die Schieber sich gegenseitig umbringen. Das geht jetzt schon seit Monaten so. Anscheinend ist es Mode geworden, vor der Oper zu heiraten. Was für Dämchen hab ich da schon gesehen. Da war die gestern ja noch harmlos.

Das Bein fällt ihr ein. Plötzlich steht die ganze Szene wieder vor ihr. Wie schrecklich das war. All das Blut und das Geschrei. Wie haben die Menschen geschrien. Und wie lange hat es gedauert, bis Hilfe kam. Als alles vorbei war, ist sie hingelaufen, um zu helfen. Aber sie konnte es nicht. Der Anblick der verletzten Leute war so schrecklich. Sie ist umgekehrt und hat sich auf einen Stuhl im Café gesetzt. Da hat sie ganz allein gesessen und auf die Schreie gehört. Es war so schlimm, daß sie nicht still sitzenbleiben konnte. Sie mußte einfach etwas tun. Da ist sie wieder hingegangen. Diesmal zögernd, mit zitternden Knien. Ein paar andere waren auch gekommen. Erst jetzt sah sie, daß die Scheiben in den umliegenden Häusern herausgefallen waren. Alles lag voller Glas. Aus den leeren Fensterhöhlen beugten sich die Menschen hinunter auf die Straße. Viele hatten die Münder aufgerissen, so als ob sie schreien wollten. Aber sie schrien nicht. Stumm vor Entsetzen sahen sie auf den Krater, hörten das Schreien und Wimmern. Sie hatte mit einem Mann, den sie nicht kannte, den Fotografen auf das Gelände des Cafés getragen. Seine Jacke war zerrissen, aber er schien nicht verletzt zu sein, nur ohnmächtig. Als er erwachte, begann er nach seiner Kamera zu suchen. Er wußte nicht, wo er war. Vielleicht hatte er einen Schock. Er drehte sich um sich selbst, und sie hörten ihn von der Kamera reden. Der Anblick des verstörten Mannes in der zerrissenen Jacke, der sich ohne Bewußtsein um sich selbst drehte und sinnlose Worte rief, war schrecklich.

Ich werde aufstehen und Kaffee kochen, denkt die Frau, die die Bilder loswerden möchte. Es kann ja auch sein, daß die Polizei mich noch einmal sprechen möchte. Ich werde sie nicht im Bett empfangen. Ich werde einen Kaffee trinken und dann versuchen, die Tochter anzurufen.

Die Tochter lebt in Kiew. Vielleicht hat sie die Bilder im Fernsehen gesehen und macht sich jetzt Sorgen. Obwohl ja deutlich zu sehen gewesen ist, daß das Café nicht beschädigt war.

Es ist wirklich schon ein wenig kalt in der Wohnung. Kalt und feucht. Der Hafen. Das Wasser liegt zu sehr in der Nähe. Daß es Herbst wird, merkt man zuerst an den Wänden. Wenn die Wände beginnen, feucht zu werden, wird es Zeit, an die Kohlen zu denken. Der

Mann mit dem dünnen Bart auf der Oberlippe hat die abschüssige Straße erreicht. Die Profilsohlen seiner Turnschuhe finden auf dem Kopfsteinpflaster festen Halt. Er geht ruhig die Straße hinab, manchmal einen Blick auf die Hausnummern werfend. In der Höhe des Hauses mit der Nummer achtundzwanzig bleibt er stehen. Er zieht den Reißverschluß der linken Tasche in seiner Jacke auf und steckt die Hand hinein, während er über die Straße geht. Er fühlt die schmale Röhre zwischen seinen Fingern. Vor der Tür bleibt er stehen, nimmt die Röhre aus der Tasche und behält sie in der linken Hand. Er klingelt und wartet.

Die Frau in der Wohnung ist auf dem Weg zur Tür. Das Telefon steht an der nächsten Straßenecke. Sie wird zuerst ihre Tochter anrufen und dann Kaffee trinken. Kann doch sein, daß die Kleine sich Sorgen macht. Sie legt die Hand auf die Türklinke, als es klingelt.

Hoffentlich nicht jetzt schon die Polizei, denkt sie, das kann länger dauern. Sie schiebt den Riegel beiseite und öffnet. Der Mann, der ihr gegenübersteht, hat seinen Hut tief ins Gesicht gezogen. Den schmalen Bart auf der Oberlippe kann sie trotzdem erkennen, auch noch das gläserne Röhrchen, das er vor den Mund hält und aus dem er ihr irgend etwas ins Gesicht bläst. Sie bricht beinahe sofort zusammen. Ihr Körper liegt zwischen Tür und Hausflur. Der Mann sieht nach rechts und links. Die Straße ist leer. Weit hinten, am oberen Ende, kommt jemand mit einem Kinderwagen die Straße herunter. Der Mann schiebt die Tote mit den

Füßen zurück in den Hausflur; einfach über den alten, glatten Steinboden, bis die Tür sich schließen läßt. Er wendet sich um und geht zurück, der Frau mit dem Kinderwagen entgegen. Als er sie erreicht hat, sieht er sie prüfend an. Sie schiebt mit der einen Hand den Kinderwagen und hält in der anderen ein Buch.

»Die Wahrheit über Babel« entziffert er im Vorübergehen. Sie hat nichts gesehen, sie wird ihn auch nicht erkennen.

Auf der Puschkinstraße ist der Betrieb lebhaft geworden. Der Verkauf aus den Kühltruhen auf der gegenüberliegenden Straßenseite des Krasnaja-Hotels ist in vollem Gange. Vielleicht wird dort Eis verkauft. Jedenfalls haben die Frauen in den dicken Mänteln schon eine Menge Kartons geleert. Sie werfen sie hinter sich auf die Straße. Da liegt jetzt ein Berg aus zerrissenen Kartons und Einwickelpapier. Er liegt neben einem Haufen Müll, der in der Nacht verbrannt worden sein muß. Das Feuer war nicht stark genug, um alles zu verbrennen, was da gelegen hat. Angekohlte alte Aktentaschen, ein kaputter Einkaufsbeutel, der Rest einer Jacke aus Kunstleder sind in der Asche zu erkennen. Der Regen von heute nacht hat sich mit den verkohlten Resten und der Asche vermengt. Die Menschen, die etwas aus der Kühltruhe bekommen haben, treten durch den Aschenschlamm auf die Straße. Die Spuren ihrer Schritte ziehen sich nach beiden Seiten über die Fahrbahn bis auf den gegenüberliegenden Bürgersteig. Einzelne Fußabdrücke sind noch auf dem grünen

Filz zu erkennen, der den Bretterfußboden des Cafés vor dem Hotel Krasnaja bedeckt. Einen Augenblick ist der Mann zwischen den leeren Tischen und Stühlen stehengeblieben, hat sich umgedreht, den Rücken der Frauen hinter den Kühltruhen betrachtet und den Dreck auf der Straße. Es ist noch zu früh, um draußen zu frühstücken. Er wendet sich um und verschwindet hinter der Tür zur Hotelbar. Hier drinnen ist es voll. Alle Tische sind besetzt, zwischen den Stühlen liegen Bündel, Mäntel und Taschen. Der Mann findet einen Platz an der Bar. Irgend jemand an den Tischen ruft ihm Hallo, Sergej zu. Er sieht kurz hinüber, nickt, wendet sich der Frau hinter der Bar zu und versucht, einen Kaffee zu bestellen.

Die Frau trägt ein blaues Kleid, eng, mit tiefem Ausschnitt und mit irgendwelchem Glitzerkram besetzt. Die schwarze Tusche um ihre Augen ist verwischt, die roten Flecken auf den Wangenknochen sind für das Tageslicht zu dick aufgetragen. Vielleicht hatte sie noch keine Gelegenheit, das Make-up vom vergangenen Abend zu erneuern. Sergej betrachtet sie, während sie an der Kaffeemaschine hantiert. Wenn sie sich umdreht, um aus dem Regal an der Rückwand ein Glas oder eine Tasse zu nehmen, betrachtet er ihren Hintern in dem engen Kleid und die schmalen Streifen der Strumpfhalter, die sich darunter abzeichnen. Irgendwann schiebt sie ihm einen Becher mit Kaffee hin. Da sagt Sergej, ohne die Stimme zu erheben, Mascha? und deutet nach oben. Mascha schüttelt den Kopf. Trotz des Lärms in der Bar glaubt Sergej, das Klingeln ihrer Ohrringe zu hören. Später beugt sie sich zu ihm über den Tresen. Du siehst doch, was hier los ist, sagt sie.

Sergej hat sie schon vergessen. Er steht mit dem Rücken zur Bar und betrachtet die Leute an den Tischen. Sie interessieren ihn nicht wirklich, er hat nur Zeit, und er ist auf der Suche. Rechts von ihm, in einer Ecke neben der Portiere, die den Eingang zum Restaurant verdeckt, sitzen drei Männer und eine Frau. Sergej kennt die Leute: Der Vater bietet hier seine Tochter an, die Brüder passen auf, daß gezahlt wird und erledigen nebenbei das eine oder andere Geschäft. Die Stimmung an ihrem Tisch ist schlecht. Es sieht aus, als hätten sie auf irgend etwas Wichtiges gewartet, irgend etwas, das ihr Leben verändern würde. Aber nichts ist geschehen und niemand ist gekommen. Aus der Tatsache, daß leere Teegläser vor ihnen stehen, schließt Sergej, daß sie gerade kein Geld haben. Vielleicht sind die Geschäfte in der letzten Nacht nicht besonders gut gelaufen. Aufmerksam beginnt er die Frau zu betrachten.

Er weiß, daß sie jung ist, zwanzig vielleicht, aber jetzt, bei Tageslicht, sieht sie wie vierzig aus. Ihre langen Haare hängen in dunklen Zotteln um den Kopf. Auch eine, die keine Zeit hatte, sich zurechtzumachen. Was ist los mit ihr? Jedenfalls hat sie geheult. Außerdem ist ihr Gesichtsausdruck stumpf. Sie hat etwas eingenommen. Die vier wechseln kein Wort miteinander. Der Vater sieht dauernd zur Tür, auch die Brüder folgen ab und zu seinen Blicken. Ihre Schwester starrt vor sich hin. Sergej versucht, sich an den Namen der Frau zu erinnern. Sie interessiert ihn. Ihr Körper ist nicht vierzig, soviel steht fest. Sie ist zu apathisch. Noch. Er versucht, den Blick des Vaters auf sich aufmerksam zu machen, indem er ihn unentwegt anstarrt. Merkwürdiges Gefühl, in dem Stimmengewirr, dem Rauch, dem Geruch von Kaffee und Cognac, den in den Sonnenstrahlen tanzenden Staubteilen, sich auf den Mann in der Ecke zu konzentrieren. Ihn zu zwingen, herüberzusehen. Endlich.

Sergej sieht, daß der Vater die Frau neben sich anstößt. Sie reagiert nicht gleich. Er beugt sich zu ihr hin, redet, sie steht auf, ohne zu Sergej hinzusehen. Während sie aufsteht, streicht sie ihren Rock glatt, eine mechanische Handbewegung, und fährt anschließend langsam mit einer Hand durch die Haare. Ohne sich umzusehen, verschwindet sie hinter der Portiere. Sergej legt einen Dollar auf die Theke und folgt ihr. Als er am Tisch des Vaters vorübergeht, hört er ihn fünfzigvierundzwanzig murmeln. Sergej weiß, er hat es oft genug gesehen, daß er fünfzig Dollar zahlen soll.

Zwanzig, hinterher, sagt er und folgt der Frau durch die Portiere.

Um die Zimmer zu erreichen, muß er einen sehr hohen und finsteren Gang entlanggehen. Es muß eine Zeit gegeben haben, in der hier Kristalleuchter von der Decke gehangen und große Spiegel die Wände bedeckt haben. Jetzt ist am Ende des Ganges eine nackte Glühbirne, und die Vertiefungen in den Wänden, in die Spiegel eingelassen waren, sind leer. Im Halbdunkel ist ein zerschlissener Läufer auf dem Fußboden zu erkennen, der sich die Treppe hochzieht. Auf die Treppe fällt Licht aus hohen und schmalen Fenstern. Das Licht fällt in rötlichen und gelben Streifen, durch kunstvoll aus Schwänen und Mädchen mit langen blonden Haaren zusammengesetzten Fensterscheiben auf die Treppenabsätze. Wie eine Erinnerung an lange vergangene bessere Zeiten sehen die Fenster aus, eine Erinnerung, die aus unbekannten Gründen nicht zerbrochen ist.

Sergej erreicht das Zimmer mit der Nummer vierundzwanzig. Er hat die Schritte des Mädchens nicht gehört, auch nicht das Öffnen und Schließen der Tür. Aber er ist sicher, daß sie dahinter auf ihn wartet.

Sie sitzt auf dem Bett und versucht, ihre Schuhe auszuziehen. Die Schuhe sind geschnürt. Es fällt ihr schwer, die Schleifen zu öffnen, aber schließlich schafft sie es und sieht auf. Ihr Gesicht gleicht einer blutleeren Fratze. Sergej geht zu den Fenstern und zieht die Vorhänge zu. Drüben stehen noch immer die Eisverkäuferinnen. Der Müllberg in ihrem Rücken ist größer geworden. Zwei Jungen versuchen, die Kartons in der Asche anzuzünden. Als er sich umdreht, liegt die Frau auf dem Bett. Sie ist nackt, und er sieht sie zufrieden an. Sie ist wirklich erst zwanzig. Und sie wird einschlafen, wenn er sie nicht auf Trab bringt. Er zieht den Gürtel aus seiner Hose, geht hinüber zum Bett, schiebt das

Ende mit der Schnalle unter dem Hals der Frau durch und schließt den Gürtel um ihren Hals.

Wie heißt du?

Sie murmelt undeutlich etwas, das sich wie Katja anhört.

Gut, Katja, du stehst jetzt auf und bewegst dich auf allen vieren.

Die Frau sieht ihn halb schlafend, halb verständnislos an.

Das kann ja nicht so schwer sein, sagt er.

Zur Aufmunterung zieht er am langen Ende des Gürtels. Die Frau begreift schneller, als er gedacht hat. Sie ist darauf abgerichtet zu begreifen, was Männer von ihr wollen. Je besser sie begreift, desto mehr Chancen hat sie, das Geld zu verdienen, das ihr Vater und ihre Brüder für sie kassieren. Sie weiß, daß sie jetzt aufstehen und auf allen vieren durch das Zimmer kriechen muß. Es gelingt ihr auch. Es gelingt ihr, alles zu tun, was der Mann über ihr von ihr will. Sie ist sein Tier, bis er genug hat von ihr.

Wenn man ihr Gesicht nicht sieht, ist sie in Ordnung, denkt Sergej. Er hat ihr erlaubt, sich auf das Bett zu legen, nachdem sie sich gewaschen hat. Im Hotel gibt es kein warmes Wasser. So hat sie darauf verzichtet zu duschen. Ihre Knie sind schwärzlich vom Staub des Fußbodens, aber die Hände sind sauber, und sie hat auch ein paar Hände voll Wasser in ihr Gesicht geschüttet. Sergej gibt ihr eine Zigarette. Er hält ihr das Feuerzeug hin. Sie nimmt es ihm aus der Hand, zündet erst seine und dann ihre Zigarette an und fällt zurück auf die Bettdecke.

Wo wohnt ihr, fragt er. Er weiß nicht, weshalb er gefragt hat.

Gar nicht, sagt die Frau neben ihm.

Er hat von Leuten gehört, denen man die Wohnung weggenommen hat, während sie zum Einkaufen oder zur Arbeit gegangen sind. Er weiß, wie so was gemacht wird. Er hat keine Lust, darüber zu reden. Ein Wort zuviel und man hat sie am Hals. Sie rauchen schweigend. Von unten dringt Straßenlärm herauf, irgendein Auflauf ist im Gange. Vielleicht ist es den Jungen gelungen, den Haufen in Brand zu setzen. Sergej drückt den Rest der Zigarette auf dem Fuß der Nachttischlampe aus. Er beginnt, sich anzuziehen. Als die Frau keine Anstalten macht aufzustehen, geht er zu ihr ans Bett und sieht auf sie herab.

Nun mach schon, sagt er. Deine Leute warten. Der Tag fängt erst an. Du warst nicht schlecht. Wasch dir öfter das Gesicht. Ist mir egal, was du da in dich reinpumpst, aber wenn du mit mir ins Geschäft kommen willst, solltest du dich nicht so gehenlassen.

Die Frau starrt ihn an. Es dämmert ihr, daß sie so etwas wie ein Lob und ein Angebot gehört hat.

Ich heiße Katja, sagt sie hastig und zu laut. Sie setzt sich hin und stellt die Füße auf den Läufer, der vor dem Bett liegt. Sie nimmt die Hände unter ihre Brüste, lächelt und hält sie Sergej entgegen.

Und was ich nicht ausstehen kann, sind grinsende

Weiber, die einem ihre Titten unter die Nase halten. Das kannst du dir merken.

Er wendet sich zur Tür und geht hinaus. Die Tür hinter ihm fällt leise ins Schloß. Die Frau steht vom Bett auf und zieht sich an. Sie weint nun leise jammernd vor sich hin und wischt manchmal mit der Hand über ihr Gesicht. Schließlich ist sie angezogen. Sie zieht die Vorhänge zurück und geht noch einmal ins Bad. Aus dem Spiegel sieht sie ihr Gesicht an. Es ist ihr fremd. Wenn sie nur einen regelmäßigen Kunden hätte. Der war zufrieden. Was ist bloß mit meinem Gesicht? Sie wird sich waschen, hinuntergehen und von Mascha Schminke erbitten. Sie wird Mascha über diesen Sergej aushorchen. Sie müssen ihr jetzt etwas Vernünftiges zu trinken geben. Was hat er gesagt? Der Tag fängt erst an. Ja, der Tag fängt erst an.

Unten in der Bar ist es noch voller geworden. Ihr Platz am Tisch des Vaters ist besetzt. Die Brüder sind nicht mehr da. Der Vater sieht sie und nickt ihr zu. Er sieht nicht unfreundlich aus. Katja drängt sich an den Tresen. Mascha ist abgelöst worden. Sie sitzt im Gang hinter der Bar auf einem Stapel leerer Bierkästen und raucht. Katja setzt sich neben sie. Mascha sieht sie an.

Von dem laß die Finger. Ich glaube nicht, daß es hier jemanden gibt, der so krumme Dinger dreht wie der. Der ist 'ne Nummer zu groß für dich.

Kannst du mir Schminke borgen? Ich hab nichts dabei.

Du bist gut, bist du nicht bei der Arbeit?

Seit gestern. Ohne zu schlafen. Als wir in der Nacht zurückgekommen sind, war das Wohnungsschloß ausgebaut. Unsere Schlüssel passen nicht mehr. Die Brüder versuchen, eine andere Wohnung zu bekommen. Heute morgen, sagen sie, haben sie unsere Sachen ausgeräumt. Alles in einen Wagen und weg. Steht im Hafen, in einem leeren Schuppen. Wie soll ich da meine Sachen finden. Ich weiß ja nicht mal, wo der Schuppen ist.

Wo habt ihr gewohnt?

An der Promenade, gleich neben dem Londonskaja. Ja, dann ... Ihr werdet schon was finden. Nimm dir das Zeug aus meiner Handtasche. Vorn ist heute der Teufel los. Kannst du wahrscheinlich ordentlich Geld machen. Sogar Ausländer sind da, Franzosen, glaube ich. Katja sucht in der Tasche, die sie vom Boden aufgenommen hat, findet einen Lippenstift und einen schwarzen Kajalstift. In dem Stück Spiegel, das über Mascha an der Wand hängt, umrandet sie ihre Augen schwarz und malt die Lippen knallrot.

Ich müßte meine Haare waschen, sagt sie, während sie die Stifte zurück in die Handtasche legt. Mascha ist aufgestanden.

Laß dir von deinem Alten einen doppelten Cognac spendieren und mach dich an die Arbeit. Wenn ihr bis heute abend keine Wohnung gefunden habt, kannst du bei mir schlafen. Meine Schwester ist nicht da. Aber ohne den Rest der Familie.

Mascha, du bist süß.

Und du bist blöd, wenn du dich mit Sergej einläßt. Mach Platz, ich muß an die Arbeit. Soll ich den Cognac gleich einschenken?

Ja, mach, sagt Katja. Als sie hinter Mascha den Gang verläßt, fühlt sie sich sehr gut.

Im Traum kommt eine Putzfrau vor, die ihren Schrubber selbst mitgebracht hat und als erstes aus einer grünen Tube den weißlichen dicken Strahl eines Putzmittels auf dem Fußboden des Arbeitszimmers verteilt. Bevor sie ihre Kollegin, die vor der Tür steht und auf ihren Einsatz wartet, hereinholt, wacht Bella auf. Sie ist nicht benommen genug, um sich nicht darüber zu wundern, daß das neue Leben ausgerechnet mit einer Putzorgie beginnen soll.

Unter der Dusche fällt ihr ein, daß Olga Geburtstag hat. Noch vor dem Frühstück ruft sie sie an. Olga hat noch geschlafen. Bella spürt einen kleine Triumph, während sie laut bedauert, so früh angerufen zu haben. Natürlich ist Olga sehr schnell hellwach. Was ist denn mit dir los? Bist du aus dem Bett gefallen? Oder mußtest du heute früh deine Brötchen selbst holen?

Mit nachtwandlerischer Sicherheit findet ihre Mutter sofort den Punkt, der geeignet ist, Bella die Laune zu verderben. Sofort beschließt sie, Olga nicht zu sagen, daß Willi gegangen ist. Soll die sich doch mit Olga auseinandersetzen. Sie spürt den Ärger entstehen, der immer damit verbunden ist, daß Olga sich einmischt. Sie ärgert sich über sich selbst. Sie wird einsilbig. Olga tut so, sie tut immer so, als merke sie nichts.

Und heute abend, Kind, du kommst doch?

Den Abend hat Bella völlig vergessen. Seit einiger Zeit versammelt Olga bei sich zu Hause einen Literaturkreis, vier oder fünf Genossinnen und ein Genosse, alle weit über siebzig, der alte Mann schon an der Grenze seiner Aufnahmefähigkeit. Zu ihrem Geburtstag hat Olga sich einen Brecht-Abend gewünscht.

Was ich schon immer mal überprüfen wollte: Ist der nun altmodisch, der Brecht? Wir machen das so: Jeder von euch sucht sich zwei Sachen aus, egal was, Gedichte, irgendwas aus den Stücken. Die lest ihr dann vor, und wir reden darüber.

Eigentlich hat Bella vorgehabt abzusagen. Jetzt bringt sie es nicht übers Herz.

Natürlich komme ich. Ich weiß nur noch nicht, womit ich euch beglücken soll. Was hältst du davon:

> Ihr vergeht wie der Rauch, und die Wärme
> geht auch
> Und uns wärmen nicht eure Taten!

Olga schweigt. Bella hört ihr Schweigen und sieht Olga, die ihr runzliges Gesicht in angestrengtem Nachdenken zusammenzieht.

Wenn du damit die Kommunisten meinst, so muß ich dir sagen, daß es erstens überhaupt noch keinen

Kommunismus gegeben hat, und zweitens ist es natürlich vollkommen unzulässig, einem großen Dichter den Sinn seiner Worte im Mund zu verdrehen.

Ich dachte, ihr wolltet erst feststellen, ob es sich wirklich um einen großen Dichter handelt?

Das ist überhaupt keine Frage, jedenfalls nicht für mich. Pause. Und was hältst du davon?

> Was brauchen den Dirnen die Stirnen breit sein
> Viel besser, die Hüften sind breit.
> Es kommt mehr heraus, und geht mehr hinein
> Und das fördert die Seligkeit.

Bella lacht. Plötzlich hat sie Lust, Olga mit Eddy bekanntzumachen. Absurder Gedanke: Olga in Eddys Kneipe, den Huren darüber Vorträge haltend, daß sie sich mit ihrem Leben nicht abfinden sollen, daß sie sich erniedrigen und so dazu beitragen, daß ihr Geschlecht erniedrigt bleibt.

Ich komme, aber erwarte nicht, daß ich länger bleibe als bis zehn. Ich verreise und hab noch zu packen. Bella beendet das Gespräch, muß aber versprechen, etwas früher zu kommen, um Olga genau zu erklären, was es mit der Reise auf sich habe. Sie hat die Zeit, die sie bei Olga verbringen will, auch deswegen eingegrenzt, weil sie sich nachts von Eddy verabschieden wird. Aber zuerst muß sie den Abend bei Olga überstehen. Bewaffnet mit der Dünndruckausgabe der Brecht-Gedichte und dem schmalen Band der Gedichte von Inge Müller »Wenn ich schon sterben muß«, steht sie eine halbe Stunde zu früh vor Olgas Tür. Olga öffnet sofort, aber sie ist nicht allein. Beinahe achtlos nimmt sie Bella die Müller-Gedichte aus der Hand. Danke, wir sprechen darüber, wenn ich gelesen habe. Ob du Tee kochen würdest? Wir besprechen nur schnell noch den Text.

Welchen Text?

Ach, weißt du, die SPD-Betriebsgruppe –

Ja, ich mach Tee.

Bella geht in die Küche, froh, noch eine Weile in Ruhe gelassen zu werden. Während sie Wasser aufsetzt und Tassen auf einem Tablett zusammenstellt, hört sie aus dem Wohnzimmer Bruchstücke einer heftigen Diskussion, in der die Worte »Verrat« und »Bündnis für Arbeit« und »Aktionseinheit« eine Rolle spielen. Einmal geht sie zu den Streitenden hinein, der Literaturkreis ist vollzählig versammelt, um Olga flüsternd zu fragen: Gibt es irgendwas zu essen, was du deinen Gästen anbieten wolltest?

Olga sieht sie so irritiert an, daß Bella gut, gut sagt und zurück in die Küche geht. Sie trägt den Tee und die Tassen hinein. Die Diskussion scheint sich ihrem Ende zu nähern.

Nur noch einen Augenblick, sagt Olga.

Bella geht zurück in die Küche, setzt sich auf den Tisch und beginnt in dem Buch zu blättern, das sie Olga geschenkt hat. Als sie gerufen wird, zeigt die Uhr über dem Küchentisch an, daß ihr nur noch eine halbe Stunde bleibt, um am Literaturkreis teilzunehmen.

Weißt du, Kind, wir haben uns überlegt, daß wir heute doch nicht mehr dazu kommen, den Brecht zu besprechen. Laß uns so noch ein bißchen zusammensitzen. Was denkst du? Willst du uns von der Reise erzählen, die du vorhast?

Die alten Leute sind erschöpft, Bella sieht es ihnen an, auch wenn sie es nicht zugeben würden. Sie haben sich zwei Stunden lang aufgeregt über einen, ihrer Meinung nach, falschen Text in einer Betriebszeitung, haben einen Gegenartikel geschrieben und überlegt, wie sie ihn verbreiten können. Sie haben beschlossen, ein Flugblatt drucken zu lassen und es nach Betriebsschluß vor dem Werk zu verteilen, in dem die Zeitung erschienen ist. Jetzt sind sie müde und froh, daß sie nur noch zuhören müssen.

Bella gibt eine möglichst farbige Schilderung ihres Gesprächs mit Charlotte Mehring. Zu spät fällt ihr ein, daß ihre Mitteilung, die Mehring beabsichtige, in der Ukraine produzieren zu lassen, hier auf Empörung stoßen könnte.

Ich halte es für falsch, daß du dich dazu hergibst, diese Dame zu begleiten, sagt Olga und leitet damit eine heftige Diskussion über Arbeitslosigkeit und Betriebsverlagerungen ins Ausland, rücksichtslose Unternehmerstrategien, Frauenarbeitslosigkeit und schlaffe Gewerkschaften ein, deren Ende Bella nicht abwartet. Pünktlich um zehn steht sie auf und verabschiedet sich. Die Gäste ihrer Mutter, erfrischt durch den Tee und erfreut, den Klassenfeind in der Person dieser Mehring so plastisch vorgeführt bekommen zu haben, bleiben noch sitzen.

Ich ruf dich an, verkündet Olga laut, während Bella schon ihren Mantel anzieht. Sie hat Lust, den Band mit Gedichten wieder mitzunehmen, schilt sich kindisch und geht.

Irgend jemand hat in der Zwischenzeit die Antennen sämtlicher Autos in der Straße abgeknickt. Auf der Fahrt zu Eddy kann sie deshalb nicht Radio hören. Vielleicht wäre sie sonst durch den Polizeifunk vorbereitet worden. Schon von weitem sieht sie den Menschenauflauf in Höhe der Kneipe. Sie stellt den Porsche in einer Seitenstraße ab und geht zu Fuß weiter. Eddys Laden ist dunkel. Ein paar Scheiben sind eingeworfen oder eingeschlagen worden. Es riecht verbrannt. Einige der Frauen, die auf dem Platz vor der Tür stehen, sind Bella bekannt. Sie fragt und bekommt nach und nach heraus, was passiert ist.

Gegen halb zehn sind zwei Männer zu Eddy gekommen. Sie haben an der Theke mit ihm verhandelt, leise, aber Eddy hat sie laut abgefertigt.

Hätte er nicht tun sollen, sagt die Frau, die ihre kurze Hose und durchsichtige Bluse unter einem Umschlagtuch verbirgt.

Was denn? Sollte er denen vielleicht Geld zahlen?

Und was hat er nun davon? Sein Laden ist hin, und er liegt im Krankenhaus.

Es stellt sich heraus, daß die Männer gegangen und wenig später mit Verstärkung zurückgekommen sind.

Da war es schon ziemlich voll. Sie haben »zur Warnung« einen kleinen Brandsatz durch die Scheibe geworfen. Drinnen ist Panik ausgebrochen. Eddy und eine Frau, die versucht hat zu löschen, liegen mit Brandwunden im Krankenhaus.

Bella sieht durch die zerschlagene Scheibe. Es herrscht ein großes Durcheinander, aber der Schaden scheint nicht besonders groß zu sein. Der Billardtisch allerdings ist hin. Niemand weiß, in welches Krankenhaus Eddy gebracht worden ist. So bleibt ihr nichts anderes übrig, als die zuständige Polizeiwache aufzusuchen und zu fragen. Sie findet einen Parkplatz in der Nähe der Wache. Am Eingang des U-Bahnschachts nebenan wird mit Glück gehandelt. Glückliche, freigesetzte, Freiheit genießende Männer und Frauen liegen auf den Treppen, hocken, vom Glück betäubt, an den Geländern, sonnen sich im Licht der Großstadt. Zwischen den Glücklichen gibt es keine Beziehungen mehr. Jeder träumt für sich, entwickelt träumend seine Persönlichkeit. Manche haben den Tornister dabei, in dem der Marschallstab verborgen ist, der ihnen zu einer großen Zukunft verhelfen wird. Wohl um den kostbaren Stab zu schützen, legen sie ihren Kopf auf den Tornister. Dem Glücklichen ist die Erde nicht kalt, die einsame Insel nicht einsam. Wen stört das Erbrochene am Schaufenster. Es stört nicht. Es gehört dazu. Wir kotzen auf euren Konsum, heißt die Botschaft, wir brauchen euer Zeug nicht. Wir leben unser eigenes Leben. Leichtfüßig, schnellsprachig gehen die

Glückshändler unter den Liegenden, Einknickenden, Sichfesthaltenden, Taumelnden herum und versprechen Nachschub. Nicht endende Seligkeit. Freiheit.

Der Anblick eines Mädchens, vielleicht dreizehn, betrunken oder bekifft, in zerrissener Strumpfhose und zu großem Pullover, bringt Bella in die Wirklichkeit zurück. Sie wendet sich ab, erreicht die Wache in wenigen Minuten. Unterwegs wird ihr zweimal Stoff angeboten. Die Stimmung in der Revierwache ist aggressiv. Es hat einen Einsatz gegeben, ein paar Leute stehen im Gang, die Hände gegen die Wand gelehnt, und werden durchsucht. Eine verwirrte alte Frau, die grauen Haare verfilzt, unförmiger, langer Mantel und zwei Plastiktüten, jammert nach einer Unterkunft für die Nacht.

Geh nicht in die Nähe der Alten, ruft eine junge Polizistin einer anderen zu. Die hat die Pest unterm Mantel.

Was soll ich machen? Ich kann sie nicht rausschmeißen.

Und weshalb nicht? Was ist das hier? 'ne Notunterkunft? Los, raus, geh zur Bahnhofsmission, Oma. Wir sind nicht die Heilsarmee.

Der Uniformierte, der die Plastiktüten hochhebt, um sie vor die Tür zu tragen, hat Handschuhe an. Bella kennt ihn, sie weiß sogar seinen Namen noch. Kastner heißt dieses Prachtexemplar von Ordnungshüter. Die Alte schlurft jammernd hinter ihren Tüten her. Kastner kommt zurück, zieht die Handschuhe aus und legt sie in eine Schublade hinter der Barriere. Auch er hat Bella erkannt, tut aber so, als sähe er sie nicht.

Guten Abend, Herr Kastner, sagt Bella laut. Haben Sie mit dem Einsatz in der Süderstraße zu tun gehabt, vorhin?

Kastner tut, als habe er Bella nicht gehört.

Kann ich etwas für Sie tun?

Die Polizistin, die Skrupel hatte, die alte Frau vor die Tür zu setzen, versucht freundlich zu sein. Weshalb haben alle diese Polizistinnen bloß lange, blonde Haare, denkt Bella, während sie einen Schritt näher geht. Kastner dreht sich um.

Was geht Sie das an?

Ich bitte Sie, mir zu sagen, in welches Krankenhaus der Wirt der demolierten Kneipe gebracht worden ist.

Bella hat sich mit der Frage der Frau zugewendet. Die sieht sich unsicher um, fährt mit dem Finger über die Eintragungen im Wachbuch. Kastner schüttelt den Kopf. Die Frau sagt nichts. Kastner kommt einen Schritt näher.

Sind Sie verwandt? Er grinst. Bella weiß plötzlich, daß er ihr Verhältnis zu Eddy kennt.

Er fickt mich, sagt sie laut. Irgendwas dagegen?

Einen Augenblick ist Kastner verblüfft. Die Frau sagt schnell: St. Georg. Bella sagt: Danke. Tritt ihm irgendwohin, wenn er sich aufbläst, und verläßt die Wache. Vor der Tür bleibt sie stehen und überlegt. Hinter einem gutgekleideten, älteren Herren überquert sie die Straße. Vor dem Eingang zum Bahnhof werden die Schritte des Herrn langsamer. Bella geht an ihm vorüber. Als sie zurückkommt, eine Flasche Wodka in der

Hand, sieht sie, daß die Verhandlungen inzwischen abgeschlossen sind. Der blonde Junge, der sich an der Seite des älteren Herrn fröhlich plaudernd, Großvater und Enkel im angeregten Gespräch, auf dem Weg ins Hotel macht, ist vierzehn, vielleicht. Nur wenn man ganz genau hinsieht, wird deutlich, daß seine Hosen zu eng und die Haare gefärbt sind. Der Porsche steht noch neben dem U-Bahn-Eingang. Die Glücklichen sind verschwunden. Vielleicht sind gerade ein paar Hundeführer durch ihre Träume gewandert.

Die kurze Strecke zum Krankenhaus kommt sie nur langsam vorwärts. Die automatische Schranke vor dem Parkplatz des Krankenhauses ist heruntergelassen. In seinem Häuschen sitzt der Nachtpförtner und lauert. Bella beugt sich aus dem Fenster und spricht in die Rufsäule. Professor Wolter.

Sie hat keine Ahnung, ob es jemanden gibt, der so heißt, oder ob der Pförtner annimmt, sie habe sich vorgestellt. Sie weiß nur, daß bei »Professor« die Schranke aufgeht. Der Parkplatz ist beinahe leer. Mildes, friedliches Licht schimmert hinter den Fenstern des Krankenhauses. Vielleicht auch hier eine Insel der Seligen.

Brandopfer liegen auf der chirurgischen Abteilung, wenn sie nicht in Spezialzentren gebracht werden. In den Gängen der Abteilung ist es leer und still. Das Stationszimmer ist leer. Auf dem Schreibtisch findet sie Eddys Namen unter Zimmer 13. Sie klopft nicht an. Im Zimmer stehen zwei Betten, rechts an der Wand. Im hinteren Bett liegt ein Mann, der schläft oder tot ist, jedenfalls liegt er steif da, mit geschlossenen Augen und gibt keinen Laut von sich. Im vorderen Bett sieht Eddy ihr entgegen. Seine Hände ruhen unförmig, weiß verbunden auf der Bettdecke. Rechts neben der Tür befindet sich hinter einem Vorhang das Waschbecken. Bella holt ein Zahnputzglas und eine kleine Blumenvase hinter dem Vorhang hervor. Auf der Bettkante sitzend, gießt sie Wodka ein. Eddy ist sichtlich gerührt. Als sie ihm den Becher an die Lippen führt, stellt sie fest, daß er Schwierigkeiten hat, sich aufzusetzen.

Ich hab irgendwas verpaßt gekriegt, sagt er. Irgendeiner dieser Banditen muß mir noch eins verpaßt haben, bevor sie rausgingen und die Mollys geworfen haben. Der Arzt sagt, es könnte sein, daß die Rippen lädiert sind. Sie röntgen das morgen. Bella hilft ihm, den Wodka zu trinken.

Ich verreise morgen, sagt sie. Ich fahr' nach Odessa. Ich dachte, wir könnten Abschied feiern. Der Billardtisch ist hin.

Es dauert einen Augenblick, bis Eddy antwortet. Er spricht langsamer als sonst und undeutlicher.

Ich finde sowieso, daß wir dafür zu alt werden, sagt er. Ich kauf uns ein schönes Haus. Großes Schlafzimmer.

Bella versucht sich vorzustellen, wie sie und Eddy in einem Haus mit großem Schlafzimmer dem Billardtisch nachtrauern. Rundherum Wolkenstores und Läufer um das Doppelbett.

Wir sind für gar nichts zu alt, sagt sie. Werd du mal erst wieder gesund. Welche Polizisten waren bei dir? Ein paar grüne Jungs und dieser Kastner. Der nimmt mir immer noch übel, daß ich nicht mit den Bullen zusammenarbeite. Wer bin ich denn, daß ich die – Eddys Kopf fällt zur Seite.

Er ist voll von Schmerzmitteln, Beruhigungsmitteln und nun auch von Wodka. Bella tätschelt seine Wange. Er wacht auf und lächelt entschuldigend.

Nichts los mit mir.

Ich geh dann, soll ich die Flasche hier lassen? Eddy nickt.

Hast du behalten –

Odessa, ja. Stell die Flasche in den Nachtschrank. Und schreib mir 'ne Karte. Er schläft schon wieder. Der Mann im Nachbarbett beginnt, auf eine ungewöhnliche Art Luft zu holen. Es klingt, als säße ihm jemand an der Gurgel. Bella verläßt das Zimmer. Die Nachtschwester sitzt am Schreibtisch und macht Notizen.

Zimmer 13, sagt Bella, vielleicht sehen Sie mal nach. Kann sein, da verabschiedet sich jemand.

Die Nachtschwester steht schnell auf und läuft an Bella vorbei, ohne etwas zu sagen. Bella sieht ihr nach, bis sie hinter der Tür verschwindet. Beim Hinausfahren öffnet sich die Schranke automatisch. Der Pförtner grüßt freundlich.

Hat ein Polizist einen Menschen umgebracht, braucht er psychologische Betreuung. So verlangt es das gegenseitige Dienst- und Treueverhältnis, das den Polizisten und seinen Staat miteinander verbindet. Kranz, innerhalb des Polizeiapparates trotz (oder wegen) öffentlicher Anfeindungen nach wie vor ein angesehener Psychologe, hat gleich vier Polizisten vor sich sitzen. Sie gehören einer Sondereinheit an, die bei Geiselnahmen mit bewaffneten Tätern eingesetzt wird.

Ich möchte, daß Sie mir den Hergang schildern. Danach werden wir auf Ihre Probleme näher eingehen. Unsere Probleme? Wenn einer Probleme hatte, dann war das der Verrückte.

Erzählen Sie trotzdem.

Kranz meint, das Verhalten der Leute zu kennen. Es ist nicht ungewöhnlich.

Wir wurden zum Einsatzort – Praxis einer Heilpraktikerin am Grindelhof – geschickt. Wir wußten, daß sich der Mann mit zwei Patientinnen und der Frau eingeschlossen hat. Eine der Patientinnen hat auf seinen Wunsch die Wache angerufen. Von da an hatten wir dauernden Kontakt mit dem Geiselnehmer. Es war ziemlich schnell klar, was er wollte.

Was wollte er?

Sie werden es vielleicht nicht glauben, aber wir hatten gleich den Eindruck, den uns die Frauen nachher bestätigt haben: Er wollte erschossen werden.

Haben Sie darüber miteinander gesprochen, als Ihnen seine Absicht klar war?

Ja, wir waren der Meinung, wir sollten die Geiseln nicht gefährden. Versuchen, sie rauszuholen. Den Rest würde man sehen.

Der Mann hat dann die Geiseln selbst freigelassen? Ja. Wir haben ihm gesagt, wir könnten nichts machen, wenn die Frauen noch drin sind. Das hat er eingesehen.

Hat er das so gesagt?

Nein. Er hat sie nacheinander, fünf bis zehn Minuten Abstand dazwischen, freigelassen.

Und dann?

Die Polizisten, die abwechselnd geantwortet haben, schweigen.

Dann beginnt einer stockend: Ich will mal so sagen: Wir waren von Anfang an darauf eingestellt, daß wir den Mann erledigen müssen. Und es war klar, daß er nichts dagegen hatte. Er war dafür. Für uns war wichtig, daß hinterher nicht einer von uns als Killer dasteht. Wir haben uns darauf verständigt, daß wir ihn alle treffen werden. Als wir nichts mehr hörten, haben wir uns nacheinander vom Nachbarbalkon zu ihm abgeseilt. Als wir die Tür eingetreten haben, war er in der Küche. Sie haben da so eine Art Kaffeeküche in der Praxis. Von da kam er angerannt. Wir haben gleich geschossen, alle vier. Der Mann war sofort tot.

Die Frauen unten haben gehört, daß Sie Hände hoch gerufen haben.

Das machen wir automatisch, bevor wir schießen. Ich hab vergessen, es zu erwähnen.

Hatte der Mann eine Waffe in der Hand?

Ja, irgend so ein Ding, das aussah wie 'ne Spielzeugpistole.

Kranz schweigt und sieht die Männer an. Er ist sicher, daß keiner von ihnen ein Problem hat, das besprochen werden muß; jedenfalls keins, das im Zusammenhang mit dem Mord steht, den sie gemeinsam begangen haben. Es ist Zeitverschwendung, länger mit ihnen zu sprechen.

Und nun? sagt er, weil niemand sonst etwas sagt.

Wir hätten schon eine Bitte. Sie wissen, daß es immer irgendwelche Journalisten gibt, die so was aufbauschen. Geben Sie eine Erklärung für uns ab, die den Leuten einleuchtet. Das ist alles, was wir wollen. Und eine Woche Sonderurlaub, sagt Kranz. Ihm fällt ein, daß er im Augenblick wahrscheinlich die falsche Person ist für öffentliche Erklärungen, die Polizisten schützen können. Und er muß darüber nachdenken, ob er das überhaupt will.

Ist in Ordnung, sagt er. Und falls Sie in den nächsten Wochen doch noch schlecht schlafen sollten, rufen Sie mich ruhig an.

Die Männer stehen auf und verabschieden sich. Kranz bleibt zurück, nimmt den Hörer auf und ruft die Presseabteilung an. Er erfährt, daß die Journalisten um elf erscheinen werden und sagt sein Kommen zu. Als er kurz vor elf in den Presseraum tritt, sind alle Plätze besetzt. Polizei ist immer ein dankbares Thema. Er nimmt vorn neben dem Pressesprecher Platz und wartet auf seinen Auftritt. Der Pressesprecher schildert ausführlich den Hergang der Geiselnahme. Es gibt einige Nachfragen. Besonders, daß der Täter eine Art Selbstmörder gewesen sein soll, erregt die Phantasie der Journalisten.

Herr Kranz kann Ihnen das besser erläutern als ich, hört er den Mann neben sich sagen. Das ist sein Stichwort.

Selbstmörder, oder sagen wir besser lebensmüde Geiselnehmer, sind für uns kein neues Phänomen. Nicht häufig allerdings, eher selten, aber immerhin bekannt. Solche Menschen denken an Selbstmord, wollen die Durchführung aber lieber der Polizei überlassen. Dabei ist es wohl nicht so, daß es ihnen an Mut fehlt, sich umzubringen. Sie wollen möglichst großes Aufsehen erregen, wenn sie sterben. Wenn schon, dann soll es spektakulär sein. Erst die Polizei im Großeinsatz, dann die Presse, die darüber berichtet – das ist es, was diese Menschen im Kopf haben, wenn sie sich auf eine Geiselnahme einlassen.

Sind Polizisten für solche Fälle ausgebildet?

Natürlich. Vergessen Sie nicht, daß es sich in diesen Fällen immer um eine Spezialtruppe handelt, die eingesetzt wird.

Sind Sie der Meinung, daß die Einsatzgruppe –

Truppe, bitte, Einsatztruppe, hört Kranz die Stimme des Pressesprechers neben sich.

Sind Sie der Meinung, daß die Einsatztruppe in diesem Fall richtig gehandelt hat?

Nein.

Was meinen Sie mit »nein«?

Ich bin nicht der Meinung, daß die eingesetzten Polizisten richtig gehandelt haben.

Einen Augenblick ist es still. Diese Reporter sind schlau genug, um sofort zu begreifen, daß sich hier etwas Ungewöhnliches anbahnt.

Was ist los? Haben Sie den Verstand verloren. Die leise Stimme des Pressesprechers.

Was wollen Sie damit sagen? Der Mann, der fragt, kreischt beinahe.

Ich will sagen, daß ich mit den beteiligten Polizisten gesprochen habe. Sie haben übereinstimmend erklärt, sie hätten den Mann umgebracht. Sie werden mir beipflichten, daß das nicht zu den Aufgaben der Polizei gehört.

Die Kameras, die schon auf den Tischen gelegen haben, werden hochgerissen. Stimmen überschlagen sich. Der Pressesprecher ist aufgestanden und versucht, den Lärm zu übertönen.

Bitte, beruhigen Sie sich. Herr Kranz kann doch gar nicht zu Wort kommen. Er wird Ihnen das Mißverständnis erklären. Bitte.

Es gelingt ihm, die Meute vorübergehend zu beruhigen. Die Ankündigung, daß Kranz noch einmal reden wird, wirkt wie der Fleischbrocken, in den sich Hunde in stummer Gier verbeißen.

Sie sehen, Herr Kranz, welche Aufregung Ihre mißverständliche Äußerung hervorgerufen hat. Bitte –

Der Pressesprecher ist ein Schleimscheißer. Außerdem ist er fotogen und hofft, durch möglichst viele Fotos, auf denen er abgebildet ist, irgendeinen Konzern auf sich aufmerksam zu machen. Er beneidet den zurückgetretenen Innensenator, weil er sicher ist, daß der den lukrativen Industriejob schon in der Tasche hatte. Aus moralischen Gründen tritt niemand zurück.

Ich wiederhole, sagt Kranz, die Männer der Einsatzgruppe – so falsch finde ich die Bezeichnung nicht – haben den Geiselnehmer umgebracht. Sie haben sich zur Tat verabredet, einen günstigen Augenblick abgewartet und den, erkennbar mit einer Spielzeugpistole bewaffneten Mann, gemeinsam erschossen; als eine Art selbsternanntes Hinrichtungskommando, könnte man auch sagen.

Meine Damen und Herren, die Pressekonferenz ist beendet. Der Pressesprecher weiß ganz offensichtlich nicht mehr weiter.

Kranz steht auf und verläßt den Raum. Es bleibt still, während er hinausgeht. Über die leeren Korridore kommt er zurück in sein Büro und weiß, daß er darüber nachdenken sollte, was er eben getan hat.

Als Kind wird er mit seiner Mutter aus der brennenden Stadt auf das Land geschickt. Damals hat er seinen Vater zwei- oder dreimal bewußt gesehen. Der Vater ist im Krieg. Er selbst ist ein verunsicherter Junge, der niemanden hat, dem er nacheifern kann. Die Kinder im Dorf sind nicht freundlich zu ihm. Er ist oft allein. Einmal liegt er neben einem Bach auf der Wiese. Es stehen

Weiden in der Nähe. Er kann durch die schmalen, silbrigen Blätter in den Himmel sehen. Er hat gehört, daß der Krieg bald zu Ende ist. Er muß kein Soldat werden. Er liegt da, den Himmel über sich, und weiß nicht, was er werden will, wenn er größer ist. Und plötzlich fühlt er sich wunderbar frei. Er hat noch nie so ein Glücksgefühl gespürt wie in diesem Augenblick.

So ähnlich empfindet er auch jetzt. Er setzt sich an den Schreibtisch und legt die Hände auf die Schreibunterlage. Als sein Telefon zu läuten beginnt, steht er auf, nimmt seinen Mantel aus dem Schrank, sieht ihn einen Augenblick an, läßt ihn zurück und verläßt den Raum. Auf dem Weg zum Fahrstuhl kommt ihm die Vorzimmerdame des neuen Senators entgegen.

Sie sollen zum Chef kommen, sofort, ich hab' versucht, Sie zu erreichen.

Ich komme gleich, sagt Kranz. Er steigt in den Fahrstuhl und fährt nach unten. Am Pförtner vorbei verläßt er das Haus.

Bella trifft Charlotte Mehring auf dem Flughafen. Die Unternehmerin ist so elegant gekleidet, wie es ihr das Firmenimage vorschreibt. Sie erklärt, unterwegs arbeiten zu wollen, schläft aber gleich nach dem Start ein. Bella blättert im Lufthansa-Bordbuch:

Über Babels Tod weiß man nichts Genaues, nur, daß er in einem stalinistischen Straflager ums Leben kam. Zu seiner Zeit stellten die Juden mit 29 Prozent die größte Volksgruppe der Stadt. Als die Sowjetmacht zusammenbrach, waren sie noch etwa 100 000 von rund 1,3 Millionen Einwohnern.

So dichtet die Lufthansa per Lufthansa-Bordbuch die deutsche Geschichte um. Sie legt das Heft zur Seite, liest den Babel, den sie sich mitgebracht hat, und achtet darauf, daß die Papiere, die die Mehring auf dem Schoß hat, nicht herunterrutschen. Beim Landeanflug für den Zwischenstop in Wien sind ihr Babels Räuber Benji Krick und der alte Fuhrmann, der sein Vater ist, so vertraut, daß sie beginnt, sich auf Odessa zu freuen. Aber es gibt auch ein erklärendes Nachwort:

Am sechzehnten Oktober neunzehnhunderteinundvierzig haben Rumänen und Deutsche nach längerer Belagerung Odessa besetzt. Am nächsten Tag schon fanden die ersten Massenerschießungen statt. Am 22. Oktober verübten Partisanen einen Bombenanschlag auf das Hauptquartier der Besatzer. In den drei Tagen danach wurden fünfunddreißigtausend Odessaer Juden umgebracht. Die Täter waren Rumänen und Deutsche, Armee- und SS-Angehörige. Rußlanddeutsche Siedler haben sich an den Massakern beteiligt. Odessa, die neue Hauptstadt des neugegründeten Transnistrien, wurde mit vereinten Kräften judenfrei gemacht.

Bella legt das Buch beiseite. Jetzt hat sie keine Lust mehr, Babel zu lesen. Nachdem das Flugzeug in Wien gestartet ist, bestellt sie sich einen doppelten Wodka mit Orangensaft und überlegt, ob sie testen soll, was die Frau neben ihr über die Geschichte Odessas weiß. Sie beschließt, jetzt nicht nachzufragen. Eine Weile noch möchte sie sich die Illusion erhalten, die Begleiterin einer geschäftstüchtigen und klugen Frau zu sein.

Der Flughafen von Odessa gleicht einem Stall, in dem das System, nach dem die Boxen für das Vieh eingezogen wurden, nicht erkennbar ist. Ein paarmal stehen sie an der falschen Box, irgendwann, da sind zwei oder drei Stunden vergangen, werden ihre Papiere kontrolliert, und sie dürfen den Stall verlassen. Bella ist froh, bei der Hotelreservierung darauf bestanden zu haben, daß sie abgeholt werden, denn Taxis gibt es nicht. Der Hotelbus ist frisch gestrichen, hat aber alte Polster und alte Stoßdämpfer. Die Schlaglöcher auf der Straße sind sehr tief, und der Fahrer ist zu schnell, um ihnen rechtzeitig ausweichen zu können. Auf dem letzten Stück vor der Stadt fahren sie durch ein Gartengelände. Hinter Hecken aus riesigen Sonnenblumen und Herbstastern zerfallen die Häuser. Ihr Hotel, das Londonskaja, liegt am Tschaikowski-Boulevard, einer ruhigen, prächtigen

Promenade. Vom Hotel aus hat man einen wunderbaren Blick auf den Hafen. Bella hofft, daß sie vom Fenster ihres Zimmers zum Hafen hinübersehen kann, und sie hat Glück. Als es dunkel wird, steht sie dort.

Weshalb ihr gerade diese Verse ihres Großvaters einfallen, weiß sie nicht.

> Die Male häufen sich, da ich die Stadt
> Durchstreife und den Tod erblicke –
> Und heiter ansah. Denn, was soll's?
> Ich stimme ein. Und bin mir sehr gewiß,
> Daß er zu seiner Zeit auch mich ereilt.

Eine unsichtbare Drohung, eine abweisende Fremdheit meint sie zu spüren. Da unten am Hafen liegt die Richelieu-Treppe. Die wird sie sich auf jeden Fall ansehen. Als Kind hat Olga sie in Eisensteins Film »Panzerkreuzer Potemkin« mitgenommen. Sie empfindet es als Glück, jetzt die Schauplätze des Aufstands von 1905 sehen zu können. Sie wird Olga eine Karte schreiben, auf der die berühmte Treppe abgebildet ist.

Als sie zum Abendessen in das Hotel-Restaurant kommt, ist die Mehring noch nicht da. Das Restaurant ist nur wenig beleuchtet und beinahe leer. Auf der kleinen Bühne sind ein paar Musiker dabei, ihre Instrumente zurechtzurücken. Sie sind als ukrainische Bauern verkleidet. An der Seite sitzt eine ältere Frau in weitem Rock und mit Bändern im Haar. Vermutlich wird sie irgendwann singen. Bella setzt sich an einen Tisch, der, wie sie hofft, der Beschallung aus den Lautsprechern am wenigsten ausgesetzt sein wird. Von ihrem Platz aus kann sie den Eingang des Restaurants beobachten. Außer ihrem ist nur noch ein weiterer Tisch besetzt. Fünf Männer tafeln in der Nähe des Eingangs. Mehrere Kellner sind damit beschäftigt, Speisen und Getränke an ihren Tisch zu schleppen, halbvolle Teller und Schüsseln zurückzutragen, Teller und Gläser nie leer werden zu lassen. Selten, denkt Bella, habe ich Menschen gesehen, die so ungeniert fressen und saufen. Sie stellt sich ein Geschäftsessen in einem feinen Hamburger Restaurant vor und beobachtet anschließend mit noch größerem Vergnügen die Urform.

Als die Mehring durch die Tür tritt, wird es am Tisch der Esser still. Auch Bella hat nicht oft eine so schöne Frau so vollendet selbstbewußt ein Restaurant betreten sehen. Sie trägt ein schwarzes, enges Kleid. An ihren Ohren hängen riesige glitzernde Kränze, und auch an den Schuhen glitzert irgend etwas. Völlig unbeeindruckt von dem zustimmenden Gemurmel der Männer, die jetzt ihren Weg durch das Restaurant kommentieren, geht sie an ihnen vorbei, ohne sie zu beachten. Bella ist in Versuchung, aufzustehen und ihr einen Stuhl zurechtzurücken, als sie nahe herangekommen ist. Charlotte Mehring hält ein Blatt Papier in der Hand, auf dem Bella handschriftliche Notizen sieht. Unter dem Arm trägt sie eine elegante, kleine Aktentasche.

Ich hab einen Plan gemacht, sagt sie. Hier sind meine Termine, die ich, die wir abarbeiten werden. Ich darf Sie bitten, morgen früh vom Hotel aus diese drei – sie zeigt auf das Blatt, Bella entdeckt ein paar rot angestrichene Zahlen – Firmen anzurufen. Machen Sie so schnell wie möglich Termine. In der Tasche sind die Unterlagen, die Sie vielleicht brauchen, wenn es Nachfragen gibt. Für jede Firma eine eigene Mappe. Insgesamt sind es vier. Die vierte werden wir jetzt noch nicht brauchen. Ich gebe sie Ihnen zum Aufbewahren. Die Straßen oder Orte auf der Liste, die nicht mit Telefon-Nummern versehen sind, werden wir im Anschluß an die geschäftlichen Besprechungen aufsuchen. Ein bißchen Sightseeing soll ja auch sein.

Bella nimmt das Blatt, stellt fest, daß nur drei Firmen aufgesucht werden sollen und sehr viel mehr Sightseeing-Orte, sagt aber nichts; auch nicht, als sie sich vergewissert hat, daß die Richelieu-Treppe für die Mehring offenbar nicht interessant ist. Sie hat keine Eile herauszufinden, weshalb sie wirklich hier ist.

Die Mehring ißt wenig und trinkt mehr, als Bella erwartet hat. Dabei bleibt sie kühl und freundlich, vom Alkohol sichtlich unbeeindruckt. Sie unterhalten sich über belanglose Dinge, den Kontrast zwischen den verlebten Gesichtern der Musiker und ihren frisch gestärkten Bauernkitteln, die Qualität der Speisen und zu erwartende Mode-Trends. Bella ist in Versuchung, die Mehring langweilig zu finden, intelligent und langweilig. Nur die Tatsache, daß sie schon vier doppelte

Wodka getrunken hat, zusätzlich zum Weißwein, nötigt ihr Bewunderung ab.

Nach zwei Stunden verlassen Bella und Charlotte Mehring gemeinsam das Restaurant. Die tafelnden Männer sind sehr viel ruhiger geworden. Einer hat den Kopf auf den Tisch gelegt und beginnt, seinen Rausch auszuschlafen. Auch die anderen beachten die beiden Frauen nicht. Sie sehen das Ziel ihrer Träume jetzt wohl eher verschwommen. Auf dem Korridor verabschiedet sich Bella. Sie wartet, bis die Mehring die Tür hinter sich geschlossen hat. Dann geht sie weiter, auf einem ehemals kostbaren, jetzt verblichenen Läufer, der ihre Schritte dämpft, so daß sie nicht zu hören sind. Fast ein wenig träumerisch, weil leicht betrunken, denkt sie an das wunderschöne Bein der Mehring, dessen Anblick das letzte war, was sie von ihr gesehen hat: ein schlankes, schwarzbestrumpftes Bein, ein schmaler Fuß, die glitzernde Straßspange auf dem Schuh – sie verschwinden hinter der Tür, graziös eingezogen, wie Fühler einer Schnecke bei Berührung.

Katja hat den Tag über zur Zufriedenheit ihrer Brüder und ihres Vaters gearbeitet. Gegen Abend ist sie in einem Zustand, der die Männer beschließen läßt, ihr jetzt Ruhe zu gönnen. Sie sitzt mit den dreien am Tisch, hört sie reden, versteht aber kaum etwas von dem, was gesagt wird. Anscheinend haben die Brüder ein Quartier gefunden. Ihr ist es gleichgültig. Sie will lieber bei Mascha schlafen. Erst wird sie sich hier ausruhen und es dann dem Vater sagen. Mascha arbeitet bis zwei Uhr, solange hat sie Zeit. Die Brüder sind noch einmal weggegangen. Die neue Wohnung liegt am Stadtrand. Sie wollen jemanden mit einem Auto auftreiben, der sie hinfährt. Das kann lange dauern. Neben ihr sitzt der Vater. Sie sieht sein Gesicht von der Seite an. Sie weiß, daß sie ihm im Profil ähnlich ist. Er sieht schmutzig aus, findet sie. Hat sich nicht gewaschen und nicht rasiert, der Arme. Sie möchte ihn streicheln, aber ihre Hände bewegen sich nicht. Ihre Arme fühlen sich schwer an. Sie vergißt ihre Absicht sofort wieder. In der Bar sind jetzt noch mehr Menschen als am Morgen. Aber es sind andere Leute da, Russen und Ukrainer in Trainingsanzügen, mit teuren Turnschuhen und goldenen Uhren um die Handgelenke. Sie tragen viel Geld in ihren ausgebeulten Hosentaschen; ausländisches Geld, Dollar oder D-Mark, nicht das wertlose Zeug, das die Rentner ausgezahlt bekommen. Touristen sind keine mehr da. Die Männer besprechen Geschäfte. Hin und wieder verlassen ein paar von ihnen die Bar, so, als ob sie zur Arbeit gingen. Was werden sie arbeiten? Katja liegt im Halbschlaf, ihren Rücken gegen die Wand gelehnt, als die Brüder zurückkommen.

Um eins holt man uns ab.

Der Vater nickt, auch er ist jetzt müde. Die Brüder finden keinen Platz am Tisch. Sie drängen sich zur Bar. Sie wird mit dem Vater reden müssen. Katja versucht, klar zu denken. Sie nimmt den Kopf von der Wand, blickt auf und sieht Sergej zur Tür hereinkommen. Eigentlich ist sie sicher, daß er sie vergessen hat. Weshalb fürchtet sie sich trotzdem? Sergej wirft ihr einen Blick zu, bevor er sich hinter den Brüdern zur Bar drängt. Katja sieht die drei miteinander reden.

Nein, das werden sie nicht machen. Ich habe gut gearbeitet. Der Vater hat es gesagt.

Sie sieht, daß Sergej den Brüdern Geld gibt. Von ihrem Platz aus kann sie nicht sehen, wieviel es ist. Weder Sergej noch die Brüder haben zu ihr herübergesehen. Sie versucht, mit Mascha hinter der Bar einen Blick zu tauschen. Mascha ist zu beschäftigt. Sergej drängt sich an den Brüdern vorbei. Er bestellt irgend etwas, sieht noch immer nicht herüber zum Tisch. Sie hat sich geirrt.

Du gehst mit Sergej, sagt der Vater neben ihr. Das ist so abgemacht.

Während sie gearbeitet hat, haben sie mit Sergej verhandelt. Während sie dafür gesorgt hat, daß die Brüder die Anzahlung für die Wohnung bekommen, hat Sergej sie gekauft – vielleicht hat er ihnen überhaupt den Tip mit der Wohnung gegeben. Es ist schwierig, Wohnungen zu finden, die frei sind. Sie ist jetzt sicher, daß Sergej die Wohnung besorgt hat. Und sie darf nicht mit einziehen.

Meine Sachen, alles ist doch in den Kisten.

Kriegst du schon noch. Sag ihm, er soll dir kaufen, was du brauchst. Sergej hat genug Geld.

Katja sagt nichts mehr. Es hat keinen Sinn. Sie könnte aus dem Lokal verschwinden. Die Aussicht, die Nacht auf der Straße zu verbringen, ist nicht angenehm. Sie weiß nicht, wo Mascha wohnt. Sie kann Mascha nicht fragen. Sergej steht bei ihr. Er wird es merken, dann ist nichts gewonnen. Also wird sie mit Sergej gehen. Katja schließt die Augen und lehnt den Kopf wieder an die Wand.

Als Sergej am Tisch auftaucht, hat sie geschlafen und geträumt. Deshalb erschrickt sie, als der Vater sie anstößt.

Wir gehen, sagt Sergej. Er spricht weder freundlich noch unfreundlich, einfach so. Wir gehen.

Geht, Kinderchen, sagt der Vater. Katja spürt das Bedürfnis, ihn zu schlagen, plötzlich und heftig, aber sie rührt ihn nicht an, als sie sich hinter seinem Rücken vorbeizwängt. Sergej hat sich schon zur Tür gewendet. Sie hat Mühe, ihm zu folgen. Das Gedränge ist zu groß.

Steig ein.

Vor der Bar steht ein Jeep. Sie klettert auf den Beifahrersitz, während Sergej schon anfährt. Er rast die Puschkinstraße hoch. Fußgänger springen zur Seite. Einmal landen sie beinahe in einer ungesicherten Baugrube. Vor dem Bahnhofsplatz biegt er nach rechts ab. Straßenbahnschienen und Schlaglöcher beachtet er nicht. Geht die rasende Fahrt in Richtung Moldowanka? Aber dann biegt er wieder nach rechts ab, rast weiter, zum Meer hinunter. Endlich fahren sie viel zu schnell in einen Innenhof und halten mit quietschenden Bremsen. Sergej steigt aus, ohne sich um sie zu kümmern. Katja hört ihn eine hölzerne Treppe hinaufgehen. Sie sieht sich um. Der Innenhof gehört zu alten, im Viereck gebauten Häusern. Sie haben drei Stockwerke, zum Hof hin sind die Wohnungen durch einen umlaufenden, verglasten Laubengang miteinander verbunden. Die verglasten Lauben ahnt sie mehr, es ist dunkel. Vor einigen Wohnungstüren brennen trübe Lampen. Ihr Licht reicht nicht aus, um den Hof zu beleuchten. Gerümpel scheint herumzuliegen. Zwei weitere Autos stehen da, eins hat keine Räder. Sie sieht Sergej in der zweiten Etage auf den Laubengang treten. Jetzt könnte sie weglaufen. Sie geht die Treppe hinauf, über ausgetretene, zersplitterte, verfallene Stufen, die erst weiter oben einigermaßen heil zu sein scheinen. Als sie auf den zweiten Gang hinaustritt, sieht sie, daß eine Tür offensteht. Bevor sie Sergej in die Wohnung folgt, bleibt sie stehen und blickt hinunter in den Hof. Ein Baum mit abgebrochenen Ästen steht da. Den hat sie unten gar nicht gesehen. Auf dem Boden um Sergejs Auto herum bewegt sich etwas. Katzen oder Ratten, das ist nicht genau zu erkennen.

Die Wohnung hat sehr hohe Räume, die vor langer Zeit, vielleicht in den zwanziger Jahren, durch Zwischenwände geteilt wurden. Sergej sitzt in der Küche am Tisch und kritzelt etwas in ein Notizbuch. Beim Schreiben beugt er sich tief hinunter.

Mach Kaffee, sagt er.

Katja sucht in den Schränken.

Wohnst du hier? fragt sie.

Sergej antwortet nicht. Sie hat gefragt, weil es so aussieht, als habe eine Frau die Ordnung in den Schränken eingerichtet. Als sie die Kanne und zwei Tassen auf den Tisch stellt, sieht er kurz auf.

Meinetwegen laß die Tasse stehen, sagt er. Aber gewöhn dich gleich daran. Wenn ich Kaffee will, heißt das noch lange nicht, daß du Kaffee bekommst. Hast du verstanden?

Katja gießt Kaffee ein und setzt sich mit ihrer Tasse auf einen Stuhl neben der Küchentür. Sie ist müde, hat aber Angst, nach einer Schlafgelegenheit zu fragen. So sitzt sie da und betrachtet die fremde Küche, den Herd, der die Schmalseite gegenüber der Tür ausfüllt, die beiden Küchenschränke, die mit Geschirr und mit gefüllten Einweckgläsern vollgestellt sind, das bestickte Tuch über dem Handtuchhalter.

Als Sergej endlich aufsteht, ist sie auf dem Stuhl eingeschlafen. Er stößt sie an, und sie folgt ihm durch einen langen Flur bis an das Ende der Wohnung. Es ist niemand außer ihnen zu Hause, jedenfalls hört sie hinter den Türen keinen Laut. Das Schlafzimmer, das sie betreten, sieht aus, als hätte heute morgen eine ordentliche Hausfrau die Betten gemacht. Am Kopfende liegen bunte Kissen. Zwei Puppen mit lachenden Gesichtern und weiten Röcken sitzen davor. Die Vorhänge vor den Fenstern sind zugezogen. Sergej beginnt sich auszuziehen. Schließlich legt er sich ins Bett, Puppe, Bettdecke und Kissen auf die andere Seite des Doppelbettes werfend, ohne ein Wort zu sagen. Katja steht noch immer in der Tür. Rechts an der Wand ist eine weitere Tür. Schließlich geht sie dorthin, öffnet sie und sieht ein Bad. Auch hier hat sie den Eindruck, als sei gerade Ordnung gemacht worden. Zwei Handtücher hängen ordentlich an Haken neben dem Waschbecken. Ein großes, neues Stück Seife liegt auf der Seifenschale. Katja nimmt die Seife in die Hand und riecht daran. Sie zieht ihre Sachen aus und geht unter die Dusche, nicht ohne vorher probiert zu haben, ob es warmes Wasser gibt. Als sie den Duschvorhang zurückzieht, um nach dem Handtuch zu greifen, steht Sergej vor ihr. Sie sieht ihn an und weiß, was er sagen wird. Sie hat ihn nicht gefragt. Er wird sie bestrafen. Aber dann endlich kann sie schlafen. Bella erwacht von einem Geräusch, das ihr fremd ist, und versucht einen Augenblick, sich zu orientieren. Im Zimmer ist es noch dunkel. Die schweren Vorhänge vor den Fenstern schließen jedes Licht aus. Langsam gewöhnt sie sich an die Dunkelheit. Das Geräusch ist nicht mehr zu hören. Sie würde spüren, wenn jemand im Zimmer wäre. Vielleicht ist auf dem Gang etwas bewegt worden. Deshalb muß sie nicht aufstehen. Sie schläft wieder ein. Als sie aufwacht, ist es nicht mehr ganz dunkel draußen. An den Rändern der Vorhänge sind dünne, graue Streifen zu sehen. Draußen wird es Tag. Vielleicht sollte sie auf die Uhr sehen. Das beste ist, sie erledigt die Telefonate noch vor dem Frühstück. Sie hat keine Ahnung, wann die Bürozeiten in Odessa beginnen.

Bella steht auf, geht zu den Fenstern und zieht die Vorhänge zurück. Über dem Hafen liegt Nebel, der einen schönen Herbsttag verspricht. Der Telefonapparat steht auf dem Schreibtisch zwischen den Fenstern. Der Schreibtisch ist eine Kopie des Möbels, das in Moskau Tolstois Arbeitszimmer schmückt: schwarz, mit kleinem Geländer an drei Seiten, das die Arbeitsplatte abschließt und Papier und Stifte daran hindert, hinunterzurutschen. Das Telefon ist ein einfaches Telekom-Modell, unpassend modern auf dem pseudoalten Möbel.

Bella zieht die Bedienungsanleitung hervor: Vorwahl für Stadtgespräche: 0. Sie nimmt den Hörer hoch. Kein Laut, 0, kein Laut. Das Telefon funktioniert nicht. Da kann man nichts machen. Also erst duschen, dann zur Rezeption hinunter, nachfragen. Vielleicht kann sie von dort aus telefonieren.

Das Bad ist wunderbar groß, hat goldene Armaturen und mit dem Wasserstrahl, der aus dem Hahn über der Wanne kommt, könnte man Odessa in einer Stunde unter Wasser setzen. Bella beschließt eine Schnellwäsche und ein rauschendes Badefest am Abend. An Garderobe wählt sie die Version »korrekt«, die aus Hose und Jackett besteht und ihr für die bevorstehende Dolmetscher-Tätigkeit angemessen erscheint. Während sie in den Spiegel sieht, geht ihr durch den Kopf, daß sie Willi jetzt seit einer Woche nicht mehr gesehen hat. Sie denkt nüchtern daran und ohne Bedauern.

Als sie auf den Gang tritt, zögert sie einen Augenblick, entscheidet sich dann hinunterzugehen, ohne die Mehring zu wecken. Sie ist als Dolmetscherin angestellt, nicht als Zimmermädchen. Die Empfangshalle ist sehr hoch und sehr düster, viel schwarzer Stein, wenig Lampen. Rechts von der Treppe, im Hintergrund, steht ein einfacher Holztisch mit einem Telefon und zwei Stühlen. Die Stühle sind leer. Bella geht trotzdem zu dem Tisch hinüber. Sie zögert, sieht sich um. Niemand ist zu sehen. Als sie den Hörer aufnimmt, stellt sie fest, daß auch dieses Telefon nicht funktioniert. Als sie den Hörer zurücklegt, erscheint am Ende der Halle ein Kellner. Er sieht sie und kommt schnell auf sie zu. Der Ausdruck auf seinem Gesicht scheint mehr Ärger zu bedeuten, als durch das, vielleicht unberechtigte, Benutzen eines Telefons hervorgerufen worden sein kann.

Sie werden für den Schaden haften, sagt er, als er vor ihr steht.

Bella sieht ihn verständnislos an.

Sie sind doch mit der Dame zusammen gekommen. Wenn Sie mir folgen wollen.

Der Kellner geht, ohne abzuwarten, die Treppe hinauf, den Gang entlang, an Bellas Zimmertür vorbei zum Zimmer der Mehring. Er öffnet die Tür, wozu er keinen Schlüssel braucht, denn das Schloß ist zerstört, bleibt in der offenen Tür stehen und zeigt auf das Innere des Zimmers. Er tut das alles, ohne ein Wort zu verlieren, und Bella ist so überwältigt von dem Anblick, der sich ihr bietet, daß sie ebenfalls stumm bleibt. Die Mehring ist nicht im Zimmer. Wahrscheinlich hätte sie auch keinen Platz mehr gefunden, auf dem sie sich hätte niederlassen können. Das Chaos, die Zerstörung sind perfekt, bis hin zu den ausgebauten Türen des eingebauten Kleiderschranks, den umgestürzten Sesseln, mit den zerschnittenen Polsterbändern, beige mit roten, eingewebten Streifen, die schlaff herunterhängen. Alle Schubladen liegen am Boden. Ihr Inhalt ist über das Zimmer verstreut. Tasche und Koffer der Mehring sind ausgeleert. Es riecht nach teurem Parfüm und irgend etwas anderem, das ein Hauch von Äther sein könnte. Es läßt sich unmöglich feststellen, ob und was die Mehring angehabt hat, als irgendjemand sie tot oder lebend aus diesem Chaos herausgebracht hat. Oder als sie das Zimmer verlassen hat, bevor das Chaos angerichtet wurde. Oder als sie das Chaos angerichtet hat, bevor sie das Zimmer verließ.

Plötzlich fällt Bella etwas ein. Sie läßt den Kellner stehen und läuft zurück in ihr Zimmer. Während sie läuft, fühlt sie nach dem Blatt mit den Telefonnummern in ihrer Jackentasche. Es steckt noch darin. Ihre Zimmertür ist verschlossen. Sie braucht einen Augenblick, um aufzuschließen. Der Kellner ist ihr nachgelaufen und steht wieder neben ihr. Sie öffnet die Tür, drängt den Mann zurück, der ihr folgen will, schlägt ihm die Tür vor der Nase zu und schließt ab. Er beginnt, dagegen zu trommeln, während sie zum Schreibtisch läuft und erst stehenbleibt, als sie die Aktentasche neben dem Papierkorb stehen sieht, ungeöffnet, dick, wie am Abend zuvor. Schnell wirft sie einen Blick hinein, stopft die Tasche ins Bett und geht zurück, um dem immer noch trommelnden Kellner die Tür zu öffnen. Er ist nicht mehr allein. Ein kleiner, dicker Mann, einer von denen, die am Abend im Restaurant gesessen haben, steht neben ihm. Die beiden stürzen ins Zimmer und bleiben, offensichtlich erleichtert, stehen, als sie feststellen, daß es hier keine Verwüstung gegeben hat.

Sie werden mir sicher sagen, wo ich die Dame zu suchen habe, die gestern mit mir gekommen ist, sagt Bella. Sie spricht laut und energisch. Die Männer sehen sie verblüfft an, wechseln Blicke miteinander, sehen sie wieder an.

Dies ist ein Hotel, sagt sie geduldig, aber laut. Für die Sicherheit der Gäste sind Sie verantwortlich. Wo ist Frau Mehring?

Das dann folgende Gerede über Schaden und Nachprüfen und Polizei Benachrichtigen unterbricht sie bald.

Bringen Sie einen Kaffee in das Zimmer da drüben. Ich werde mich um die Sachen von Frau Mehring kümmern. Anschließend können Sie dort aufräumen, oder auch nicht, das ist mir egal. Bis ich ihre Sachen zusammengepackt habe, lassen Sie die Polizei aus dem Spiel. Wenn Frau Mehring bis heute mittag nicht wieder aufgetaucht ist, werde ich zur Polizei gehen.

Die Männer lassen sich von Bellas Worten einschüchtern. Sie verschwinden, während sie sich – die kleine

Aktentasche nimmt sie mit – zurück in das verwüstete Zimmer begibt. Eine junge Frau kommt gleich darauf mit einem Tablett. Sie bringt Kaffee, Butter und einen Stapel Brotscheiben und wartet, bis Bella ihr das Tablett aus der Hand genommen hat. Es gibt keinen freien Platz, auf dem sie es hätte abstellen können. Bella schließt die Tür hinter ihr und klemmt einen Stuhl unter den Türgriff. Sie hat keine Lust, sich stören zu lassen. Dann setzt sie sich auf die Bettkante und sieht sich um.

Ob hier wohl jemand gefunden hat, was er gesucht hat?

Zuerst gießt sie sich einen Kaffee ein, während sie trinkt, sieht sie sich die Papiere in der Aktentasche an. Vielleicht gibt es irgendeinen Hinweis, irgend etwas, das erklären könnte, was hier in der Nacht geschehen ist. In der Tasche befinden sich drei Mappen, die einander in Inhalt und Umfang gleichen, bis auf die ersten zwei Blätter. Auf diesen Blättern sind jeweils die Daten der drei Firmen notiert, mit denen Bella Termine absprechen sollte. Offenbar hatte die Mehring vor, bei den Verhandlungen ihre eigene Firma anhand von Prospekten, einem Katalog mit der neuesten Kollektion und Stoff- und Farbmustern vorzustellen. Die Unterlagen über ihre eigene Firma sind sorgfältig zusammengestellt und umfangreich. Die Notizen über ihre Gesprächspartner sind dagegen kurz und oberflächlich. Anscheinend hat sie nicht viele Informationen gehabt, bevor sie losfuhr.

Bella hört ein leises Knacken. Sie sieht hoch – nichts, außer einem kleinen Lichtschein unter dem Bett. Sie steht auf, um nachzusehen. Unter dem Bett brennt eine Nachttischlampe, die offenbar während der Durchsuchungsaktion dort gelandet ist. Bella zieht die Lampe hervor und macht sie aus, geht hinüber zum Telefon und hebt den Hörer auf. Das Telefon funktioniert. Soll sie die Firmen jetzt anrufen? Zuerst durchsucht sie die Tasche noch einmal gründlich, aber sie findet nichts. Die Seitentasche ist leer. Die Informationen über die Odessaer Firmen sind nichtssagend. Das Sightseeing-Programm – Bella betrachtet den Zettel und denkt nach. Ganz offensichtlich sind die Sehenswürdigkeiten Odessas nicht darauf verzeichnet. Genaugenommen gibt es nur drei Stellen, die die Mehring in der Stadt ansehen wollte: den Bauernmarkt, ein Haus in einer Straße, die Engelsstraße heißt, und die Moldowanka. Alle übrigen Angaben betreffen Orte in der Umgebung der Stadt. Auf jeden Fall ein ungewöhnliches Programm für eine Touristin. Plötzlich klingelt das Telefon. Die Stille im Zimmer war so vollkommen, daß Bella erschrickt. Sie meldet sich mit »Block, Zimmer von Frau Mehring«.

Oh, bin ich froh, daß Sie Russisch sprechen, sagt eine freundliche Frauenstimme. Ich hatte schon Angst, wir würden uns nicht verstehen.

Wir werden uns wunderbar verstehen, wenn Sie mir sagen, worüber wir uns unterhalten wollen, antwortet Bella.

Hatten Sie eine gute Reise?

Ja, sagt Bella, darf ich Sie bitten –

Aber natürlich. Entschuldigen Sie. Wir würden uns freuen, wenn unsere Verhandlungen heute ab 13 Uhr stattfinden könnten.

Bella ist sicher, daß die Frau nicht gesagt hat, wer da verhandeln will. Als sie danach fragt, erfährt sie den Namen der Firma, die als erste auf ihrer Liste steht: Kotow-Moda. Sie verabredet einen Termin um dreizehn Uhr dreißig. Daß die Mehring verschwunden ist, sagt sie nicht.

Sie legt den Hörer auf und beginnt, das Chaos im Zimmer zu untersuchen. Gründlich und systematisch. Nach einer halben Stunde ist sie sicher, daß sich im Zimmer nichts befindet, das für sie von Bedeutung sein könnte. Sie nimmt den Stuhl unter der Türklinke hervor und öffnet die Tür. Der Gang vor der Tür liegt leer da.

Dschingis Khans Tochter, verkleidet als Zimmermädchen, lehnt zwischen den Fenstern im Gang und sieht ihr entgegen. Die Frau ist noch nicht dreißig, groß, größer als Bella, hat breite Schultern und lange Beine. Sie hat ihre schwarzen Haare hochgesteckt. Ihr Gesicht ist blaß, mit riesigen, dunklen, schrägen Augen und einem dunklen Schatten auf der Oberlippe. Ihr Mund ist leuchtend rot, unwirklich rot im Weiß der Haut und unter dem Schwarz der Haare. Ein Dreieck im gleichen Rot hat sie sich auf das Kinn gemalt. Obwohl klar ist, daß Männer sich in ihrer Gegenwart in

Zwerge verwandeln müssen, ist sie nicht Schneewittchen. Da steht Dschingis Khans Tochter, stolz, frei, unabhängig, stark.

Reiß dich zusammen, Bella, gerate nicht ins Schwärmen.

Die junge Frau kommt ihr entgegen. Ihr Gang ist aufrecht, aber nicht steif, er hinterläßt den Eindruck von Kraft und Tanz. Es ist, als habe dieses Fabelwesen sein Pferd verlassen, leichtfüßig, obwohl es bis eben noch damit verwachsen schien, danach einen Tanzkurs mit Bravour absolviert und sich dann schnell als Zimmermädchen verkleidet, um seiner kleinen Schwester bei der Arbeit zu helfen. Die kleine Schwester erscheint auch im Gang.

Ihr Zimmer ist fertig, sagt Dschingis Khans Tochter, während sie an Bella vorübergeht und sie dabei offen ansieht. Sie weiß, daß Bella weiß, daß sie nicht wegen irgendwelcher Aufräumarbeiten da ist. Bella kann nicht anders, als ihr nachsehen. Dschingis Khans Tochter dreht sich noch einmal um.

Vielleicht rufe ich an, sagt sie lächelnd. Ja, ich rufe an.

Sie legt dem Zimmermädchen den Arm um die Schulter. Die beiden verlassen den Gang. Bella bleibt sprachlos zurück.

Katja scheint es, als habe sie sehr lange geschlafen. Als sie wach wird, ist der Platz im Bett neben ihr leer. Sie ist zu verstört, um Erleichterung darüber zu empfinden. Still bleibt sie liegen, so, als wolle sie versuchen, sich dadurch unsichtbar zu machen, daß sie sich nicht bewegt. Dann hört sie die Stimme von Sergej. Er spricht mit jemandem. Sie hört keine Antworten. Vielleicht redet er am Telefon. Seine Stimme klingt leise und gleichmütig. Sie fürchtet sich und hört gleichzeitig begierig auf den Klang. Als er den Hörer auflegt, zuckt sie zusammen. Sie möchte die Decke über ihr Gesicht ziehen, aber es ist zu spät. Sergej steht in der Tür und sieht sie an. Du bleibst im Bett, sagt er. Du gehst nicht an die Tür. Hast du das verstanden?

Katja nickt und beißt die Zähne aufeinander. Er soll nicht hören, daß sie Angst hat. Es ist ihre Angst, die ihn aufregt und unberechenbar macht.

Wenn ich zurück bin, wirst du baden. Dann werden wir uns miteinander befassen.

Jetzt hat er es doch gemerkt. Sie sieht es an dem Lächeln um seine Mundwinkel. Er macht einen zögernden Schritt ins Zimmer. An ihm vorbei fällt ein Lichtstrahl durch die nicht ganz geschlossenen Vorhänge auf den Fußboden. Katja sieht ihn nicht an. Sie sieht die winzigen Stäubchen, die darin tanzen. Sergej kommt nicht zu ihr. Er hat es sich überlegt. Er dreht sich um und verläßt das Schlafzimmer, ohne noch etwas zu sagen. Sie hört ihn die Tür ins Schloß ziehen und den Schlüssel umdrehen. Ihr ist kalt. Sie zieht die Decke vom Nebenbett zu sich herüber und legt sie über ihr Deckbett. Ihr flacher Körper ist jetzt unter den Decken verschwunden. Sie wartet darauf, daß die Kälte nachläßt und das Zittern. Endlich schläft sie ein.

Sergej hat den Jeep im Hof stehengelassen. Er fühlt sich frisch und ausgeruht. Und er geht gern zu Fuß. Der Mann, der bei ihm angerufen hat, will ihn auf der Taras Shewtschenko treffen. Das Hotelschiff liegt im Hafen. Ein Stück läßt er sich von einem Taxi-Bus mitnehmen. Dann wird ihm der Bus zu eng, der Fahrer nimmt mehr Menschen mit, als er Plätze hat. Den Rest des Weges geht er wieder zu Fuß. Die Wohnung der Kellnerin, an der er vorbeikommt, hat er inzwischen so sehr vergessen, daß es ihm nicht einfällt, auch nur einen Blick auf die Tür zu werfen.

In der Nähe des Hotelschiffs trifft er kaum noch auf Menschen. Je näher er dem Quai kommt, desto deutlicher geht ihm der Gedanke durch den Kopf, daß der Treffpunkt falsch gewählt sein könnte. Als er den hölzernen Steg erreicht, der zum Schiff hinüberführt, ist er sich beinahe sicher, daß ihm jemand eine Falle stellen wird. Er versucht, vorsichtig aufzutreten, damit das Holz unter seinen Füßen nicht knarrt. Dann fällt ihm ein, daß er, ganz allein auf das Schiff zusteuernd, schon seit mindestens zwei Minuten ein wunderbares Ziel abgegeben hat. Niemand hat es genutzt. Als er das Schiff betritt, versucht er nicht mehr, leise zu sein. Laut oder leise, er wird nicht gehört, denn es ist niemand da.

Es gibt eine kleine, in ihren Ausmaßen dem Eingangsbereich an Deck angepaßte Rezeption. Dort stehen ein Computer und ein Telefon, aber der Platz davor ist leer. Die Rückwand der Rezeption ist mit Fächern und Haken für die Zimmerschlüssel bestückt. Ein Schlüssel fehlt. In den Fächern liegt kein Brief. Der Schlüssel von 209 ist nicht da. Sergej sieht sich um. An der Wand gegenüber der Rezeption hängt ein Plan. Er findet darauf die Lage des Zimmers, in dem er verabredet ist und steigt die Treppe zum nächsthöheren Deck hinauf. Er hört nur seine eigenen Schritte im Gang vor den Kabinen.

Die Tür zu 209 ist nicht abgeschlossen. Sergej sieht nach rechts und nach links, bevor er hineingeht: nichts, außer geschlossenen Kabinentüren, hellem Holz und einem langen roten Läufer. Die Kabine 209 besteht aus zwei Räumen; einem Salon und dem dahinter liegenden Schlafzimmer. Außerdem gibt es ein Bad, das, im Gegensatz zur Kabine, abgeschlossen ist. Jedenfalls scheint es so, denn die Tür geht nicht sofort auf. Aber dann gibt sie doch ein wenig nach. Sergej hält einen Augenblick inne und lauscht. Er geht zurück und schließt die Kabinentür von innen ab, bevor er sich wieder der Badezimmertür zuwendet. Der Druck von innen gibt langsam nach. Als er die Tür ganz geöffnet hat, liegt der Mann, mit dem er verabredet war, vor ihm auf dem Boden. Das Bullauge an der Rückwand des Badezimmers ist geöffnet. Im Rücken des Mannes zwischen den Schulterblättern steckt ein Pfeil. Es handelt sich um einen Pfeil, der zu einem Sportbogen gehört. Der Schütze ist nicht zu sehen. Vom Deck des gegenüberliegenden Schiffes, das Sergej durch das geöffnete Bullauge sehen kann, hat er eine gute Schußposition gehabt.

Sergej hört eine Frauenstimme an der Rezeption, als er zurückkommt und die Treppe hinuntergehen will. Er zögert einen Augenblick, dann entschließt er sich doch weiterzugehen. Er muß ja den Schlüssel nicht zurückgeben. Er legt ihn auf die Treppe. Die magersüchtige Blonde, die ihren körperlichen Verfall mit einer weißen Rüschenbluse von ungeheuren Ausmaßen zu verbergen sucht, hat keine Augen für ihn, als er an ihr vorbeigeht. Sie hat den Hörer zwischen Schulter und Hals festgeklemmt und bearbeitet ihre Fingernägel mit einer Feile, während sie spricht. Sergej verläßt lautlos das Schiff.

Bevor Bella das Hotel verläßt, wirft sie einen Blick in das Zimmer, in dem die Mehring gewohnt hat. Ein Mann und ein junges Mädchen sind damit beschäftigt, Ordnung zu machen. Bella erkundigt sich nach dem Büro des Geschäftsführers und sucht ihn auf. Sie findet ihn in einem Zimmer, dem man seine sozialistische Vergangenheit noch deutlich ansieht. Ein einfacher, heller Schreibtisch, hölzerne Sessel mit abgewetzten roten Polstersitzen, Bücherregale ohne Bücher, eine Computer-Anlage, die offenbar nicht benutzt wird – altmodisch das Ganze und sympathisch. Der Hoteldirektor ist ein kleiner, rundlicher Mann im dunklen Anzug, der vom Schreibtisch aufsteht und ihr entgegenkommt, als sie in der Tür steht. Sie wird zum Sessel neben seinem Schreibtisch begleitet. Er geht noch einmal zur Tür und bittet um Kaffee für seinen Gast. Dann kommt er zurück, setzt sich und lächelt Bella freundlich an.

Ich hoffe, Sie sind zufrieden mit unserem Service? Der Mann wirkt uneitel und vollkommen aufrichtig. Bella beginnt zu überlegen, ob sie sich im Zimmer geirrt hat. Jeder Kellner im Hotel übertrifft den Direktor an Blasiertheit bei weitem.

Es gibt ein kleines Problem, sagt sie.

Unwillkürlich hat sie die freundliche und zurückhaltende Sprechweise des Mannes angenommen. Sie wird unterbrochen, weil die Tür geöffnet und ein Tablett mit Kaffee hereingetragen wird. Schweigend beobachtet sie den Hoteldirektor, der ein freundliches Wort mit der älteren Frau wechselt, während sie die Tassen auf den Schreibtisch stellt. Als sie gegangen ist, beginnt Bella von neuem. Sie schildert die Verwüstung im Zimmer der Mehring und deren Verschwinden. Der Direktor sieht sie bekümmert an.

Ja, ich weiß, was passiert ist. Es tut mir entsetzlich leid. Ich muß Ihnen etwas erklären. Wir haben – das ist nicht die erste Entführung in der Stadt, die wir erleben. Ihrer Freundin wird nichts geschehen. Man wird sich melden, wird sagen, was die Forderung ist und dann – Er hebt bedauernd die Schultern und schweigt.

Was er meint, ist eindeutig, aber Bella tut so, als verstünde sie ihn nicht. Die Forderung?

Nun ja, es gibt bei uns neuerdings diese Menschen, wie soll ich sagen, diese Menschen – sagen wir, die es vorziehen, nicht zu arbeiten und auf andere Weise ihr Geld zu verdienen.

Sie meinen mit Menschenraub und Erpressung?

Ihrer Freundin wird nichts passieren –

Wie können Sie da so sicher sein?

Der Direktor schweigt und sieht sie freundlich an. Bella betrachtet ihn ungläubig. Sie setzt die Tasse zurück auf den Schreibtisch, während sie den Mann nicht aus den Augen läßt.

Ich werde zur Polizei gehen, sagt sie.

Selbstverständlich, im Grunde könnte man Ihnen das nur empfehlen. Wenn es etwas nützen würde. Sehen Sie, vor ein paar Monaten hatten wir einen Geschäftsmann aus Berlin hier. Eine wunderschöne Stadt, Berlin – Hotel Adlon. Ich höre, es soll wieder aufgebaut werden. Die Deutschen sind ja so tüchtig. Ist es wahr, daß es im Adlon Königs- und Kaisersuiten geben wird? Geht der Ballsaal wirklich über mehrere Stockwerke? Tanz neben dem Brandenburger Tor – was für eine schöne Idee. Unser Hotel hier wurde glücklicherweise nicht zerstört. Dafür aber andere Gebäude,

Kindergärten, Krankenhäuser. Der Hafen – achtzig Prozent der Hafenanlagen in Schutt und Asche. Was ist aber der Hafen gegen Einrichtungen für Kinder. Nichts mehr da nach dem Krieg, ja, und keine Entschädigung, nur Hunger. Entschuldigen Sie, ich bin vom Thema abgewichen. Also, dieser Geschäftsmann aus Berlin – er verschwand für ein paar Tage. Plötzlich war er wieder da. Niemand hatte die Polizei eingeschaltet. Seine Frau flog zurück und holte ein wenig, wirklich, es war nicht viel. Deutschland ist ein reiches Land. Und schon war er wieder da.

Der Hoteldirektor hat während seiner Erklärungen weder den freundlichen Ausdruck in seinem Gesicht noch in seiner Stimme verändert. Dennoch meint Bella, so etwas wie einen drohenden Unterton gehört zu haben. Sie erinnert sich an ihre Erfahrungen mit der Miliz in Moskau. Damals hatte es eine Zusammenarbeit zwischen Polizei und Mafia gegeben. Nur im letzten Augenblick war sie entkommen. Jetzt fühlt sie sich nicht nur für sich allein verantwortlich.

Was soll ich Ihrer Meinung nach tun?

Nichts, sagt der Mann vor ihr freundlich. Gehen Sie spazieren. Sehen Sie sich unsere wunderschöne Stadt an. Denken Sie an Isaak Babel dabei: »Odessa ist eine abscheuliche Stadt, in der sich leicht und hell leben läßt.« Übrigens war Babel der Meinung, daß Odessa seine Helle und Leichtigkeit in beträchtlichem Maße den Juden zu verdanken hatte. Die gibt es heute kaum noch. Bestimmte Ereignisse –

Danke, sagt Bella, ich weiß, was geschehen ist.
Glauben Sie wirklich?
Die Stimme klingt beinahe träumerisch. Dann spricht der Mann sachlich weiter.
Gehen Sie spazieren. Man wird Sie informieren. Fragen Sie mich, wenn Sie zurück sind. Warten Sie einen Anruf ab. Oder einen Brief. Ich glaube nicht, daß Sie sehr lange warten müssen. Ich würde mich gern noch ein wenig mit Ihnen unterhalten. Aber leider – vielleicht sollten wir heute abend zusammen essen. Kommen Sie ins Restaurant. Ich erwarte Sie dort. Unser Koch macht eine wunderbare Kürbis-Speise, vollwertig, wie es bei Ihnen so gern gegessen wird.
Er steht auf, Bella ist entlassen. Sie nimmt die Hand, die ihr freundlich entgegengestreckt wird. Erst vor der Tür denkt sie erstaunt darüber nach. Sie geht zurück in ihr Zimmer, holt die Aktentasche und hängt sie sich über die Schulter. Auch wenn sie nicht erkennen kann, welchen Wert die Papiere haben, will sie sie nicht im Hotel zurücklassen. Sie wird dem Rat des Direktors folgen, spazierengehen und den Termin mit Kotow-Moda einhalten. Sie ist sicher, am Abend im Restaurant von den Entführern zu hören.

Was siehst du, Bella, in Babels Odessa?
Du sieht einen Bombenkrater in der Nähe der Oper. Du erinnerst dich an ein Bein, einen Schuh im Fernsehen, du weißt nichts. Nichts von Sergej, der in der Bar der Krasnaja hockt und darüber nachdenkt, wer ihm

das Geschäft mit Bunkin verdorben hat; nicht darüber, daß Bunkin der einzige war, den die Bombe nicht zerrissen hat, vor deren Krater du stehst. Er kam zu spät. Du weißt nichts über Katja, die mit ihrem Körper und ihrem Verstand die Wohnung bezahlt, in der ihr Vater und ihre Brüder so lange Geschäfte machen werden, bis sie von der Erde verschwinden, Aussatz, der verschwindet, an dessen Stelle aber wieder Aussatz tritt.

Was siehst du, Bella, wenn du über die Straßen schlenderst, auf denen sich vor neunzig Jahren der Zug der Matrosen der Potemkin bewegte, dem sich die Arbeiterinnen aus den Fabriken anschlossen, die Maurer von den Baustellen, die jüdischen Schneider und Händler, die Bauern, die ihre Ware nicht auf den Markt trugen, sondern mitführten im Zug derer, die da gingen für eine neue Zeit, in der alle zu essen haben sollten?

Am oberen Ende der Puschkinstraße betritt Bella einen Bäckerladen. In den Holzregalen sind Brote aufgestapelt. Unter den Glasplatten des Verkaufstisches liegen kleine Kuchen. Der Laden ist voll von Menschen, die Brot und Kuchen kaufen wollen. An der Seite, nicht eingereiht in die Gruppe der Käufer, steht eine alte Frau in zerlumpten Kleidern. Dünn und wimmernd wiegt sie ihren Körper hin und her, ein Singsang, der die Käufer erschreckt, kommt aus ihrem Mund. Jemand will ihr ein wenig Geld in die Hand drücken. Sie nimmt es nicht. Sie steht da, sich wiegend, wimmernd, im Brotladen, neben den vollen Regalen, im

Duft der frischen Brote wimmert sie vor sich hin. Bella verläßt den Laden. Die Klagelaute verfolgen sie. Vor der Tür stolpert sie beinahe über zwei schlafende Männer. Sie liegen auf der Straße, betrunken, ohne Habe, in zerrissenen Kleidern, einem fehlt ein Schuh. Müll liegt da. Vielleicht kommt nachts jemand, um ihn zu beseitigen, zusammen mit der Hundescheiße, den Kartonresten, der Plastikflasche, den verfaulten Tomaten, auf denen die Männer liegen.

Als eine Straßenbahn anhält, steigt Bella ein. Es ist ihr gleich, wohin die Bahn fährt. Niemand kümmert sich darum, ob sie eine Fahrkarte hat. Bald wird sie begreifen, daß für diese Bahnfahrten nicht gezahlt wird. Die Scheiben der Waggons sind zerschlagen. Die Türen schließen nicht mehr. Die Plastikschalen der Sitze sind zerbrochen, von einigen gibt es nur noch das im Boden verankerte, eiserne Gestell. Nach und nach füllt sich die Bahn. Es wird so eng, daß sie beschließt auszusteigen und ein Stück zu Fuß zu gehen. Sie ist froh, als die zerstörte Bahn ohne sie weiterfährt.

Sie geht, betrachtet die Menschen, die Stadt. An einer Straßenbahnhaltestelle sieht sie einen Betrunkenen aus der Bahn fallen. Das wird sie noch öfter sehen. Einen alten Mann sieht sie, der es nicht schafft, einen Platz in der überfüllten Bahn zu finden. Er fällt zurück und schlägt auf dem Pflaster auf. Man hilft ihm aufzustehen, immer gibt es hilfsbereite Menschen, manchmal sind die, denen geholfen werden soll, so verstört, daß sie die Hilfe nicht wahrnehmen. Der alte Mann blutet aus einer Kopfwunde. Jemand führt ihn zur Seite, setzt ihn auf die Schwelle eines Hauses. Das Haus steht leer. Die Tür ist vernagelt, die Scheiben sind beinahe alle zerschlagen. Das Dach beginnt einzustürzen. Hier stand das Haus einer wohlhabenden Familie, für dessen Reparatur kein Geld, kein Material vorhanden war. Jetzt zerfällt es.

»Ich denke an Odessa, es zerreißt mir die Seele«, schrieb Babel neunzehnhundertzwanzig. Was, wenn er dieses Haus gesehen hätte.

Bella geht ein Stück den Straßenbahnschienen nach in die Richtung, in der sie das Meer vermutet. Sie kehrt um, nachdem sie auf die Uhr gesehen hat, ohne dorthin gekommen zu sein. Es wird Zeit, die Verabredung mit Kotow-Moda einzuhalten. Die Firma liegt in der Richelieustraße, in einem stuckverzierten, alten Haus. Das Parterre ist renoviert worden. Hinter glänzenden Scheiben ist ein Laden, der genauso auch in Hamburg in einer Luxuspassage liegen könnte. Vor der Tür stehen zwei bewaffnete Uniformierte. Bella betritt den Laden, ohne sie zu beachten. Hinter einem Wandschirm kommt ein Mode-Mäuschen hervor, das zur Ladeneinrichtung paßt. Bella nennt ihren Namen und den Namen der Mehring-Firma. Das Mäuschen telefoniert, wobei es Probleme mit dem Wählen hat. Seine Fingernägel sind zu lang.

Bitte warten Sie einen Augenblick. Darf ich Ihnen inzwischen ein paar Kleider zeigen?

Bella bedankt sich freundlich. Die Kleider, Jacken

und Schuhe, die angeboten werden, sind Luxusgüter aus Frankreich, Italien und Deutschland. Um das Kleid zu kaufen, das im Schaufenster hängt, müßte eine Rentnerin aus Odessa zwei Jahre ihre Rente sparen, ohne in der Zeit Geld fürs Essen auszugeben. Im Hintergrund des Ladens wird eine Tür geöffnet. Bella hört die Stimmen zweier Männer. Sie unterhalten sich auf Russisch. Sie hört einen Augenblick zu und würde schwören, daß einer der beiden ein Deutscher ist. Sein deutscher Ton ist unüberhörbar, auch wenn er einen Akzent hat, über dessen Herkunft sie noch nachdenken müßte. Die beiden haben ihr Gespräch beendet und kommen nach vorn: ein älterer Mann mit Hakennase und blondem schütterem Haar, das vertrocknetem, gelb-grünem Tang ähnelt, und ein junger Russe – oder Ukrainer –, angezogen und duftend wie John Travolta, wenn er zur Premiere seines neuesten Films erscheint und sich Mühe gibt, durch aufwendige Klamotten und teures Parfüm über die Dürftigkeit des Filmprodukts hinwegzutäuschen. Den Tangköpfigen verabschiedet er mit ausgesuchter Höflichkeit. Er nennt ihn »Doktor«, und der »Doktor« verschwindet, nicht ohne Bella ausführlich und abschätzend gemustert zu haben. Sie hat den Eindruck, er probiert sie einzuschüchtern, und lacht, ohne sich etwas anmerken zu lassen. Travolta ist versucht, sich die Hände zu reiben, als der Doktor die Tür hinter sich geschlossen hat. Er besinnt sich im letzten Augenblick und kommt auf Bella zu, streckt ihr beide Hände entgegen.

Guten Tag, ich darf die Damen – Er sieht sich um, sieht fragend auf Bella.

Frau Mehring ist verhindert. Wir möchten Sie bitten, unser Gespräch zu verschieben.

Bella betrachtet ihn genau. Nichts weist daraufhin, daß er damit gerechnet hat. Er bedauert, fragt nach den Gründen, hofft, daß die Dame sich bald erholt und verabredet mit Bella, daß sie ihn wieder anrufen wird. Als er anbietet, ihr die neue Kollektion zu zeigen, damit sie sich schon einmal davon überzeugen könne, wie gut seine Frauen arbeiten, lehnt sie ab. Sein Parfüm ist ihr zu aufdringlich. Sie hält ihn für harmlos. Dann fängt sie zufällig die Blicke auf, die er mit den beiden Bewaffneten vor der Tür wechselt. Da ändert sie ihre Meinung und würde gern noch ein wenig bleiben. Aber es fällt ihr nun kein Grund mehr ein. Sie verläßt den Laden mit der sicheren Erkenntnis, daß die bewaffneten Türsteher nicht zur Zierde angestellt wurden. Kotow-Junior hat Angst. Sie möchte gern wissen wovor.

Auf der gegenüberliegenden Straßenseite stehen ein paar Stühle neben einem Tisch mit Kaffeemaschine. Sie geht hinüber, bestellt einen Kaffee und setzt sich so, daß sie den Laden im Auge behalten kann. Sie sitzt dort länger als eine Stunde. In der Zeit geschieht dort drüben nichts. Niemand betritt den Laden, obwohl die Menschen sich auf den Bürgersteigen drängen. Es ist, als sähen die Vorübergehenden das Geschäft nicht. Die beiden Wachmänner stehen mit unbewegten Gesichtern davor, bewegen sich manchmal, aber nie mehr als drei

Schritte nach links, drei Schritte nach rechts. Um sie herum ist eine gewisse Leere, niemand geht näher an ihnen vorüber als im Abstand von zwei Metern.

Es ist leicht, den Eingang im Auge zu behalten. Bella ist sicher, daß da drüben auch in den nächsten Stunden niemand etwas kaufen wird. Hat Kotow-Junior Angst, daß seine kostbaren Waren gestohlen werden? Davor könnten ihn seine Wächter schützen. Wahrscheinlich aber hat er eher einen Überfall zu erwarten von der Art, die Krater in den Straßen hinterlassen. Ob dann die Wärter noch nützen? Bella zahlt und beschließt, doch noch zum Meer zu fahren.

Dieses Mal ist ihr das Gedränge in der Straßenbahn schon beinahe vertraut. Sie empfindet die Fahrt nicht mehr als unerträglich. Oder liegt das nur daran, daß diesmal die Scheiben in dem Waggon heil sind und die Tür sich schließen läßt?

Die Bahn läßt die Innenstadt hinter sich. Jetzt sind in großen Gärten rechts und links der Straße leerstehende Villen zu sehen, manche zu Sanatorien umgebaut, andere zu Kindergärten. Die Sonne scheint, und in den Gärten und Parks müßten Kurgäste und Kinder herumlaufen, aber es ist niemand zu sehen. Die Villen sind größer und prächtiger als alle Schlösser an der Elbchaussee. Ihr Zustand ist jämmerlich.

Dies muß Arkadia sein, die Gegend, die vor 1917 reichen Kaufleuten aus Odessa und ukrainischen Großgrundbesitzern als Erholungsgebiet diente. Bis zur Haltestelle Große Fontaine fuhr Babel, um seinen Mitschüler Borgmann zu besuchen, dessen Vater Direktor der Russischen Außenhandelsbank war. Die mit Brillanten geschmückte Familie traf er pokerspielend auf der Veranda an. »Vor sich die weite Ebene des Meeres.« Richtig, da über dem Hotel steht eine reparaturbedürftige Leuchtschrift: Arkadia.

Die Straßenbahn fährt weiter an Hotels vorbei, die leer zu sein scheinen, auch an Hotelruinen, nicht fertiggebauten Anlagen, die für tausende von Erholungssuchenden gedacht waren und die nun zerfallen. An der Endstation steigt Bella aus. Jetzt kann sie das Meer riechen. An der Allee, die zum Wasser führt, hocken auf Kisten, vor winzigen Tischen, Frauen und Männer, die irgendwelche Sachen zum Kauf anbieten: gebrauchtes Spielzeug, billige Armbanduhren, selbstgebackene Kuchen, Zeitschriften. Einige Titelbilder sehen aus, als hätte »Der Stürmer« der deutschen Faschisten die Vorlagen dazu geliefert. Wie damals gegen Juden hetzt man jetzt gegen Russen. Bella atmet tief. Über allem Verfall die sanfte Luft des September. September, der Samt-Monat in Odessa. Sie klettert die Böschung hinab an den Strand. Heller Sand, flache große Steine, auf denen sich bequem sitzen läßt. Niemand sitzt hier unten, niemand außer einer alten Frau, die ihr den Rücken zuwendet. Sie hat ihre Schuhe ausgezogen und hält die verkrüppelten Füße in die Sonne. Am Strand ist es ruhig bis auf einen sanften Ton, der über dem Wasser liegt. Bella wechselt ihren Platz, näher am Wasser möchte sie sitzen. Die alte Frau wendet sich zu ihr um.

Was tun Sie hier, sagt sie auf deutsch. Und als Bella nicht gleich antwortet: Sie sind Deutsche, was tun Sie hier?

Ich weiß es nicht, sagt Bella, und denkt, daß sie es wirklich nicht weiß. Ich sehe mir die Stadt an und die Menschen.

Sehen Sie nicht die Menschen an, sagt die alte Frau, betrachten Sie das Meer. Die Zeit ist trübe, die Menschen sind trübe. Sie lachen nicht mehr. Sie werden niemanden lachen sehen. Das Meer muß man ansehen, wenn man leben will.

Das Meer ist keine Alternative, sagt Bella.

Die alte Frau antwortet nicht. Ihre Füße sind verkrüppelt, weil sie nie passende Schuhe getragen hat. Die Zehen liegen übereinander, die Ballen treten riesig hervor. An den Hacken, an den Außenseiten der Füße haben sich große Beulen gebildet. Die Schuhe, die im Sand liegen, sind unförmige Klumpen, den Füßen nachgebildet.

Und Babel. Was ist mit Babel? sagt Bella.

Wer ist Babel? antwortet die alte Frau. Was soll mir Babel.

Sie wendet Bella ihr Gesicht zu, ein kleines Gesicht mit runden Augen, die eigentlich lächeln sollten.

Sie sind aus Deutschland. Die Deutschen sagen, sie helfen, aber sie tun es nicht richtig. Sie schicken große Kartons mit Medikamenten. Unsere Menschen sehen im Fernsehen, daß große Kartons mit Medikamenten ankommen. Aber ich bin Ärztin: Ich sehe die Kartons in der Klinik. Wenn wir sie auspacken, sehe ich, wie oft das Haltbarkeitsdatum abgelaufen ist. Glauben die Deutschen noch immer, wir könnten nicht lesen?

Bitte, sagt Bella, ich –

Ja, ich weiß, Sie können nichts dafür. Vielleicht können Sie wirklich nichts dafür. Sie kommen her und wollen Odessa sehen und seine Menschen. Es kommen nicht mehr viele. Weshalb sollten sie kommen. Die Stadt zerfällt. Russische Touristen, die gibt es auch. Aber es sind Schieber. Die Touristen sind Schieber. Unsere Menschen verreisen nicht mehr. Mein Sohn – er ist Wissenschaftler. Er hat in Zaporozhye gearbeitet. Jetzt – wenn er Glück hat, begleitet er russische und ukrainische Schieber und ihre Dämchen, wenn sie an die Riviera fahren. Oder nach Deutschland. Da kaufen die Dämchen ihre Hüte. Viktor hat mir erzählt – Ach, was rede ich.

Sie schweigt und beginnt, den Sand von ihren Füßen zu klopfen. Die Vorstellung, daß sie die kaputten Füße in Schuhe stecken und gehen wird, bereitet Bella körperliches Unbehagen. Sie möchte etwas sagen, nur um die alte Frau am Gehen zu hindern.

Sie sind Ärztin? fragt sie.

Die alte Frau ist mit ihren Füßen beschäftigt. Vielleicht hat sie gar nicht mehr hingehört. Jetzt zieht sie Nylonfüßlinge aus der Tasche ihrer Strickjacke, um sie über die Füße zu ziehen.

Wie will sie denn gehen, denkt Bella. Sie muß siebzig sein. Hat sie ihr ganzes Leben –

Ja, sagt die alte Frau. Ich habe Arbeit. Mir geht es gut. Ich habe eine Freundin. Sie ist auch Ärztin, aber sie ist älter als ich. Solange ich denken kann, hat sie gearbeitet. Jetzt ist sie alt. Sie bekommt zwei Millionen Rente. Wissen Sie, wieviel Geld zwei Millionen sind? Sie hat eine Katze. Das Geld reicht nur für die Katze. Sie ernährt ihre Katze. Für sie selbst bleibt nichts übrig. Ich – Sie ist sehr stolz. Man kann ihr kein Geld geben. Sie wird nicht mehr lange leben.

Die alte Frau ist aufgestanden, klopft den Sand von Rock und Strickjacke. Bella versucht, nicht auf die zerbeulten Schuhe zu sehen. Sie steht auf.

Sie sollten das Meer ansehen, hört sie. Auch die Dichter schreiben über das Meer. Die Menschen hat man vergessen. Einen Augenblick sieht sie zu Bella hoch, forschend, beinahe nachdenklich.

Wenn Sie wirklich die Menschen sehen wollen, dann gehen Sie mit Viktor, sagt sie dann. Sie sucht in der Tasche ihrer Strickjacke und bringt eine verkrumpelte Visitenkarte zum Vorschein.

Hier, sagt sie und hält Bella die Karte hin. Ich hab noch eine andere. Ich werd ihm sagen, daß Sie ihn anrufen. Im Augenblick lassen ihm die Schieber Zeit. Rufen Sie ihn ruhig an. Er ist ein guter Junge. Sie wendet sich ab und geht mühsam davon. Die Abdrücke, die ihre Schuhe im feuchten Sand hinterlassen, sind beinahe rund. Auf der Karte, die Bella in der Hand hält, steht:

Viktor Sheluk

Übersetzungen, englisch, französisch, deutsch
Reiseleitung

Bella steckt die Karte ein und setzt sich auf den flachen Stein, auf dem die alte Frau gesessen hat. Das Meer liegt ruhig und blau vor ihr. Irgendwo, sehr weit weg auf der linken Seite, beginnt der Hafen. Wegen der großen Entfernung wirken die Kräne und Hafenanlagen kleiner als Spielzeug. Es scheint, als würde dort hinten nicht gearbeitet. Aber vielleicht kann sie nur die Bewegungen nicht erkennen. Auf dem Wasser ist kein Segelboot und kein Schiff zu sehen. Ein paar Meter weiter liegt der zerschlagene Rumpf eines Ruderboots im Sand, das Gerippe eines Ruderboots, dem große Teile fehlen.

Man kann nicht das Meer ansehen, denkt Bella, wenn es Schwierigkeiten mit den Menschen gibt. Die Dichter wissen es längst. Sie schreiben nicht mehr über das Meer. Sie schreiben über sich. Nicht über das Meer und nicht über eine alte Frau, die verhungert, weil das Geld nur für eine Katze reicht. Sie oder die Katze. Das ist nichts für Dichter.

Irgendwann wird sie diesen Viktor anrufen. Vielleicht kann es nützlich sein, jemanden zu kennen, der weder mit Mode handelt noch aus der Hotelbranche ist. Vielleicht ist er ein ganz normaler Mensch, ohne die Absicht, krumme Geschäfte zu machen, Entführungen zu organisieren oder vage Drohungen auszustoßen. Vielleicht kann man mit ihm einfach nur reden.

Kranz hat Urlaub genommen, bevor sein neuer Vorgesetzter ihm nahegelegt hat, eine Kur anzutreten. Der Innensenator, der schneller gefunden war, als die knappe Personaldecke der SPD hätte vermuten lassen, möchte sehr schnell Karriere machen. Ein Mann wie Kranz, dem in der Öffentlichkeit das Image »nachdenklich«, »politisch liberal«, von manchen sogar »links-liberal« angehängt worden ist, kann dabei nur hinderlich sein. Worauf es ihm ankommt, ist, im Fernsehen gut auszusehen, sich ständig in der Öffentlichkeit zu zeigen, immer dieselben einfachen Sätze zu sagen (»Unsere Demokratie ist stabil«, »Wir sind ein ausländerfreundliches Land, dessen Freundlichkeit niemand ungestraft überfordert«) und sich mit einer Truppe brutaler Bodyguards zu umgeben. Worauf es absolut nicht ankommt, ist, darüber nachzudenken, welche Möglichkeiten es gibt, das Verhältnis von Polizei, Ausländern und Bevölkerung auf rationale Weise zu beeinflussen.

Daran denkt Kranz, im Bett liegend und bei dem Versuch, den Traum zu vergessen, durch den er wach geworden ist.

Im Traum ist er dem Vorgänger des Innensenators begegnet, dem Mann, mit dem er jahrelang zusammengearbeitet und der erst vor ein paar Tagen das Handtuch geworfen hat. Er hat ihn auf der Mönckebergstraße getroffen und war, entsetzt über das veränderte Aussehen des Mannes, den er so gut kannte, stehengeblieben. Auch der ehemalige Senator hat seine eiligen Schritte angehalten. In Kranz' Traum standen sie sich gegenüber. Kranz sah das aufgedunsene, verlebte, rotfleckige Gesicht seines ehemaligen Chefs. Er weiß nicht, weshalb er plötzlich begriff, daß der Chef einer privaten Wach- und Schließgesellschaft vor ihm stand. Er lächelte ein versoffenes Lächeln, schlug die linke Seite seines ihm zu großen Trenchcoats zurück und ließ den Revolver sehen, der in seinem Hosenbund steckte. Hier, damit machst du 'ne Mark, sagte der Innensenator a. D. Nimm dir so'n Ding aus der Waffenkammer und komm zu mir. Wir waren ein gutes Team. Weißt du noch? Neunzehnhundertsiebzig? Den langen Marsch angetreten. Ich bin am Ziel. Zwanzig Mille und ein gepanzerter Dienstwagen. Los, Junge. Mir nach.

Er schlug den Mantel zu und ging weiter, klein, aufgedunsen, eilig. Wenn er nicht so widerlich aussähe, könnte man meinen, er sei verzweifelt, dachte Kranz und fühlte, daß ihm Tränen in die Augen stiegen. Von den Tränen ist er aufgewacht.

Er liegt da und versucht, seine Gedanken weder an den alten noch an den neuen Innensenator zu verschwenden. Es gelingt ihm nur unvollkommen. Deshalb ist er froh, das Klappern des Briefkastendeckels zu hören. Die Zeitungen sind da. Er steht auf. Im Vorübergehen wirft er einen Blick in den Spiegel. Der Spiegel im Schlafzimmer ist eine Hinterlassenschaft seiner letzten Freundin, die das Ding in der Hoffnung angebracht hat, sein müdes Sexualleben damit zu aktivieren. Nach einem kurzen Aufflackern, einigen Wochen des Abwartens und einer von unsäglich flachen Argumenten begleiteten Auseinandersetzung war sie unter Zurücklassung des Spiegels verschwunden. Jetzt, während er sein zerknittertes, mageres Gesicht betrachtet, denkt er an sie. Er ist froh, daß sie weg ist. Mit den Zeitungen in der Hand geht er zurück ins Bett.

Für die Hamburger Blätter ist er nicht mehr interessant. Zwei von dreien bilden auf der ersten Seite eine Frau ab, der die Hysterie, mit der sie ihre Aufgabe betreibt, vom Gesicht abzulesen ist. Sie nennt sich Sektenbeauftragte. Ihre Aufgabe besteht darin, die Bedeutung von pseudo-religiösen und religiösen Sekten so zu übertreiben, daß die Bevölkerung sich überall von solchen Leuten umzingelt glaubt. Sie erfüllt diese Aufgabe mit einer Inbrunst, die daran zweifeln läßt, daß sie ihre wahre Funktion durchschaut. Kranz, der sich im Gegensatz zu anderen '68ern ein gewisses politisches Schamgefühl erhalten hat, erinnert sich mit Grausen an den ersten Auftritt der Dame in der Bürgerschaft. Er fand ihn peinlich von der ersten bis zur letzten Minute, weil von keiner Sachkenntnis getrübt. Das Ergebnis aber waren Schlagzeilen am nächsten Tag.

Die dritte Zeitung wartet mit einem besonderen Clou auf. Der neue Innensenator hat sich zu einem Exklusiv-Interview bereitgefunden. Kranz ist fasziniert von der Frechheit, mit der sich der Mann in Szene setzt. Da er die ersten Diskussionen und Planspiele nach dessen Amtsantritt miterlebt hat, spürt er, daß da jemand den Wolf im Schafspelz auf besonders geschickte Weise spielt. Was der neue Mann wirklich will, ist: mehr Polizei, mehr Kompetenzen für die Polizei, stärkerer Schutz der Polizei vor der Öffentlichkeit. Was er verkündet, ist: Kontrolle der Polizei, soziales Training für Polizisten, der Freund und Helfer in Uniform.

Kranz schließt aus den öffentlichen Lügen, daß der Neue die Gewaltbereitschaft und den Ausländerhaß in der Bevölkerung unterschätzt. Wenn er wüßte, was er sich erlauben kann, würde er anders reden. Angewidert legt er die Zeitung beiseite. Er ist sicher, daß die Bürgerschaft einen Untersuchungsausschuß einsetzen wird, um den Aktionen der Polizei gegen Ausländer auf die Spur zu kommen. Vermutlich wird man dann auch ihn vorladen, ihn, der in der Öffentlichkeit seit Jahren als »Polizei-Reformer« agiert hat. Er wird sich auf seinen Auftritt beizeiten und gründlich vorbereiten müssen.

Als das Telefon klingelt, ist er gerade noch einmal eingeschlafen. Der Apparat steht neben seinem Bett. Er streckt die Hand aus und bewundert, wieder hellwach, seinen sehnigen Arm und die Hand mit den schmalen Fingern. Die Stimme am Telefon gehört einer älteren Person, die sich als »Freundin von Olga« vorstellt. Es dauert einen Augenblick, bis Kranz begreift, daß es sich bei Olga um Bellas Mutter handelt, die krank ist und die Freundin losgeschickt hat, um in Bellas Haus nach Hinweisen auf eine Adresse in Odessa zu suchen, unter der sie zu erreichen ist. Offenbar hat Kranz' Telefonnummer auf Bellas Schreibtisch gelegen, und die Person hat sich nicht anders zu helfen gewußt, als ihn anzurufen. Kranz hat keine Ahnung, wo Bella in Odessa wohnt. Er läßt sich, als er die Enttäuschung in der Stimme am anderen Ende vernimmt, Olgas Adresse geben. Wenn er etwas von Bella hört, wird er sich melden.

Weshalb sollte ich etwas von Bella hören, denkt er, als er endlich an diesem vertrödelten Morgen unter der Dusche steht. Sie wird ihn nicht anrufen.

Zum Frühstück geht er hinunter in ein kleines Lokal an der Ecke. Er kommt dort zwei Stunden später als sonst zur Tür herein und bestellt, außer der bis vor kurzem üblichen Tasse Kaffee, Brötchen, Butter, Käse und Buletten. Bei dem Lokal handelt es sich um die Imitation einer Berliner Eckkneipe. Vom Angebot her beschränkt sie sich aber auf die Buletten. Glücklicherweise locken die nur sehr selten Berliner an. Kranz reagiert allergisch auf lauten Berliner Dialekt (er hat Berliner noch nie leise reden hören) und ist froh, auch heute keinen von ihnen zu Gesicht zu bekommen. Das mitleidige Lächeln des Wirts versucht er zu übersehen. Später setzt sich die Wirtin an seinen Tisch, eine blonde, alternde Frau, die mit weicher Stimme fragt:

Na, min Jung, hebt se schmeckt, de Frikadellen?

Kranz hat eine stille Liebe für die Wirtin, die sich weigert, die Buletten zur Kenntnis zu nehmen. Er ist versucht, ihr sein Leid zu klagen. Nur die lauernden Blicke des Wirts, der begierig darauf wartet, von seiner Frau über den neuesten Stand der Polizeiaffären brühwarm informiert zu werden, hält ihn davon ab auszupacken. Er haßt Ehepaare, die mit verteilten Rollen agieren, um anschließend im Bett gemeinsam die Knochen zu benagen, die ihnen ihre Freunde und Bekannte ahnungslos hingeworfen haben. Er zahlt und verläßt das Lokal.

Auf dem Weg zurück in seine Wohnung fällt ihm ein, daß er ein paar Bücher aus seinem Büro holen könnte, die zu lesen er jetzt endlich Zeit hat. Er überlegt, ob er zu Fuß ins Präsidium gehen oder mit der U-Bahn fahren soll. Zu Fuß würde er nicht mehr als eine Viertelstunde brauchen, aber er müßte an der Südseite des Hauptbahnhofs vorbeigehen. Der dort herrschende Uringestank scheint ihm schon in der Vorstellung so unerträglich, daß er die U-Bahn nimmt.

Beim Pförtner im Präsidium erwartet ihn eine Überraschung. Ihm wird bedeutet, daß er sich beim Senator zu melden habe. Da würde auch darüber entschieden, ob er sein Dienstzimmer betreten dürfe. Ihm ist klar, daß es keinen Sinn hat, beim Pförtner eine Szene zu machen. Begleitet von einem der wachhabenden Polizisten, wird er bis zur Tür des Senatorenzimmers geleitet. Im Vorzimmer ist die Sekretärin ausgewechselt worden. Andere Möbel stehen dort ebenfalls, teurer und modischer als die alten. Wenn sie etwas haben, die neuen Opportunisten, dann ist es ein Gefühl für Stil. Oder besser: Style. Sie sind phantasielos und gestylt bis ins Mark und bis zur Unterhose, wahrscheinlich sogar bis zu dem, was darin im günstigsten Fall verborgen liegt. Daß darunter die Substanz leidet, ist ihnen egal oder wird geradezu freudig begrüßt. Wo nichts ist, kann auch nichts leiden.

Der Polizist, der Kranz über die Flure begleitet hat, verabschiedet sich mit dem gleichen mitleidigen Blick, den Kranz schon am Wirt in der Eckkneipe bemerkt hat. Er überlegt, während er darauf wartet, zum Senator hineingebeten zu werden, daß beide wahrscheinlich keine genaue Vorstellung davon haben, wie hoch sein Ruhegehalt ausfallen und wie froh er sein wird, das Präsidium und sein Arbeitszimmer für immer hinter sich zu lassen.

Das Gespräch mit dem Innensenator ist kurz, aber zu Beginn nicht unfreundlich. Er hat kaum genügend Zeit, um den Satz: Ich habe die Absicht zu kündigen, loszuwerden. Der Senator geht so selbstverständlich davon aus, daß Kranz sich nach einem lukrativen Job in der Wirtschaft umsehen wird, daß der sich jeder Notwendigkeit enthoben sieht, irgend etwas von seinen Zukunftsplänen verlauten zu lassen. Der Senator versichert ihm auch, daß es bei seinem Alter (Kranz ist fünfundfünfzig und fühlt sich absolut nicht alt) keine Probleme machen werde, die Frührente durchzusetzen.

Und was Sie dann machen, mein Lieber – hier wird es Ihnen niemand übelnehmen, wenn Sie Ihre Fähigkeiten gewinnbringend nutzen. Von Ihrem ehemaligen Chef haben Sie gehört? Nein? Nun, ich glaube, es ist noch nicht allgemein bekannt, aber es wird Sie vielleicht interessieren: Er hat sehr lukrative Angebote aus der Wirtschaft bekommen. So lukrativ, daß man versucht ist, sich zu fragen, ob es wirklich Gewissensnöte waren, die ihn zum Verlassen des Senats genötigt haben. Nun ja, ich sollte mich trotz alledem darüber freuen. Schließlich – aber lassen wir das. Hartriegel & Hartriegel, sagt Ihnen das was?

Nun ist Kranz wirklich erstaunt. Die Firma, die der aufstrebende Jüngling hinter dem Schreibtisch genannt hat, ist eine private Wach- & Schließgesellschaft, mit deren sich ständig vergrößernder Mannschaft sie hin und wieder zu tun gehabt haben. Die Firma stellt nur intelligente Schläger an, was bei vielen anderen in dieser Branche nicht üblich ist. Sie hat bei den Unternehmen, für die sie arbeitet, einen außerordentlich guten Ruf, der entsprechend honoriert wird. Bei den wenigen Polizisten, die sich noch immer als Hüter demokratischer Verhältnisse betrachten, gelten Hartriegel & Hartriegel als suspekt. Von ihnen hat Kranz im Zusammenhang mit der Firma hin und wieder das Wort »legale Mafia« gehört.

Der neue Senator betrachtet den leicht fassungslosen Kranz mit sichtlichem Entzücken. Auf eine ihnen unbewußte Weise fühlen sich diese jungen opportunistischen Schlaumeier immer noch von den alten Linken bedroht, obwohl sie sich offiziell über sie lustig machen. So, als säßen die im Hintergrund ständig und aufmerksam über sie zu Gericht, jederzeit bereit, ihr vernichtendes Urteil über die Garde der postmodernen Hohlköpfe abzugeben, die unter dem Deckmantel eklektischer Philosophie ihrer ganz gewöhnlichen Gewinnsucht leben. Dumm sind sie nicht, die Jungen, und auch der neue Senator weiß natürlich, daß ein Job bei Hartriegel & Hartriegel für einen anständigen Mann nicht in Frage kommt.

Kranz ärgert sich darüber, daß er sein Erstaunen so deutlich gezeigt hat. Er fühlt keinerlei Solidarität mit seinem ehemaligen Chef. Auch sein Erstaunen beruhte wohl eher auf der Tatsache, daß ihm sein Traum die Wahrheit schon verkündet hatte, bevor dieses Jüngelchen sie ihm genüßlich unter die Nase rieb. Glücklicherweise fühlt er sich locker genug, um richtig zu antworten.

Ach, sagt er, da ist er Ihnen also zuvorgekommen. Tut mir leid für Sie. Aber wie man hört, sollen gewisse Zuhälter-Kreise dabei sein, eine Privat-Armee aufzustellen. Vom Senator zum General – da sind dem Fortgang Ihrer Karriere doch wohl noch lange keine Grenzen gesetzt. Oder gehen Sie lieber nach Bonn, wenn Sie diesen Job hinter sich gebracht haben?

Der Mann hat kein Format. Er wird wütend und entläßt Kranz mit dem Hinweis, daß er seine persönliche Habe aus seinem Dienstzimmer in Begleitung eines Kollegen abholen könne. Kranz scheint diese Anordnung illegal zu sein. Schließlich hat er nichts weiter getan, als in einem öffentlichen Gespräch die Wahrheit zu sagen und anschließend seinen Wunsch anzumelden, pensioniert zu werden. Aber er hat keine Lust mehr, sich mit dem Hanswurst, der noch sein Vorgesetzter ist, auseinanderzusetzen. Er steht auf.

Ich möchte Sie darauf hinweisen, hört er, während er hinausgeht, daß die Bürgerschaft mit meiner Zustimmung einen Untersuchungsausschuß einrichten wird. Sie werden voraussichtlich zur Anhörung geladen. Ich erwarte Ihre Loyalität.

Ich verzichte darauf, Ihnen mitzuteilen, was ich von Ihnen erwarte, sagt Kranz.

Im Hinausgehen blickt er über die Schulter zurück. Er kann nicht finden, daß er zu Kreuze gekrochen ist. Er weiß auch, daß es für sein eigenes Wohlbefinden wichtig war, dem Knaben im Sessel eines Innensenators seine Meinung zu sagen. Woher kommt also das Gefühl der Niederlage, das ihn plötzlich beherrscht?

Vor der Tür wartet der Polizist, der ihn heraufgebracht hat. Ohne zu fragen schließt er sich Kranz an. In dem Büro, in dem er mehr als zehn Jahre gearbeitet hat, nimmt er einige Bücher aus dem Regal, öffnet und schließt die Schubladen des Schreibtisches, ohne etwas zu finden, das ihm des Mitnehmens wert zu sein scheint. Als er sich zum Gehen wendet, wird er darauf hingewiesen, daß sein Begleiter beauftragt ist, eine Liste der Gegenstände anzufertigen, die aus dem Zimmer entnommen werden. Auch Kranz' Hinweis, daß es sich nicht um Bücher aus der Bibliothek, sondern um seine eigenen handelt, soll daran nichts ändern. Er legt die Bücher zurück auf den Schreibtisch und sieht zu, wie der Mann die Titel abschreibt: Götz Aly/Susanne Heim: Vordenker der Vernichtung

Vassily Großmann/Ilja Ehrenburg: Das Schwarzbuch

Rolf Gössner/Uwe Herzog: Der Apparat

Als er hinausgeht, ist er fast sicher, daß er erst jetzt in den Augen des Kollegen wirklich diskriminiert ist. Auf dem Rückweg in seine Wohnung entnimmt Kranz den Schlagzeilen der Zeitungen an den Kiosken, daß der Polizeichef als entschlußlos gilt und unter Beschuß gerät, daß ein stadtbekannter Zuhälter ein »Candle-Light-Dinner-Boxing« veranstalten wird, zu dem man zugelassen wird, wenn man prominent und bereit ist, eintausendfünfhundert Mark Eintritt zu zahlen. Dafür hat man das Vergnügen, bei Kerzenschein und Geigenmusik zuzusehen, wie sich zwei Dummköpfe blutig schlagen. Außerdem erfährt er, daß die Stadt inzwischen zehn Prozent Arbeitslose hat. Der Betrieb vor dem Arbeitsamt, an dem er vorübergeht, deutet daraufhin, daß es mehr sein könnten. Kranz beginnt, darüber nachzudenken, wie man die Polizei einer Stadt organisieren soll, in der Zuhälter zum gesellschaftlichen Establishment gehören, bis ihm einfällt, daß darüber nachzudenken nicht mehr zu seinen Aufgaben gehört. Er spürt Erleichterung bei dem Gedanken und eine kleine Unruhe. Was wird er tun, wenn er den Polizeidienst endgültig hinter sich gebracht hat?

Im Restaurant des Hotels sind an diesem Abend noch weniger Gäste als am Abend zuvor. Kein Tisch ist besetzt. Auf der Bühne hat das Orchester schon Platz genommen. Als Bella den Raum betritt, wechseln die Musiker einen Blick. Die dicke Sängerin erhebt sich, Jugendlichkeit vortäuschend, mit einer schnellen, neckischen Bewegung von ihrem Stuhl und eilt an das Mikrofon. Der Kellner, der den Auftrag hat, Bella an einen besonderen Tisch zu führen, hat sie noch nicht erreicht, als die Musik schon einsetzt. Die Stimme der Sängerin ist neckisch wie ihre Bewegungen. Bella setzt sich mit dem Rücken zur Bühne, um das traurige Bild dort oben nicht sehen zu müssen. Sie bestellt Wodka und Orangensaft, und so schnell, als habe irgend jemand ihre Vorliebe gekannt, steht das Glas vor ihr. Als der Direktor erscheint, hat sie noch nicht getrunken.

Wunderbar, sagt er, Sie hätten bei uns auch jedes andere Getränk bestellen können. Schottischen Whisky, Rheinwein, spanischen Rotwein. Ich selbst allerdings habe es immer so gehalten, das zu trinken, was im Lande üblich ist. Ich freue mich, eine Gesinnungsgenossin gefunden zu haben.

Sind Sie da so sicher? Ich schlage vor, wir begrenzen unser Zusammensein auf das unbedingt notwendige Maß. Sie hatten mir einen Hinweis darauf versprochen, wann ich Frau Mehring zurückerwarten kann.

Der Direktor sieht sie traurig an. Ganz offensichtlich trauert er über so viel Ungeduld.

Ich hatte Ihnen versprochen, daß wir im Laufe des Abends von Ihrer Freundin hören würden. Ich bitte Sie, solange mein Gast zu sein.

Er winkt, ohne sich umzusehen, zu den Kellnern hinüber. Es beginnt eine Art Kellnerballett, das jedem Slapstick-Film Ehre gemacht hätte. In ihrem Übereifer behindern sich die vier Kellner so sehr, daß Bella schon überlegt, ob auch das zur Inszenierung gehört. Sie sieht den Direktor an, stellt fest, daß er der Arbeit der Kellner mit sichtlichem Stolz zusieht, und lehnt sich ergeben zurück. Es wird ihr nichts anderes übrigbleiben, als vorläufig die Rolle, die ihr zugeteilt ist, anzunehmen. Ganz allerdings gibt sie sich noch nicht geschlagen.

Ich habe die Absicht, morgen früh die Polizei darüber zu verständigen, daß Frau Mehring aus ihrem Hotel verschwunden ist, sagt sie und hebt ihr Glas, um ihrem Gegenüber zuzutrinken.

Ich bin sicher, das wird nicht nötig sein, antwortet der Direktor freundlich lächelnd und hebt ebenfalls sein Glas. Wie gefällt Ihnen unsere schöne Stadt?

Bella sieht einen Augenblick lang die zerschlagenen Straßenbahnen, die zerfallenen Sanatorien, die greinende Bettlerin im Brotladen vor sich, bevor sie antwortet.

Ich hab' noch nicht viel gesehen, aber es scheint ein paar Probleme zu geben. Eine alte Frau, die ich traf, sagte –

Oh, das müssen Sie nicht glauben. Überall gibt es

Leute, denen man es nicht recht machen kann. Unsere Menschen setzen große Hoffnungen in die Hilfe aus Deutschland. Wir Ukrainer sind doch eigentlich Europäer. Da draußen – er macht eine unbestimmte Handbewegung – steht das Denkmal unseres Stadtgründers: ein Richelieu. Das sagt doch alles.

Und Rußland? fragt Bella.

Der Direktor hebt die Schultern.

Früher hätte ich gesagt »Rußland ist groß und der Zar ist weit«. Leider ist das heute nicht so. Wir sind nicht frei in unseren Entscheidungen. Aber wir lieben die Deutschen. Das ist ein Fakt.

Sie lieben die Deutschen, weil Sie sich deutsche Gäste für Ihr Hotel erhoffen. Ich kann mir nicht vorstellen, daß die Deutschen hier überall beliebt sind.

Ich sagte ja schon, daß es immer Leute gibt, denen man es nicht recht machen kann. Ist der Kaviar nach Ihrem Geschmack?

Bella sieht auf die Schale und stellt fest, daß sie gegessen hat, ohne darauf zu achten, was sie auf der Gabel hat. Sie ist sicher, daß der Kellner, der gerade ihr Glas nimmt, etwas in ihre Jackentasche gesteckt hat. Sein Gesicht bleibt unbeteiligt, so konzentriert ist er auf das Einschenken, daß sie darauf verzichtet, die Sache sofort nachzuprüfen. Sie wendet dem Direktor ihre volle Aufmerksamkeit zu.

Dieser Krater in der Nähe der Oper – kann es sein, daß er durch den Bombenanschlag zustande kam, den Europa im Fernsehen bewundern konnte?

Sie lächelt gewinnend und freut sich darüber, daß ihrem Gegenüber dieses Thema offensichtlich unangenehm ist. Der Mann fühlt sich ertappt, wie ein Gauner, der in Gefahr ist, seine Tarnung zu verlieren. Aber dann ändert sich sein Gesichtsausdruck plötzlich, so, als habe er beschlossen, daß es keinen Sinn mehr hat, die Maskerade aufrechtzuerhalten.

Was wollen Sie? Uns irgendwelche moralischen Vorhaltungen machen? Wie, glauben Sie, hat sich der Kapitalismus bei Ihnen durchgesetzt? Mit Beten und Glockenläuten? Dann darf ich Sie darauf hinweisen, daß ein gewisser Friedrich Engels darüber eine andere Meinung hatte. Lesen Sie ruhig, meine Liebe. Lesen Sie über die Arbeiterklasse in England, über die Wohnungsfrage zum Beispiel. Wohnungen sind auch bei uns ein interessantes Thema. Und was diesen Krater betrifft: Natürlich gibt es hier Auseinandersetzungen, bei denen die Mittel nach ihrer Wirksamkeit gewählt werden. Sehen Sie, Sie hatten ein paar hundert Jahre Zeit, Ihren Kapitalismus zu entwickeln, das heißt, Sie konnten die Toten strecken. Wir haben diese Zeit nicht. Wir müssen uns beeilen, wenn wir noch eine Chance haben wollen dazuzugehören. Der Krater und, soviel ich weiß, der Chef der Familie Bunkin, sind die Überreste der Modefirma. Jedermann weiß hier, daß Kotow-Moda hinter der Aktion steckt und vorläufig Sieger ist. Es ist wohl das Pech Ihrer Freundin, daß sie sich ausgerechnet diese Zeit ausgesucht hat, hier Geschäfte zu machen. Sie ist zum Pfand geworden, nehme ich an.

Und wenn Sie die Absicht haben, mit Ihrem neuen Wissen zur Miliz zu gehen, dann rate ich Ihnen: tun Sie es, wenn Sie unbedingt wollen. Ich werde Ihnen allerdings nicht als Zeuge zur Verfügung stehen, für den Fall, daß die Miliz überhaupt Lust hat, sich der Sache anzunehmen.

Bella ist versucht, eine von Olgas Weisheiten zu zitieren, die »Sozialismus oder Barbarei« oder so ähnlich heißt. Olga schreibt sie Rosa Luxemburg zu. Statt dessen kann sie sich nur zu einer sehr lahmen Entgegnung aufraffen.

Immerhin vertritt Frau Mehring eine bekannte Firma. Es wird nicht so einfach sein, sie verschwinden zu lassen.

Aber wer sagt denn, daß sie verschwindet?

Der Direktor lächelt plötzlich so freundlich, als habe seine verbale Attacke nicht stattgefunden.

Sehen Sie, ich habe Beziehungen zu Kotow und hatte auch Beziehungen zu Bunkin. Das einzige, was ich Ihnen raten kann, ist, warten Sie, bis ich herausgefunden habe, wer von beiden Ihre Freundin für ein paar Tage zu sich eingeladen hat. Dann werden wir auch wissen, wie wir sie wiederbekommen können. Solange bitte ich Sie, einfach mein Gast zu sein.

Verstehe ich Sie richtig? Bis jetzt wissen Sie also weder, wo Frau Mehring sich aufhält noch wann man eine Nachricht von ihr erwarten kann?

So ist es. Aber ich versichere Ihnen, wenn überhaupt irgend jemand etwas über ihren Verbleib erfahren wird, dann bin ich es. Und nun darf ich Sie bitten, das Hähnchen nach Kiewer Art zu genießen. Es ist eine Meisterleistung unserer Küche. Trinken Sie weißen oder roten Wein?

Es hat keinen Sinn zu protestieren. Der Mann meint, was er sagt. Die Wahrheit ist, daß die Mehring, anstatt Geschäfte zu machen, in die Auseinandersetzung zwischen zwei Mafiagruppen geraten ist. Der Hoteldirektor hat zwar Vermutungen, aber keine Gewißheit über ihren Verbleib. Die Wahrheit ist auch, daß der Gang zur Miliz sinnlos sein wird. Sie wird sich nicht dazu entschließen, bevor sie ihre Jackentasche untersucht hat.

Ich trinke Wasser, sagt Bella. Bitte entschuldigen Sie mich einen Augenblick. Ich bin gleich zurück. Lassen Sie den Kellner noch warten, damit das Hähnchen nicht kalt wird. Ich liebe Hähnchen auf Kiewer Art.

Sie steht auf und geht durch den halbdunklen Speisesaal. Die Lampen auf den leeren Tischen sind ausgeschaltet. Die Bühne liegt im Halbdunkel. Die Musiker haben in zwanzig Jahren ihre Noten auswendig gelernt. Die Sängerin singt eine Art Volkslied, in dem von Mondschein und Nachtigallengesang die Rede ist. Während Bella an der Bühne vorübergeht, legt sie sich besonders ins Zeug.

Es gibt offensichtlich keine Kameras im Waschraum. Sicherheitshalber verschwindet sie trotzdem hinter einer der Toilettentüren, bevor sie in die Jackentasche greift und einen schmal zusammengefalteten Zettel hervorzieht.

»Lassen Sie ihn reden. Kommen Sie morgen abend um 23 Uhr in die Villa Prijut. Tun Sie nichts. Sehen Sie sich um, aber tun Sie nichts.«

Der Zettel trägt statt einer Unterschrift einen blutroten Keil. Bella liest ihn ein weiteres Mal, prägt sich den Namen der Villa ein, reißt den Zettel in kleine Stücke und spült ihn in den Abfluß. Im Vorraum wäscht sie sich die Hände und geht durch den halbdunklen Speisesaal zurück an den Tisch. Hinter ihr erscheint die Riege der Kellner. Sie läßt sich willig nieder, bereit, dem Wunder des Hähnchens auf Kiewer Art ihre volle Aufmerksamkeit zu widmen.

Das Hähnchen ist wirklich gut. Es gelingt Bella zu reden, als sei sie mit allem einverstanden. Der Direktor bemüht sich, ihr die touristischen Vorzüge der Stadt zu erläutern. Einmal ist sie beinahe versucht, ihn nach der Villa Prijut zu fragen. Im letzten Augenblick verzichtet sie darauf. Der Beinahe-Fehler macht ihr deutlich, daß sie nicht mehr nüchtern ist. Die Flasche, die auf dem Tisch steht, kann unmöglich die erste Flasche Wodka sein. Trotzdem glaubt sie nicht, daß ihr Gastgeber die Absicht hat, sie betrunken zu machen. Es gibt dafür keinen Grund. Sie ist einfach ein Opfer seiner Gastfreundschaft und ihrer und seiner Trinklust geworden.

Das übliche Ende in solchen Situationen bleibt nicht aus. Nach dem Eis, dem Kuchen, dem Krim-Sekt und dem Mokka macht er deutliche Anspielungen auf die Möglichkeit einer gemeinsamen Nacht. Bella kommt die Idee, mit einem Mafia-Mops – der Titel, den sie bei sich für ihn gefunden hat, kommt ihr so passend vor, daß sie kichern muß – die Nacht zu verbringen, außerordentlich komisch vor. Sie fragt ihn, ob sie seine Frau anrufen und sie ebenfalls einladen sollen.

Wir drei, sagt sie und lächelt so verführerisch, wie es ihr angetrunkener Zustand zuläßt, wir drei könnten den Himmel auf Erden gemeinsam erleben.

Der Direktor scheint ernüchtert, jedenfalls unterläßt er weitere Anspielungen. Als Bella aufsteht und geht, mühsam zwar, aber doch noch einigermaßen gerade, erhebt er sich mit Mühe von seinem Stuhl, schwankt ein wenig hin und her und sackt wieder zurück. Auch ohne seine Frau wäre mit ihm vermutlich kaum noch etwas anzufangen gewesen.

Die Musiker sind von der Bühne verschwunden. Die Kellner bilden ein stummes Spalier, an dem Bella vorbeigeht, als sei sie eine in Gedanken versunkene Generalin beim Abnehmen der Parade. Sie achtet angestrengt darauf, nicht über eine Stufe zu stolpern und in einigermaßen ordentlicher Haltung die Halle zu erreichen. Auf der Treppe hat sie plötzlich das Bild der schönen Charlotte Mehring vor Augen, und die Tatsache, daß sich ihr dieses Bild erst am Abend zuvor, vor wenigen Stunden also, ins Gedächtnis eingeprägt hat, ernüchtert sie ein wenig.

Die Hotelhalle ist düster und leer bis auf eine schlafende Frau hinter dem Rezeptionstisch. Bella erreicht ihr Zimmer, ohne daß ihr jemand begegnet und ohne hinter einer der Türen auf dem Gang ein Geräusch gehört zu haben. Sie schließt die Tür hinter sich ab, bevor sie in die Jackentasche greift, um nach dem Zettel des Kellners zu suchen. Als sie die Hand herauszieht, hält sie eine Visitenkarte darin. Natürlich, den Zettel hat sie ja weggeworfen. Im Bett liegend liest sie die Worte unter dem kleinen Schein der Nachttischlampe. Viktor Sheluk – wer ist Viktor Sheluk?

Sergej sitzt an der Bar des Hotels Krasnaja und denkt nach. Er hat gern klare Verhältnisse. Irgend jemand ist ihm in der Bunkin-Sache zuvorgekommen. Bunkin wollte ihn sprechen, und sein Auftrag war, Bunkin verschwinden zu lassen. Er hätte Geld von beiden Seiten haben können, und er hätte es gebrauchen können. Aber es ist nicht das fehlende Geld, das ihn beunruhigt. Es ist die Tatsache, daß es keinen Grund gab, diesen Mann umzubringen, keinen anderen Grund als den, dessentwegen er selbst unterwegs gewesen war. Kotow wollte sich die Bunkin-Konkurrenz endgültig vom Hals schaffen, die Näherinnen übernehmen und sich so an die Spitze der Mode-Produktion setzen. Sergej sollte dabei behilflich sein. Pawel Bunkin war zufällig nicht vor dem Standesamt gewesen, als dort die Bombe explodierte. Er hatte in der letzten Woche versucht, seinen Laden wieder in Gang zu setzen, offensichtlich war ihm das gelungen. Als er Sergej zu sich bat, mußte er Vergeltung für die Toten seiner Familie im Sinn gehabt haben. Ihm, Sergej, war die Einladung willkommen gewesen. So brauchte er keine besonderen Anstrengungen zu unternehmen, um ein Treffen mit ihm zu arrangieren. Bunkin stand auf seiner Liste, seit bekannt geworden war, daß er überlebt hatte. Wer ist ihm zuvorgekommen? Und weshalb? Bisher war er derjenige, vor dem man sich zu fürchten hatte. Sergej findet keine Antwort. Aber etwas anderes wird ihm deutlich, etwas, worüber er schon lange nachdenkt und wozu er in der letzten Nacht schon den Grundstein gelegt hat. Er braucht ein zweites Standbein, eine andere Möglichkeit, seine Existenz nicht nur abzusichern, sondern auf solide Füße zu stellen.

Er hat nicht vorgehabt, die Sache zu übereilen, die Wohnung jetzt schon zu nutzen. Was hindert ihn aber daran, damit anzufangen? Wäre es nicht gut, seinen Ruf zu verändern? Natürlich, die einschlägigen Leute werden weiterhin wissen, zu wem sie zu gehen haben, wenn bestimmte Aufträge zu erledigen sind. Aber er müßte nicht mehr jeden Auftrag annehmen, wenn er Besitzer eines gutgehenden Bordells wäre. Natürlich, es gibt nicht viele Touristen zur Zeit. Aber es gibt genug reiche Russen und auch ein paar reiche Ukrainer. Er könnte doch zuerst für einheimische Kunden planen. Es gibt ein paar Bordelle in der Stadt, miese Absteigen in dunklen Wohnungen, die er kennt. Sie sind keine Konkurrenz für ihn. Er hat lange nach einer passenden Wohnung gesucht. Und dann mußte er, zusammen mit ein paar Freunden, die Familie an die Luft setzen, die darin wohnte. Sergej lächelt, als er daran denkt.

Er hebt seine linke Hand und sieht auf die halbrunde Narbe an der Handkante. Miese kleine Kröte! Als er zum erstenmal an der Tür gestanden hat, ist er erschrocken zurückgefahren, als sie geöffnet wurde. Eine junge Frau im Trainingsanzug stand da, neben ihr ein Kind, vielleicht sieben oder acht Jahre alt, mit verunstaltetem Gesicht. Er hat die Frau und das Kind beiseite gestoßen, ist hineingegangen und hat sich die Wohnung angesehen. Sie war genau so, wie er sie brauchte: ein großer Vorplatz, viele kleine Zimmer, die Türen zum Flur hatten, eine Küche, die sich umbauen ließe. Als er wieder am Eingang stand, die ganze Zeit war dieses Kind hinter ihm hergelaufen, hatte fürchterliche, unverständliche Laute ausgestoßen, sich an seinem Jackett festgeklammert, war nicht abzuschütteln gewesen, sagte er der Frau, sie habe eine Woche Zeit, sich eine andere Wohnung zu suchen.

Als er nach einer Woche zurückkam, war sie immer noch drin, versuchte sogar, ihn nicht einzulassen. Er hat darauf verzichtet, sie zu schlagen, hat ihr gesagt, er würde wiederkommen. Das Kind ist ihm kreischend nachgelaufen, als er die Treppe hinunterging. Die Wohnung war genau richtig. Vielleicht konnte man irgendwann diese umlaufenden Balkons in Ordnung bringen und unten im Hof, dort, wo jetzt schrottige Autos standen, ein kleines Lokal einrichten. Man brauchte ein Aushängeschild.

Als sie kamen, seine Freunde und er, war der Mann von der Frau da. Er war kein Problem, der verdiente Sportler des Volkes. War schon ein bißchen außer Übung. Sie haben ihn in den Hof gelegt. Er konnte froh sein, daß sie ihn nicht hinuntergeworfen hatten. Nur weil Dima sich seiner erinnerte.

Schlimmer war die Frau. Sie schrie und tobte, so daß sie dachten, die Nachbarn würden sich doch noch rühren. Das Kind sei krank. Man hätte es falsch behandelt. Sie hätten ihr ganzes Geld ausgegeben, um das Kind nach Deutschland zu bringen. Da hätte man ihnen gesagt, daß es zu lange mit falschen Medikamenten behandelt worden sei. Seine Nieren sind Steine! Seine Nieren sind Steine! Seine Zunge ist geschwollen. Sie verstopft ihm den Mund. Das Kind ist krank!

Was interessierte ihn das Kind und seine Krankheit. Es war nicht krank genug, um das Maul zu halten. Noch nie hatte er solche gräßlichen Laute gehört. Während sie die Sachen hinuntertrugen, die sie nicht gebrauchen konnten, kreischte das Balg und jaulte hinter ihnen her, hängte sich an sie, biß und stieß. Es biß ihm so tief in die Hand, daß er den gräßlichen, mißgebildeten Kieferabdruck noch immer mit sich herumschleppt.

Sergej schüttelt sich und winkt zu Mascha hinüber. Wenig später kommt sie an seinen Tisch. Er bestellt ein Bier und sieht ihr nach, als sie zurückgeht. Mascha ist zu alt, außerdem hat sie ein Kind. Solche Weiber kann er nicht brauchen. Er denkt an Frauen, die Zeit haben, die zur Verfügung stehen, wenn sie benötigt werden. Die auch ein bißchen Angst haben, so wie die, die er gestern mitgenommen hat. Da drüben sitzt ihr Vater. Sergej hebt lässig die Hand. Der Mann lächelt zurück. Die Brüder lächeln nicht, kleine Gauner, die sich einbilden, sie hätten ein schlechtes Geschäft gemacht, als sie ihm die Schwester überließen. Was hätten sie denn mit ihr anfangen wollen in ein paar Monaten? Die ist doch jetzt schon kaum noch zu gebrauchen. Wer würde sich mit so einer noch einlassen. Wird ein bißchen was kosten, sie wieder herzurichten.

Mascha kommt und stellt das Bier vor ihm ab.

Was von Katja gehört? fragt sie.

Ja, sagt Sergej, glaube schon.

Und?

Geht ihr besser, als du denkst. Geht ihr so gut, daß Nachfragen von jetzt ab überflüssig sind. Klar?

Mascha sieht auf Sergej hinunter. Sie sieht seine Augen, die tote Steine sind, und den Mund, der zwei aneinandergelegten Messerrücken gleicht.

Ja, sagt sie, klar, Sergej.

Ihr ist kalt, obwohl die Luft in der Bar warm ist, weil die Heizungen unter den Fenstern aufgedreht sind. Man kann sie nur aus- oder anstellen, nicht regulieren. Als sie wieder hinter dem Tresen steht, vermeidet sie es, zu Sergej hinüberzusehen. Hin und wieder sieht sie Katjas Vater, der da sitzt und auf die Tür starrt, als erwarte er seine Tochter.

Da kann er lange warten, der Schweinehund, denkt

Mascha und nimmt sich vor, Katja nicht im Stich zu lassen. Sie hat Angst vor Sergej. Aber sie wird trotzdem versuchen herauszufinden, was er mit ihr gemacht hat. Irgendwo hat er sie versteckt. Vielleicht läßt sie sich finden.

Sergej hat keine Lust mehr, in der Bar zu hocken. Er beschließt, seinen Auftraggebern die Bunkin-Sache als erledigt zu melden und das Geld zu kassieren, das ein anderer für ihn verdient hat. Als er auf der Straße steht, fällt ihm ein, daß er eine Frau weiß, die bereit sein könnte, zu Katja in die Wohnung zu ziehen und mit ihr gemeinsam der Sache den ersten Schwung zu geben. Die Frau heißt Irina. Zu ihrer Wohnung sind es nur ein paar Schritte.

Das Haus ist zerfallen, die vordere Eingangstür zugenagelt. Aber Sergej weiß, daß er durch das Tor in den Hof gehen und die rückwärtige Tür benutzen muß. Es ist Mittag. Er hofft, Irina schon wach zu finden. Das Treppenhaus ist dunkel und voller Gerümpel. Er bemüht sich, vorsichtig zu gehen, um nicht zu stürzen. Abends gibt es ein paar Petroleumlampen für die Männer, aber jetzt, am Tage, rechnet Irina nicht mit Kundschaft. Die Wohnung im ersten Stock steht leer. Sie ist nicht mehr bewohnbar. Sergej hat sie sich angesehen, als er auf der Suche nach einem geeigneten Ort für sein eigenes Unternehmen war. Da drinnen fällt der Stuck von der Decke. Die Lichtschalter sind herausgerissen und die leeren Fensterhöhlen vernagelt. Das hätte man in Ordnung bringen können. Aber die verfaulten Dielen haben ihn abgeschreckt. Die Fenster sind schon zu lange ohne Scheiben. Regen, Schnee, Frost haben den Fußboden zerstört. In den Ecken sitzen grünlich schimmernde Pilzkolonien, die einen modrigen Geruch verbreiten. Im zweiten Stock liegt Irinas Wohnung. Sie ist in einem etwas besseren Zustand, obwohl es durch das Dach hereinregnet und große braune Flecken an der Decke entstanden sind. Die Wohnung ist warm. Die Scheiben sind heil. Irina heizt mit elektrischen Öfen, an die Heizung im Keller traut sich niemand mehr heran. Vielleicht sind die Heizkörper in den Wohnungen sogar noch in Ordnung. Aber die Schlachten zwischen Ratten und Katzen, deren Lärm bis hinauf in den zweiten Stock zu hören ist, wirken auf niemanden einladend genug, um die Heizung in Gang zu setzen. Die Tür hat keine Klingel, aber es gibt ein Klopfzeichen, das Irinas Stammgäste kennen. Nach einem kurzen Augenblick hört Sergej ihre Schritte. Sie öffnet einen Spalt, zieht Sergej hinein, als sie ihn erkennt, schließt hinter ihm hastig die Tür. Der Flur ist dunkel, sonst riecht es hier nach Puder, Parfüm und Wodka, heute stinkt es nach Fäkalien.

Komm schnell nach vorn und mach die Tür hinter dir zu, sagt sie und läuft fast vor ihm her. Er gehorcht, betritt das Vorderzimmer und schließt die Tür hinter sich. Hier ist es hell, durch vier große Fenster scheint die Sonne herein, und der Kloakengestank ist fast verschwunden.

Ich bin erledigt, wer will noch in so eine Wohnung

gehen, willst du einen Kaffee oder was Stärkeres, das Klo ist kaputt, das Abflußrohr, es muß repariert werden, aber ich finde niemand, der es machen will, komm in die Küche, mein Lieber.

Sergej folgt Irina, nachdem er sich in dem großen Zimmer gründlich umgesehen hat. Sie hat Geschmack, diese Irina. Vielleicht ist das kaputte Abflußrohr ein Zeichen des Himmels.

Kaffee, sagt er und setzt sich in der winzigen Küche an einen blau gestrichenen Holztisch. Auch das Geschirr gefällt ihm. Er findet es vornehm – weißes Porzellan mit einem blau-goldenen Muster. Über dem Tisch im Regal stehen noch mehr von den großen Tassen, auch zwei Kannen hat sie dazu. Das Geschirr könnte sie mitbringen.

Irina hantiert am Herd. Sie wendet ihm den Rücken zu. Er hat Zeit, sie gründlich anzusehen. Sie ist nicht besonders groß, überall rund, ihre Haare sind blondgefärbt und ordentlich hochgesteckt. Sie trägt einen Hausanzug, der wie eine Uniform aussieht. Als sie sich Sergej zuwendet, betrachtet er ihr Gesicht. Sie ist noch nicht alt, vielleicht dreißig, aber sie schminkt sich schon für sich selbst. Ihr Lippenstift ist verwischt. Vielleicht hat sie gerade geraucht. Es riecht wirklich nach Zigarettenrauch. Er merkt es erst jetzt.

Was willst du?

Ob Irina energisch genug sein wird? Es kommt ihm plötzlich vor, als habe er gar keine andere Wahl, als diese Frau zu sich zu holen.

Diese Wohnung hier ist doch Scheiße.

Wem sagst du das, mein Lieber. Gestern hat mir eins der Mädchen gesagt, sie würde nicht mehr kommen, wenn es hier weiter so stinkt. Ich bin auf die Mädchen angewiesen.

Wie man sich denken kann, antwortet Sergej. Hast du schon mal darüber nachgedacht, dir etwas anderes zu suchen?

Du bist komisch, mein Lieber. Ich such mir eine andere Wohnung. Was passiert, wenn ich sie gerade in Ordnung gebracht habe? Irgendwelche Schieber, Griechen oder Russen, schmeißen mich raus, ohne daß ich etwas machen kann. Nicht mal meine Beziehungen haben etwas genützt. Dieses Etablissement wird eben nur von den mittleren Chargen besucht. Die, die oben was zu sagen haben, gehen sonstwo hin, aber nicht zu mir. Ich hab's versucht, sag ich dir, und ich glaub auch, daß zwei meiner Kunden sich Mühe gegeben haben. Es hat nichts genützt. Ich sag ja, die Griechen hatten bessere Beziehungen. Und beim nächsten Mal werden Russen –

Hör auf zu jammern. Ich mach dir einen Vorschlag. Hab ich mir gedacht, daß du nicht deswegen gekommen bist.

Irina stellt die Kanne auf den Tisch und setzt sich. Sie sitzt Sergej gegenüber und sieht ihn aufmerksam an. Ihr Blick ist so wach, daß er keine Bedenken mehr hat wegen ihrer Tüchtigkeit. Gründlich, auch ein wenig umständlich, denn er ist es noch nicht gewöhnt, als Unternehmer zu denken, setzt er ihr seinen Plan auseinander, spricht von der Wohnung, die er schon hat, von Katja, die schon da ist, und davon, daß er eine Frau braucht, die über die Mädchen die Aufsicht führt. Denn er wird keine Zeit dazu haben. Andere Geschäfte nehmen ihn in Anspruch, Geschäfte, über die er nicht reden will, aber die ihm Geld einbringen. Da wird auch etwas für die Ausstattung von Irinas neuem Arbeitsplatz abfallen. Wenn sie klug ist –

Hör auf, sagt Irina. Wo ist der Haken?

Ihre Augen glänzen und Sergej meint, ihr Gesicht habe unter der Schminke zu glühen begonnen.

Was für ein Haken? Ich rede offen zu dir.

Sie ist schlau, denkt Sergej, das geht in Ordnung. Sie muß sich absichern. Diese Wohnung hier ist entsetzlich, aber sie ist ihre Lebensgrundlage. Was hat sie, wenn sie das hier aufgibt? Sie kann sich gleich auf die Straße stellen. Ich werde offen mit ihr sein. Sie wird nicht nein sagen, auch dazu nicht.

Na los, red schon. Wo ist der Haken?

Es gibt keinen. Ich will – es ist alles so, wie ich es gesagt habe. Du hast kein Risiko. Was ich sonst noch tue, geht dich nichts an, und du weißt von nichts. Ich will aber – er gibt sich einen Ruck, wie allen Spießern sind ihm seine sexuellen Obsessionen unangenehm, und er fürchtet sich davor, sie anderen zu offenbaren – ich will aber, daß die Mädchen in der neuen Wohnung mir absolut gehorsam sind.

Irina starrt ihn einen Augenblick mit offenem Mund

an und beginnt dann schallend zu lachen. Ihr Lachen gefällt Sergej nicht. Er fühlt sich blamiert und überlegt, ob er gehen soll. Irina spürt, daß sie sich falsch verhält und wird ernst.

Und du brauchst eine wie mich, die ihnen Gehorsam beibringt?

Ich würde sagen, daß ich das auch allein schaffe. Aber du mußt wissen, auf welcher Seite du stehst. Ich sag dir das vorher. Ich brauch keine, die mir dazwischenfunkt. Ich bin der, der sagt, wo es langgeht. Solange das klar ist, kannst du, glaube ich, diese Stinkbude hier ohne weiteres gegen meine Wohnung eintauschen.

Wieviel Platz hast du?

Fünf oder sechs Zimmer, einen Empfangsraum, Küche, Bad, was man eben so braucht.

Hast du schon Mädchen?

Katja, seit gestern.

Ich hab drei, die für dich arbeiten würden. Mit vieren können wir gut anfangen. Wo liegt die Wohnung? Kannst du dafür sorgen, daß der Krempel hier dorthin transportiert wird?

Irina hat ihre Chance erkannt. Dieser Kerl da braucht eine Frau, die seine Sache in die Hand nimmt. Die kann er haben. Da ist sie genau die Richtige. Es ist ihr egal, was er sonst noch für Geschäfte macht. Hier hat er jedesmal ordentlich gezahlt. Auf was anderes kommt es nicht an. Mädchen sind billig zu haben. Man gibt ihnen ihren Anteil, und sie sind für sich selbst verantwortlich. Das wird in der neuen Wohnung anders sein. Sie werden da wohnen. Aber sie wird dafür sorgen, daß die Ware immer frisch ist. Sie ist eine tüchtige Geschäftsfrau. Er wird mit ihr zufrieden sein. Und sie wird zusehen, daß sie selbst nicht zu kurz kommt.

Auch Sergej hat das Gefühl, daß es eine gute Idee war, Irina zu fragen. Nur als sie den geschäftlichen Teil ihres Gespräches abgewickelt haben und Irina Anstalten macht, ihm ihre Dankbarkeit für die plötzliche Verbesserung ihrer Lage auf körperliche Weise zu zeigen, reagiert er heftig.

Gut, gut – ich verstehe. Wir sind Geschäftspartner, sonst nichts. Ist mir recht. Man soll nichts durcheinanderbringen.

Sie ist trotzdem ein wenig gekränkt und besieht sich kritisch im Spiegel, als Sergej gegangen ist. Sie ahnt, daß er zu den Männern gehört, die sich nur bei schwachen Frauen stark fühlen. Bald wird sie es wissen.

Bella erwacht, als an ihre Tür geklopft wird. Sie ruft laut »nein« und versucht, wieder einzuschlafen. Aber daraus wird nichts; als ihr die Botschaft mit dem roten Keil einfällt, ist sie hellwach. Wen kann sie nach der Villa Prijut fragen. Den Kellner, der ihr den Zettel zugesteckt hat. Sie hat vor, sich den Treffpunkt bei Tage anzusehen. Also beeilt sie sich, zum Frühstück zu kommen. Vielleicht hat sie Glück, und der Mann ist auch morgens da. Als sie das Restaurant betritt, stellt sie fest, daß es nicht Morgen, sondern Mittag ist. Es gibt kein Frühstück mehr. Es gibt auch keinen Kaffee, erst in einer Stunde. Der Kellner, den sie sucht, ist nicht zu sehen. Keiner der Kellner vom Abend ist anwesend. Sie verläßt das Hotel auf der Suche nach Kaffee und gerät nicht weit vom Hotel in der Jüdischen Straße in ein winziges Kellerlokal. Nach dem Anblick der zerfallenden Häuser, der Bettler, der vernagelten Fenster, bespuckten Straßen sieht hier alles wie nach einem kleinen Wunder aus. Die Wände sind sorgfältig geweißt, schwarze, zierliche Lacktische, Stuhlkissen mit schwarz-buntem Rosenstoff. Der sorgfältig restaurierte Terrazzofußboden zeigt ein hübsches Muster. An den sechs kleinen Tischen sitzen normale Leute, keine Schieber, drei junge Leute und eine einzelne Frau. Ein junges Mädchen fragt sie auf Englisch nach ihren Wünschen und bringt kurz darauf den Kaffee, freundlich. Selbst die Musik aus dem Fernseher hat eine angenehme Lautstärke. Bella fühlt sich plötzlich wunderbar leicht. Zwei Frauen, die aussehen wie Schwestern von Bette Middler, kommen die schmale Kellertreppe herunter. Sie tragen ein paar Einkaufstüten, setzen sich und reden miteinander, wie nur zwei Bette Middlers miteinander reden können, während sie Cognac und Pepsi trinken und hin und wieder einen neugierigen Blick zu Bella hinüberwerfen, leicht, unaufdringlich, einfach nur neugierig. Bella genießt die freundliche Umgebung. Plötzlich fällt ihr ein, wen sie nach der Villa fragen wird. In der Jackentasche fühlt sie die Karte. Viktor Sheluk! Die freundliche Kellnerin zeigt ihr das Telefon. Auch hier, im Gang vor den WC's, kein Gerümpel, keine Ecken, die beim Renovieren vergessen wurden. Das Telefon steht auf einem schwarz lackierten Regal an der Wand. Sie wählt, und die Stimme am Telefon, die ihr antwortet, als sie nach Viktor Sheluk fragt, ist ihr sympathisch.

Ja, das bin ich. Sie sind die Frau, die Mutter am Meer getroffen hat. Richtig?

Bella hört auf eine weiche, melancholische Stimme. Sie hat nach der Villa fragen wollen. Nun beschließt sie, sich mit diesem Viktor zu treffen. Er schlägt als Treffpunkt den Platz vor dem Bahnhof vor. Sie ist einverstanden.

Kurze, graue Haare, nicht gerade klein, Jackett, keine Handtasche, gibt sie als Personenbeschreibung an.

Den Zwicker auf der Nas' und Herbst in der Seele, sagt Sheluk. Er hält das offenbar für eine ausreichende Beschreibung seiner selbst. Erst eine Stunde später wird sie begreifen, daß die Beschreibung wirklich ausreicht. Da hat sie Viktor schon getroffen, und er hat ihr die ungewöhnliche Formulierung erklärt.

Ist nicht von mir, sagt er. Das hat Isaak Babel gesagt, um eine bestimmte Sorte von Intellektuellen zu beschreiben. Irgend jemand hat das mal auf mich angewendet. Ich finde, es paßt.

Der Mann gefällt Bella. Sie hat nicht vor, ihn in die Geschichte einzuweihen, in die sie geraten ist. Als er vorschlägt, über den berühmten Bauernmarkt zu gehen, willigt sie ein. Eine Stunde später ist sie nicht mehr so sicher, daß die Idee gut gewesen ist. Sie muß sich zur Ordnung rufen, muß den Schrecken, das Entsetzen zurückdrängen. Es fällt ihr schwer, an den Spalier stehenden Frauen vorüberzugehen, die einen einzigen getragenen Schuh, zwei unbeschriebene Postkarten, einen einzelnen Briefumschlag, sorgfältig gewaschene und gestopfte Wäsche hochhalten, in der irrwitzigen Hoffnung, jemand brauchte gerade diesen Schuh, diese Postkarte, diese abgetragene Unterhose. Es fällt ihr schwer, an den Beinstümpfen des Bettlers vorüberzugehen, der Zeitungen um die Enden seiner Beine gewickelt hat, um die Fliegen abzuhalten. Noch nie hat sie Menschen gesehen, die am Boden liegen, dem Dreck der Straße angepaßt, nicht mehr zu unterscheiden vom lehmigen, abfallbedeckten Boden außer durch Hunde, die an den Haufen herumschnüffeln in der irrwitzigen Hoffnung, gerade dort etwas zu fressen zu finden.

Manchmal sieht sie Viktor an, wendet sich zu ihm um, da er ein paar Schritte hinter ihr geht, nicht an ihrer Seite. Wenn er ihren Blick bemerkt, bleiben seine Augen ausdruckslos, er verzieht das Gesicht zu einem kurzen Lächeln, jedenfalls zu einer Grimasse, die ein Lächeln andeuten soll. Einmal, als sie ihn ansieht, ohne daß er es bemerkt, ist sie erschrocken über die Trauer in seinem Gesicht, Trauer und Wut. Noch nie hat Verzweiflung und Hilflosigkeit sie so berührt. Vielleicht auch deshalb erscheint ihr der Gang durch die Halle der Markt-Schlachter wie das Eindringen einer Unbefugten in die Halle des Todes. Ein Totengang umgibt sie, weiße Leichen von Hühnern, Ferkeln, Schweinen, Hasen, die scheinbar noch Socken anhaben, Leichenberge, weiß und übereinander getürmt, dazu das gleichmäßige Hacken der Schlachterbeile in die Knochen der Toten –, sie wagt nicht, sich umzusehen. Sie will nicht sehen, wie sich der Totengang im Gesicht von Viktor widerspiegelt.

Plötzlich, mitten im Gang, der dicke, lebendige Hintern einer Marktfrau, die sich breitbeinig bückt – aller Totenspuk scheint wie weggewischt. Bella drängt sich an den Marktfrauen vorbei, erlöst und doch eilig die Halle verlassend. Draußen wartet sie auf Viktor, noch immer hört sie die Beile in die weichen Fleischteile niedersausen, die Knochen zerschlagen, aber jetzt, draußen, durch den dicken, lebendigen Hintern der Marktfrau und die Sonne daran erinnert, daß sie zu den Lebenden gehört, geht es ihr besser.

Gehen wir zum Bahnhof und trinken etwas, sagt Viktor.

Er geht jetzt voran, rasch, als wolle er den Markt so schnell wie möglich verlassen. Bella hat Mühe, ihm zu folgen. Ein Marktstand scheint ihr so schön, als habe eine Künstlerin die Waren darauf arrangiert: Pilze, Rinden, Samen, Blüten und Blätter bilden, umrahmt von lackschwarzen Sonnenblumenkernen und, zufällig oder nicht, mehreren Paaren schwarzer Gummihandschuhe, ein Stilleben, das sie gern länger betrachtet hätte. Ein paar Schritte weiter möchte sie noch einmal stehenbleiben: Hinter einem Stand mit Rote-Bete-Knollen steht ein Kirgise, dessen Kopf die gleiche Form und dessen Gesicht die gleiche Farbe hat, wie die Knollen, die er anbietet. Die rötlichen Knollen sind leicht von gelbem Sand bedeckt, gelber Sand liegt auch auf dem Tisch, und gelblich sind die Bartstoppeln, die das dunkelrote Gesicht des Mannes bedecken. Als er sich über den Tisch beugt, scheint es, als beuge er sich über seine Kinder. Sie fürchtet, Viktor im Gedränge zu verlieren. Als sie sich noch einmal umsieht, glaubt sie einen Augenblick lang, die Frau mit dem roten Keil gesehen zu haben, Dschingis Khans Tochter. Sie bleibt stehen, sieht nichts als hastende Menschen und folgt Viktor. Am Ausgang, zwischen Bauernmarkt und Bahnhof, haben sich in einer langen Reihe Wechselstuben etabliert. Junge Männer drücken sich davor herum, sprechen an, versuchen, sie zum Geldwechseln zu überreden. Eine Mark bringt 129 000 Kupone.

Vor dem Bahnhof wartet Viktor. Er steht zwischen Frauen, die Schildchen in den Händen tragen: Zimmer zu vermieten.

Ich würde nicht raten, diese freundlichen Angebote anzunehmen, sagt er, als Bella die Vermieterinnen aufmerksam mustert. Kann sein, daß die Frau in Ordnung ist. Sie versucht, ein wenig Geld damit zu verdienen, daß sie ihr Wohnzimmer als Herberge anbietet. Aber ob ihre Familie in Ordnung ist, das weiß man nicht. Für manchen Jugendlichen ist es verlockend, einen Fremden in der Wohnung zu haben, dem man im Schlaf viel

Geld wegnehmen kann, verlockender jedenfalls, als Woche um Woche nach Arbeit zu suchen und keine zu finden. Oder eine, die schlecht bezahlt wird.

Bella denkt an das Luxus-Hotel, aus dem die Mehring verschwunden ist, und sagt nichts. Viktor kauft am Bahnhofsbuffet zwei Flaschen Bier und stellt sie auf den runden einbeinigen Tisch, der gerade geräumt wird. Zwei Paare mit zwei riesengroßen, blau und rot gestreiften, ballonförmigen Plastiktaschen haben daran gestanden, sie versuchen jetzt, sich zum Ausgang durchzuschieben. Sie sind nicht die einzigen, die sich mit den gestreiften Ballons mühsam voranbewegen.

Touristen, sagt Viktor abschätzig. Wir nennen sie Touristen. Sie waren in der Türkei. Da holen sie billige Ware, Kleider, Röcke, Blusen. Hier stellen sie sich auf den Markt oder mieten einen billigen Laden, kaputte Läden sind billig. Da verkaufen sie das Zeug an unsere Leute. Sie verdienen gut daran. Wenn sie anfangen, ihren Laden zu renovieren, kommen die Schutzgeldeintreiber. Wer renoviert, hat Geld. Dann ziehen sie wieder aus und stellen sich auf den Markt. Aber wahrscheinlich müssen sie auch dort schon zahlen.

Wenig Lohn für so viel Mühe, sagt Bella.

Die müssen Ihnen nicht leid tun. Im Grunde sind es gewöhnliche Schieber, die die Kontrolleure an den Grenzen bestechen und unsere eigenen Textilarbeiter arbeitslos machen. Darf ich Sie fragen, weshalb Sie nach Odessa gekommen sind?

Im Grunde bleiben wir beim Thema, sagt Bella. Ich

begleite eine deutsche Unternehmerin, die hier produzieren lassen will, Kleider und so, Textilien jedenfalls.

Hat sich rumgesprochen, daß hier die Löhne billig sind, was? Wundert mich trotzdem, daß die Dame deswegen gekommen ist. Wenn sie nicht am Anfang eine Menge Geld investieren will, sollte sie ihr Vorhaben schnell wieder vergessen. Wenn ich noch Zeit hätte, würde ich Ihnen ein paar Textilfabriken zeigen. Das Alter und der Zustand der Maschinen würde Ihnen einiges klar machen über die Verhältnisse hier. Und wo ist die Dame jetzt?

Sie ist verschwunden, sagt Bella, nun doch bereit, Viktor ihre Geschichte zu erzählen. Es scheint, als sei sie entführt worden.

Viktor sieht sie lange an. Bella hat Zeit, sich an seine runde Brille, an die runden Augen, sein trauriges Gesicht zu gewöhnen. Schließlich sagt er:

Lassen Sie mich raten. Die Firma, die Ihre Deutsche aufsuchen will, heißt entweder Kotow-Moda oder Bunkin-Moda, richtig? Und als Bella nickt: Sagen Sie ihr, ach Verzeihung, es ist ja schon passiert. Ich erkläre es Ihnen: Die beiden Cliquen bekriegen sich zur Zeit. Üblich ist, daß so lange gestochen, geschossen und gebombt wird, bis einer von beiden aufgibt. In der Zeitung heißt es, Bunkin sei am Ende. Aber man weiß nicht, wem die Zeitung gehört. Deshalb sollte man darauf nichts geben. Ein sicheres Zeichen ist es, wenn alles ruhig bleibt. Dann ist tatsächlich einer am Ende. Was man hier durchaus wörtlich nehmen kann. Wenn Ihre

Deutsche entführt worden ist, scheint es allerdings, als sei der Krieg noch im Gange. Übrigens ist es gleichgültig, welche der Cliquen gewinnt. Sie sind beide gleich widerlich, sowohl was ihre Geschäftspraktiken betrifft als auch die Behandlung ihrer Arbeiterinnen. Unsere ruhmreichen Gewerkschaften haben es noch nicht geschafft, sich wieder zu organisieren. Wahrscheinlich sind ihre Anführer Ende der achtziger Jahre an Verfettung gestorben. Einige haben auch eigene Firmen aufgemacht. Die sind natürlich zu gut im Geschäft, um an die Organisierung der werktätigen Massen zu denken. Wenn ich Ihnen übrigens einen Rat geben darf: Warten Sie nicht, bis diese Frau wieder auftaucht. Oder sind Sie für sie verantwortlich? Fahren Sie ab, bevor Sie selbst als Geisel für irgend etwas benutzt werden.

Danke, sagt Bella, ich werd's mir überlegen. Ich hab noch eine Frage. Wo ist die Villa Prijut?

Sagen Sie nicht, daß man Sie dorthin bestellt hat. Die Villa liegt in der Nähe der Großen Fontaine, Arkadia. Nicht zu übersehen, ungefähr das Protzigste, was sich ein Odessaer Kaufmann um die Jahrhundertwende einfallen lassen konnte. Gelb, mit Türmen, Zacken und Zinnen. Jetzt steht sie leer, glaube ich. Falls sie wirklich dorthin wollen, würde ich Sie begleiten. Allein ist es zu gefährlich.

Danke, sagt Bella. Das hat noch Zeit. Ich mag Ihre Augen. Ich würde gern sehen, wie Sie leben. Würden Sie mir erzählen, weshalb Sie keine Zeit mehr haben, mir die Textilfabrik zu zeigen?

Mutter ist in der Klinik, sagt Viktor, ohne auf ihre Frage zu antworten. Sie werden mit mir allein vorlieb nehmen müssen. Sie kommt erst gegen zehn Uhr abends. Sie arbeitet zuviel, aber ich kann sie davon nicht abhalten. Vielleicht hat sie recht. Weshalb soll sie zu Hause sitzen. Kaufen Sie eine Flasche Wodka und kommen Sie. Wir nehmen die Bahn.

Die Straßenbahn in Richtung Moldowanka ist in einem erbärmlichen Zustand.

Seien wir froh, daß überhaupt eine Bahn gekommen ist, sagt Viktor. Es geht das Gerücht, die Fahrerinnen der Straßenbahnen seien bestochen. Sie sollen unregelmäßig fahren, damit die privaten Busunternehmer mehr Kundschaft haben. Wenn man bedenkt, für welchen Lohn sie arbeiten, könnte man es ihnen nicht übelnehmen. Ich glaube trotzdem nicht dran. Sehen Sie sich diese Bahn an, und Sie wissen Bescheid.

Tatsächlich hält die Bahn unterwegs, und die Fahrgäste steigen aus, ohne zu murren. Die Alten bleiben stehen und warten auf einen Ersatzzug. Die, die noch laufen können, gehen zu Fuß weiter.

Kommen Sie, es ist nicht mehr weit.

Die niedrigen Häuser sind alt und verfallen. Durch breite Toreinfahrten sieht man in grün überwachsene, helle Hinterhöfe. Schönheit und Verfall, dicht nebeneinander. Alte Akazien stehen rechts und links an der Straße, Kopfsteinpflaster, in den Boden eingelassene Geschichte.

Babels Viertel, sagt Viktor.

Zum erstenmal sieht Bella so etwas wie Stolz in seinem müden Lächeln.

Kennen Sie sein Tagebuch aus Galizien? »Über der Erde eine unaussprechliche Trostlosigkeit, alles ist naß, schwarz, der Herbst, bei uns dagegen in Odessa ...«. Jetzt ist hier Galizien. Es heißt, man wird im Winter sechzehn Stunden am Tag den Strom abstellen. Doch – was geht es mich an. Ich gehe weg.

Und Ihre Mutter?

Sie will hier bleiben. Das geht in Ordnung. Sie hat schon andere Zeiten erlebt. Kommen Sie, wir sind da.

Viktor ist in eine Toreinfahrt eingebogen. Sie überqueren den Innenhof. Viktor sucht den Schlüssel hinter einem Fensterrahmen. Bella bleibt stehen und sieht sich um. Zum erstenmal begreift sie Chagall als einen realistischen Maler. Solche Häuser, solche Höfe hat er gemalt. Aus der Tür des Vorderhauses tritt ein uralter, gebückter Mann. Er bleibt stehen und sieht zu ihnen herüber. Bella nickt ihm zu, aber er gibt nicht zu erkennen, ob er sie gesehen hat.

Früher haben wir am Meer gewohnt, sagt Viktor. Mutter fährt noch dorthin, in ihren Pausen. Ich liebe das Meer nicht. Es ist zu laut. Kommen Sie herein.

Das niedrige Häuschen hat einen steinernen Fußboden, Flur und Küche sind eins, rechts und links davon liegen Zimmer. Viktor öffnet die linke Tür. Bella sieht einen Raum, der an allen vier Wänden bis unter die Decke mit Büchern vollgestopft ist. An der rückwärtigen Wand, die dem Fenster gegenüberliegt, ist Platz für eine Art Bett ausgespart, jetzt, am Tag, ist es als Sofa zurechtgemacht, mit bunten Kissen und einer bunten gestickten Decke bedeckt. Unter dem Fenster steht ein ordentlich aufgeräumter Schreibtisch.

Die werden mir am meisten fehlen, sagt Viktor. Ich kann die Bücher nicht mitnehmen. Im Grunde bin ich schon gar nicht mehr hier. Vielleicht gehören Sie schon zu meinem neuen Leben.

Ein Mann auf der Schwelle zwischen einem alten und einem neuen Leben – der Gedanke ist faszinierend für Bella. Wie funktioniert das – etwas abwerfen, das bisher wesentlich war? Etwas Neues versuchen, etwas, das ohne Beispiel ist und ohne Sicherheit? Das, was die Menschen niedrig hält, klein macht, sie zu willigen Opfern derer macht, die herrschen, ist Angst und das Bedürfnis nach Sicherheit. Sie rennen einer Sache nach, die es nicht gibt. Es gibt keine Sicherheit. Aber man kann den Menschen vorgaukeln, daß es so etwas gibt, und sie davon abhalten, sich zu bewegen.

Ich würde gern wissen, was Sie vorhaben, sagt Bella. Sie trinkt Wodka aus dem Wasserglas, das Viktor aus der Küche geholt hat. Der Schnaps ist warm und schmeckt widerlich. Viktor läßt sich Zeit mit der Antwort. Nachdem sie das erste Glas getrunken hat, ist das Zimmer dunkler, und der Blumentopf auf der Fensterbank wirkt lächerlich.

Ich bin Physiker, sagt er schließlich. Er spricht leise und langsam, so als überdenke er beim Reden seine Sätze.

Ich bin vor ein paar Tagen vierzig Jahre alt geworden. Ich hab in der Rüstung gearbeitet, genauer gesagt, an irgendwelchen Wunderwaffen, die unsere Regierung bis vor kurzem noch für unbedingt nötig hielt. Jetzt gibt es kein Geld mehr dafür. Für mich gibt es Angebote aus dem Westen. Von verschiedenen Seiten übrigens. Von seriösen – soweit man Waffenproduktion als seriös bezeichnen kann – und unseriösen – wenn diese Bezeichnung für international anerkannte Geheimdiensttätigkeit erlaubt ist. Ich habe weder die Absicht, für die deutsche Atomindustrie Lithium 6 zu schmuggeln noch den Amerikanern zu helfen, die dritte Welt in Schach zu halten. Im Grunde gibt es für einen Mann meiner Qualifikation keine Verwendung mehr. Ich gehe nach Sibirien, in die freiwillige Verbannung, sozusagen.

Was werden Sie da tun?

Wissen Sie, dieses Land wird irgendwann von vorn anfangen müssen, wenn es sich seines Säufer-Präsidenten, seiner politischen Scharlatane, seiner Chicago-Boy-Karikaturen entledigt hat. Ich habe überhaupt keinen Zweifel daran, daß die Zeiten sich ändern werden. In Übergangszeiten wie diesen ist es unsinnig, seine Kräfte zu verzetteln, nach Reformen zu schreien, für die falschen Leute seine Fähigkeiten einzusetzen. Der sowjetische Staat hat riesige Summen in die Entwicklung von Wissenschaftszentren gesteckt, Medizin, Physik, Chemie, jede Art der Technologie.

Elektronik ausgenommen.

Ja, vielleicht. Alle diese Zentren liegen mehr oder weniger brach. Die Wissenschaftler werden nicht mehr gefragt, die Arbeiter nicht mehr bezahlt. Irgendwann wird man neu anfangen. Man muß die Bestände sichern, die Leute für ihre Arbeit interessieren, dem Verfall entgegenwirken –

Viktor, Sie sind ein Phantast.

Ja. Trinken wir auf die Phantasten!

Die Fähigkeiten dieses Phantasten sind offenbar nicht auf sibirische Abenteuer beschränkt. Denn während sie sich noch vorzustellen versucht, wie er reagieren wird, wenn in Sibirien zupackendes Handeln von ihm verlangt wird, nähert er sich Bella auf gerade die zärtlich-melancholische Weise, die zu ihm paßt. Seine Hände sind kleine Fahnen der Melancholie auf ihrer Haut. Sein traurig-freundliches Lächeln wandert über die Falten zwischen ihren Brüsten wie ein sanftes Tierchen auf der Suche nach einem Ruheplatz.

Irgendwann ist das kleine Zimmer nicht nur vom Wodka-Blick dunkel. Bella hat kurz geschlafen, merkwürdigerweise im Traum auf einer Südsee-Lagune gelegen, halb im warmen Wasser und von bunten Fischen freundlich umspielt. Sie erinnert sich beim Aufwachen nicht gleich daran, daß sie eine Verabredung hat. Viktor möchte sie begleiten. Sie erlaubt ihm, bis zur Haltestelle der Straßenbahn mitzukommen. Die Straßen sind nicht beleuchtet. Aus wenigen Fenstern dringt Licht. Die breiten Kronen der Akazien rechts und links der Straßen bilden das Dach eines dunklen Tunnels. Sie gehen hindurch, schweigend und sich auf eine bedenkliche Weise nahe.

Kranz hat seine Post und einige Zeitungen aus der Hand des freundlichen Briefträgers entgegengenommen, in sein Wohnzimmer getragen und sich an den Tisch gesetzt. Er freut sich auf ein ruhiges, ausgiebiges Frühstück. Sein Blick fällt auf einen Brief, der ihn interessiert. Der Brief enthält die erwartete Vorladung zum Untersuchungsausschuß. Offenbar hat der neue Innensenator ein dringendes Interesse daran, sich der Öffentlichkeit als Saubermann bekanntzumachen. Kranz wünscht ihm dabei Vergnügen. Er ist sicher, daß die Arbeit des Ausschusses die Verhältnisse innerhalb der Polizei weder wirklich berühren noch verändern wird. Während der Ausschuß arbeitet, werden die nächsten Quälereien schon ausgeführt, nicht, oder nur in seltenen Fällen, weil Polizisten bösartiger sind als der Rest der Bevölkerung, sondern aus Unfähigkeit und im Bewußtsein großer Übereinstimmung mit der Mehrheit der Bürger.

Einen Augenblick lang malt er sich den wahrscheinlichen Ablauf seines Auftritts vor dem Untersuchungsausschuß aus. Der Vorsitzende wird unruhig seine Brille zurechtrücken. Er, Kranz, wird eine glänzende, gut durchdachte kleine Rede halten. Deshalb wird er dem Vorsitzenden suspekt sein. Der Vorsitzende wird den Verdacht haben, ihm intellektuell nicht gewachsen zu sein. Nichts ist schädlicher für die Rolle eines Ausschußvorsitzenden, als gleich am Anfang der Untersuchungsarbeit für untätig, vielleicht sogar für lächerlich gehalten zu werden. Dagegen ist es wunderbar, nach getaner Arbeit vor die Presse zu treten und bemerkenswerte Kommentare über das Komplizierte bei der Arbeit, über die Unbestechlichkeit der Ausschußmitglieder abgeben zu können; Kommentare, die am nächsten Morgen auf den fein gedeckten Frühstückstischen der Leute liegen, die in der Stadt den Ton angeben. Ein einziger Fehler am Beginn der Arbeit kann das Image des Vorsitzenden erheblich schädigen.

Kranz hat ein paarmal die Arbeit von Untersuchungsausschüssen beobachtet. Er weiß daher ziemlich genau, was ihn erwartet. Die Vorsitzenden sind häufig eitel und im allgemeinen mehr an ihrem Bild in der Öffentlichkeit interessiert als an der Aufdeckung irgendwelcher Ungereimtheiten. Die Opposition hat die Aufgabe, das Funktionieren demokratischer Verhältnisse unter Beweis zu stellen. Da sie durch ihr nahestehende Personen oft in der einen oder anderen Weise in die zu untersuchenden Vorkommnisse verwickelt ist, fällt ihr das nicht leicht. Die Mitglieder der regierenden Partei üben sich, in vollständiger Verkennung der Rolle, die sie eigentlich zu übernehmen hätten, bequemerweise in Stillschweigen. Die Frage, ob sie sich aus Dummheit oder aus taktischen Gründen so verhalten, ist schwer zu beantworten.

Eine besondere Rolle übernimmt der Junior-Partner der Opposition. Wegen objektiver Bedingungen noch nicht in die Schweinereien verwickelt, die auf dem Weg zur Macht erfolgreich bewältigt werden müssen, spielt er »die einzig glaubwürdige demokratische Kraft«. Oft entscheidet die Geschicklichkeit des Juniors darüber, wann er endlich, gemeinsam mit dem bis dahin offiziell verhaßten Senior-Partner, auf der Regierungsbank Platz nehmen kann. Leute, die es wirklich ernst meinen mit der Aufklärungsarbeit eines Untersuchungsausschusses, müssen sich unter diesen Konstellationen über kurz oder lang lächerlich machen.

Kranz ist zu klug, um sich danach zu sehnen. Er spielt lieber Golf als Demokratie. Deshalb wird er seine einleitende Rede kurz halten. Aber er nimmt sich doch vor, seine Meinung über die sogenannte Ausländerkriminalität offen darzulegen.

Zufrieden mit sich und seiner augenblicklichen Freiheit steht er auf und geht noch einmal zur Tür. Das Abkommen mit dem Kaufmannsladen an der Ecke, ihm morgens Brötchen und Milch zu bringen, funktioniert. Arbeitslosigkeit und die Existenzangst der kleinen Geschäftsleute hat längst vergessene Dienstleistungstugenden wieder auferstehen lassen, eine der vielen Annehmlichkeiten, die das Leben für Leute mit gutem Einkommen bereithält.

Beim Tischdecken rutscht unter den Zeitungen ein Umschlag mit schwarzem Rand hervor. Die Karte, die in dem Umschlag steckt, zeigt den Tod von Olga

Bulgakowa an. Kranz überlegt einen Augenblick, bevor ihm einfällt, wer die Frau war. Sein Gesicht wird nachdenklich, während er das Frühstück zubereitet und sich dann hinsetzt, um die Karte noch einmal zu lesen.

>Wir haben unsere Genossin
>OLGA BULGAKOWA
>verloren.
>Die Trauerfeier findet am 3. Oktober
>um 15.00 Uhr auf dem Ohlsdorfer Friedhof,
>Kapelle 9, statt.
>Anstelle von Blumen bitten wir
>um eine Spende für die Aufbauarbeiten
>der Partei in Cuba.

Ob man Bella erreicht hat, um ihr den Tod der Mutter mitzuteilen?

Kranz beschließt, auf jeden Fall an der Beerdigung teilzunehmen. Menschen wie sie hat er immer mit heimlicher, wenn auch ein wenig mitleidiger Anteilnahme beobachtet.

Er ist für Bella eingetreten in Zeiten, als die SPD sich ihrer politischen Gegner nicht anders als durch Berufsverbote zu erwehren wußte. Eine Kriminalbeamtin, die eine stadtbekannte Kommunistin zur Mutter hatte, war damals nicht gern gesehen. Natürlich sind sie in seinen Augen lächerlich, diese Kommunisten. Sie schreiben Parolen auf ihre Fahnen, die vor hundert Jahren aktuell waren und vielleicht in zweihundert Jahren in veränderter Form wieder aktuell werden. Aber sie haben so etwas Unbestechliches, so etwas wie einen unveränderlichen Kern, der ihm imponiert. In Zeiten, in denen singende Opportunisten Applaus dafür bekommen, daß sie verkünden, »nur wer sich wandelt, bleibt sich treu«, scheint ihm das eine interessante Eigenschaft zu sein. Sie nötigt ihm Respekt ab.

Er würde wirklich gern wissen, ob die Leutchen Bella erreicht haben, um ihr den Tod der Mutter mitzuteilen. Aber es scheint ihm aufdringlich, anzurufen und sich zu erkundigen.

Er wird an der Trauerfeier teilnehmen. Vielleicht wird er sie dort treffen. Das ist ein erfreulicher Aspekt der Angelegenheit.

Ob sie den 3. Oktober absichtlich zum Trauertag gemacht haben? Nach dem Wenigen zu urteilen, was er von Bella über ihre Mutter weiß, würde er der alten Dame durchaus zutrauen, daß sie das Datum selbst festgelegt hat.

Bella findet die Villa Prijut, weil sie es gewagt hat, die Fahrerin der Straßenbahn anzusprechen. Die hat überraschend freundlich reagiert und ihr die Haltestelle genannt, die der Villa am nächsten ist. Als Bella aussteigt, ist nur noch ein Fahrgast in der Bahn, ein alter Mann, der eingeschlafen ist und wohl bis zur Endstation mitfahren wird. Weil die Fahrt nichts kostet, fährt er vielleicht die ganze Nacht, oder zumindest, bis die Bahn eine Pause einlegt. Die Schaffnerin hat gesagt, die Haltestelle sei am Beginn des Parks.

Da steht sie nun, vor einer hohen Mauer, zu hoch und zu glatt, um hinüberzusteigen. Die Straße ist nur spärlich erleuchtet. Menschen sind nicht zu sehen. Sie wird ein Tor oder etwas Ähnliches suchen müssen, um in den Park zu gelangen. Nach ein paar hundert Metern erreicht sie einen Mauerdurchbruch. Rechts und links an der Innenseite der Mauer sind undeutlich zwei Pavillons zu erkennen. Hier war vermutlich früher das Tor, hinter dem die Pförtner saßen und den Herrschaften die Gäste meldeten, nachdem sie sie genau gemustert hatten. Hinter den Pavillons beginnt ein lichter Wald. Im Dunkeln sind hohe Bäume zu erkennen, die in größeren Abständen stehen, dazwischen wachsen Gestrüpp und verwilderte Blumenbeete.

Bella beschließt, auf dem Weg zu bleiben, der undeutlich vor ihr liegt. Sie bemüht sich, beim Gehen keinen Lärm zu machen. Wenn sie behutsam auftritt und die Füße dicht über dem Boden hält, geht sie beinahe lautlos. Langsam gewöhnen sich ihre Augen an die Dunkelheit. Sie versucht, die Umrisse eines Hauses auszumachen, sieht aber lange Zeit nur die dunklen Stämme der Bäume und das Gewirr der Sträucher dazwischen.

Dann plötzlich wird der Kies unter ihren Füßen heller, sie erreicht einen Steinboden, rechts und links erkennt sie die Umrisse großer Figuren, Löwen vielleicht oder irgendein anderes Getier. Da steht sie vor der Terrasse eines riesigen Hauses. Sie hat das Haus nicht gesehen, weil es zu groß war, größer, als sie erwartet hat, und ohne den Schimmer eines Lichts hinter den Fenstern.

Das Haus macht keinen einladenden Eindruck. Einen Augenblick lang ist sie versucht umzukehren. Dann lächelt sie über sich und steigt langsam, die Vorderfront aufmerksam beobachtend, die Terrassenstufen empor. Die Terrasse ist mindestens fünfzig Meter breit, Säulen stehen herum, von denen der Putz abfällt. Im Hintergrund liegen Fenster und Glastüren. Eine der Türen ist angelehnt, was unter anderen Umständen vielleicht einladend gewirkt hätte. Jetzt, im Dunkeln, in der unbeweglichen schwarzen Stille, die den Park und das Haus umgibt, hat die offene Tür die Wirkung einer Falle. Es dauert eine Weile, bis Bella die Zimmer im Erdgeschoß durchsucht hat. Einige der hohen Türen sind abgeschlossen, andere sind zerschlagen, die Füllungen herausgebrochen. Auch auf der Rückseite des Hauses liegt eine Terrasse. Bella kann jetzt besser sehen. Der Mond ist über dem Meer erschienen. Er zeichnet einen silbernen Streifen auf das Wasser und beleuchtet die rückwärtige Hausfront. Die Türen nach draußen sind verschlossen. Im Mondlicht erkennt Bella eine Freitreppe, die von der Eingangshalle nach oben führt. Da keiner der Räume im Erdgeschoß irgendeinen Hinweis auf die Anwesenheit eines Menschen gibt, beschließt sie, oben weiter zu suchen. Sie geht die Treppe hinauf und öffnet die Tür, die ihr am nächsten liegt. Es riecht anders in dem Raum, sauber, so, als habe jemand Gerümpel weggeräumt und das Zimmer bewohnbar gemacht. Es gibt ein Feldbett, einen Petroleumkocher, eine Kiste, die als Schrank für Lebensmittel und Geschirr dient. Das Zimmer ist sehr groß. Im Mondlicht kann sie gemustertes Parkett erkennen und eine große Rolle, die am Kopfende des Bettes liegt. Es ist niemand da. Eine Möglichkeit, sich verborgen zu halten, gibt es nicht. Bella geht an eines der Fenster. Das Zimmer liegt über der rückwärtigen Terrasse. Der Anblick des Mondes über dem Meer ist überwältigend. Zum Meer hinunter setzt sich der Park fort. Sie erkennt helle, überwachsene Kieswege und Silberpappeln, die das Mondlicht auffangen und verstärken. Dann hört sie ein Geräusch. Als sie sich umwendet, sieht sie rechts von sich, an einem der hohen Fenster, das Mädchen, die junge Frau, die sie bei sich Dschingis Khans Tochter genannt hat. Sie hat gewußt, daß sie die Frau treffen wird. Aber wieder ist sie überwältigt von ihrem Anblick. Groß steht sie da, schwarz, das Gesicht dem glitzernden Meer zugewandt, in sich versunken, so, als sei sie allein und an eine unsichtbare Kraftquelle angeschlossen. So jedenfalls denkt Bella, bevor ihr einfällt, daß sie Unsinn denkt und sich räuspert, um den merkwürdigen Zauber zu durchbrechen, der sie einen Augenblick lang gefangen gehalten hat.

Die Frau wendet sich ihr zu und lacht. Im Mondlicht kann Bella diesen verrückten roten Keil auf ihrem Kinn sehen. Er wirkt jetzt beinahe schwarz.

Du kannst dich da drüben hinsetzen.

Sie zeigt mit der Hand auf die Schlafstatt. Bella, die plötzlich spürt, daß sie müde ist, geht über den leise knarrenden Parkettboden und läßt sich auf dem Bett nieder. Die Schwarze folgt ihr und setzt sich vor sie auf den Fußboden. Sie trägt eine schwarze Lederjacke und schwarze Lederhosen und Stiefel, vielleicht eine Art Motorradkluft, die an ihr wie ein Kampfanzug wirkt.

Ich bin Tolgonai. Möchtest du etwas trinken?

Bella schüttelt den Kopf. Plötzlich erscheint ihr die Situation hier lächerlich. Sie sehnt sich danach zu schlafen.

Ich möchte zurück in mein Hotel. Sagen Sie mir, weshalb ich hier bin. Danach möchte ich so schnell wie möglich schlafen gehen.

Du suchst deine Freundin. Ich kann sie finden. Dafür sollst du mir einen Gefallen tun.

Welchen Gefallen? Woher wollen Sie wissen, wo Frau Mehring ist?

Ich weiß mehr als die meisten Leute hier. Manche, die dachten, sie würden etwas wissen, denken nicht mehr. Es kann dir egal sein, woher ich mein Wissen habe. Ich verkaufe es für einen Gefallen.

Verkaufen? Ich bin nicht reich.

Kein Geld. Mein Gott, wenn ich Geld brauche, dann nehme ich es mir.

Was dann?

Ich sage es dir, wenn es soweit ist.

Bella ist verblüfft. Sie weiß nicht, was sie erwartet hat, aber ganz sicher nicht, daß die Frau Bedingungen stellt.

Ich kann nichts versprechen, von dem ich nicht weiß, was es ist. Wie wollen Sie Frau Mehring finden?

Ich weiß, daß es Möglichkeiten gibt. Ich brauche etwas Zeit. Der Mann im Hotel hat keine Ahnung. Er will dich hinhalten. Er hat Angst.

Weshalb sollte er Angst haben?

Er denkt, du könntest zur Miliz gehen. Die Miliz aber kann er in seinem Hotel nicht gebrauchen. Vielleicht weiß er, wo deine Freundin ist. Aber er wird es dir nicht sagen, denn er hat Angst vor den anderen.

Wenn Sie mir sagen, wo wir Frau Mehring finden, werde ich Ihnen vielleicht helfen.

Die Frau sieht Bella ins Gesicht und lacht. Sie lacht unbekümmert, laut, freundlich und gleichzeitig verächtlich. Zum erstenmal in ihrem Leben fühlt sich Bella alt. Sie spürt, daß sie wütend wird. Menschen, die andere klein machen, hat sie noch nie leiden können. Sie steht auf, ein mühsameres Unterfangen, als sie geglaubt hat. Das Bett ist sehr flach.

Warte, ich hab was für dich.

Die Frau streckt sich, angelt die Kiste heran, die am Kopfende des Bettes steht und wühlt darin herum. Sie findet, was sie sucht, springt auf und hält Bella etwas hin, das wie ein kleines Buch aussieht.

Hier, das habe ich aus dem Zimmer deiner Freundin. Sie hat es dort vergessen. Ich kann es nicht lesen. Ein Freund hat mir gesagt, was drin steht. Er sagt, damit kann man bei euch in Deutschland Geschäfte machen. Ich mache keine Geschäfte. Ich nehme mir, was ich brauche. Für dich kann es nützlich sein. Nimm es. Du sollst es lesen. Ich werde deine Freundin finden und sie befreien, wenn du es willst. Wir treffen uns wieder. Ich sage dir, wo sie ist. Du liest das Buch. Wir werden uns einig.

Bella nimmt das Buch aus der Hand von Tolgonai und versucht zu erkennen, was darin steht. Sie sieht, daß es sich um eine Art Tagebuch handelt, ein engbeschriebener Taschenkalender von neunzehnhunderteinundvierzig. Die Schrift ist deutsch. Sie ist müde. Die Frau und ihre schwarze Schönheit wirken plötzlich unglaubwürdig. Sie wird das Buch nehmen und verschwinden. Ins Bett, das ist alles, was sie jetzt will.

Sie behält das Buch in der Hand, geht zur Tür. Dann blickt sie sich um. Dschingis Khans Tochter steht im Mondlicht, mitten im Raum, kaut irgendwelche Kerne und spuckt die Schalen im Bogen auf das Parkett.

In Ordnung, sagt sie. Wieviel Zeit brauchen Sie, um Frau Mehring zu finden?

Wir sehen uns in drei Tagen, nachts, hier.

Eine Schale fliegt bis vor Bellas Füße. An Bellas Gesicht ist zu erkennen, daß ihr die Aussicht auf einen weiteren nächtlichen Ausflug in die Villa Prijut nicht verlockend erscheint. Sie antwortet nicht.

Ich komme ins Hotel. Aber es geht nur nachts.

Gut, sagt Bella, in drei Tagen, nachts, im Hotel.

Sie verläßt das Zimmer. Tolgonai bleibt zurück.

Während sie sich die Treppe hinuntertastet, der Mond ist höher gestiegen und leuchtet nicht mehr ins Haus, versucht sie, das Gefühl zu ergründen, das in ihr entstanden ist. Sie empfindet so etwas wie eine Niederlage, obwohl es keinen Anlaß dafür gibt. Sie haßt sich, weil sie den Verdacht hat, daß sie, ohne es zu wollen, auf den allgemeinen Jugendlichkeitswahn hereingefallen ist. Sie findet sich mickrig und schäbig, und ihre Müdigkeit kommt ihr vor wie eine Vorbotin des Todes. Sie ist auch enttäuscht, auf eine unbestimmte Weise enttäuscht. Was war das für eine Rolle, die neben dem Bett gelegen hat? Das Ding sah aus wie der Köcher eines Bogenschützen. Würde gut zu ihr passen, ihre Feinde mit Pfeil und Bogen zu erledigen. Ob um diese Zeit überhaupt noch eine Straßenbahn fährt?

Sie wird nicht noch einmal zu Kotow-Moda oder zu einer der anderen Firmen gehen, deren Namen ihr die Mehring gegeben hat. Es gibt keinen Grund, an dem zu zweifeln, was Viktor über den Krieg zwischen den Firmen sagte. Zweifel hat sie allerdings mehr als zuvor an den Gründen, die die Mehring hergeführt haben. Sie hat die Zweifel von Anfang an gehabt. Jetzt kommt es ihr vor, als habe sie, in dem dringenden Verlangen, ihr Haus und ihr altes Leben zu verlassen, leichtsinnig darauf verzichtet, sich besser zu informieren über das, was ihr bevorstehen könnte.

Bella bleibt stehen. Hat sie eben gedacht: das alte Leben verlassen? Ja, aber sie ist zu müde, um den Gedanken weiter zu verfolgen. Sie hört ein näherkommendes Klirren und Rumpeln und Kreischen, sieht in der Ferne ein beleuchtetes Etwas, beginnt zu laufen und erreicht mit letzter Kraft die Straßenbahn. Die Fahrerin von vorher sitzt am Steuer. Der alte Mann schläft noch immer auf der letzten Bank. Fast, als käme ich nach Hause, alles ganz vertraut, denkt Bella. Merkwürdig, was für unterschiedliche Dinge bei Menschen ein Wohlgefühl auslösen können.

Tolgonai hält sich nicht damit auf, Bella nachzusehen. Sie liegt auf dem Bett, kaut Sonnenblumenkerne und wartet. Sie wird erst zu Mascha gehen, wenn nicht mehr so viele Säufer und Schieber in der Bar herumsitzen. Der Geruch dieser Leute bereitet ihr Übelkeit. Sie versteht nicht, daß Mascha es aushält, dort zu arbeiten. Gut, sie hat ein Kind. Aber sie könnte Mascha für das Kind Geld geben. Es ist einfach, das Geld von den Leuten aus den Wechselstuben zu nehmen. Mascha hat zuviel Angst. Diese Frau eben hatte keine Angst. Aber sie ist auch nicht mutig, sie ist ein bißchen komisch, Tolgonai sucht nach dem richtigen Wort dafür, aber das richtige Wort fällt ihr nicht ein.

Irgendwann wird diese Frau ihr helfen müssen. Sie weiß, daß es nicht mehr lange dauern kann, bis die Miliz ihre Spur gefunden hat. Am Anfang hat man in der Zeitung darüber geschrieben, nicht über sie, aber über die Dinge, die sie getan hat. Seit ein paar Wochen steht nichts mehr in den Zeitungen. Vielleicht, weil man die Schieber in Sicherheit wiegen will. Vielleicht auch, um sie in Sicherheit zu wiegen. Tolgonai spuckt mit verächtlichem Gesicht ein paar Schalen auf den Boden. Die haben sich getäuscht, wenn sie denken, sie wäre zu fassen. Die Halle, in der Bunkin die Frauen arbeiten ließ, hat sie sich genau angesehen. So soll man Menschen nicht arbeiten lassen. Und man soll nicht versuchen, sie zu betrügen. Der versucht es nicht mehr.

Zuerst hat sie die Geschichte nicht geglaubt, die ihr die Frauen erzählt haben. Daß er die Arbeiterinnen, die hübsch und jung sind, in sein Haus einlädt und sie seinen Freunden anbietet. Daß die, die nicht mitmachen, entlassen werden. Dann hat sie sich selbst überzeugt. Es ist ihr nicht schwergefallen, bei Bunkin Arbeit zu finden. Es hat auch nicht lange gedauert, bis er auf sie aufmerksam geworden ist. Bunkin ging oft durch den Betrieb, immer darauf bedacht, die Frauen zur Arbeit anzutreiben und dabei einen Blick auf die Neuzugänge zu werfen. In dem Umschlag, der ihren Lohn enthielt, fand sie den Zettel, von dem die Frauen gesprochen hatten.

Am Abend ist sie in das Haus gegangen, in dem man sie erwartete. Sie hatten sich etwas Besonderes ausgedacht. Ein großes Essen sollte serviert werden, die Töpfe und Schüsseln standen in der Küche. Da lagen auch weiße Schürzen. Bunkin selbst kam in die Küche und befahl ihnen, nur mit den Schürzen bekleidet, das Essen aufzutragen. Sie hat nicht lange überlegt. Eigentlich wollte sie die Männer sehen, die zu Bunkin gekommen waren. Aber um den Preis der Erniedrigung wollte sie sie nicht sehen. Ihr Versuch, die Frauen dazu zu bringen, Bunkins Gästen die heiße Suppe über die Köpfe zu schütten, mißlang. Es war nicht einfach gewesen, das Haus unbemerkt zu verlassen.

Draußen hatte sie gewartet, bis es hell wurde. Als die Arbeiterinnen im Morgengrauen vor die Tür getreten waren, hatten sie ausgesehen wie Gespenster, denen die Rückkehr in ihr fremdes Land verwehrt war. Sie hat die Frauen mit dem Auto nach Hause gebracht. Sie haben nicht gesprochen, waren müde, nahmen ihr übel, daß sie gegangen war. Dann ist sie selbst nach Hause gefahren. Erst unterwegs begriff sie die Bedeutung der Brandflecke, die sie bei einer von ihnen auf den Unterarmen gesehen hat. Das war der Augenblick, als sie den Entschluß faßte, Bunkin zu töten.

Wo haben sie diese Deutsche versteckt? Sie wird Mascha fragen, was in der Bar gesprochen wird. Es gibt noch ein paar andere Bars, in denen sie fragen wird. Die Frauen hören viel.

Auch von Bunkin hat sie in einer Bar gehört. Sie erinnert sich an sein fettes Lachen. Daß er sich mit Sergej treffen wollte, hat ihr Mascha gesagt. Mascha weiß noch gar nicht, was ihm passiert ist. Wenn sie es Mascha sagt, wird sie sich wieder fürchten. Sie wird Mascha nichts sagen. Weshalb ist die Miliz noch nicht auf ihr Versteck gekommen? Sie wird den Schlafplatz wechseln müssen. Es gefällt ihr hier, in dem großen leeren

Haus am Meer. Da, wo sie herkommt, ist Wasser kostbar. Einen Augenblick lang denkt sie an ihr Land, an die Felder, die nicht geerntet werden, weil die Maschinen nicht mehr fahren, an die stinkenden Leiber der Fische. Sie riecht den Gestank der Verwesung, wenn sie es will. Manchmal riecht sie ihn auch an Menschen, die noch leben. Bunkin hat so gerochen. Und noch ein paar andere, bevor sie dafür gesorgt hat, daß man sie begräbt und ihr Gestank von der Erde verschwindet. Es gibt einen Zusammenhang zwischen dem, was sie tun und wie sie riechen. Sie findet es merkwürdig, daß niemand außer ihr diesen Zusammenhang zu kennen scheint. Darüber spricht sie nicht, auch nicht zu Mascha. Bei Mascha wird sie nicht wohnen. Das ist zu gefährlich.

Wenn der Mond am rechten Fenster verschwunden ist, kann sie gehen. Sie faßt nach der Pistole in der Jackentasche. Sie wird das Auto nehmen. Die Miliz traut sich nicht, den Wagen anzuhalten. Sie hat einen neuen, deutschen Sportwagen. Wer solche Autos fährt, wird nicht überprüft. Vor ein paar Tagen haben zwei unerfahrene Milizionäre einen großen Mercedes angehalten. Als sie die Papiere der Insassen überprüfen wollten, hat man sie einfach erschossen. Die Miliz kontrolliert nur kleine, schäbige Autos. Viele Fahrer haben keinen Führerschein. Manchmal ist es teurer, einen Führerschein zu bekommen als ein altes Auto.

Der Wagen steht auf der Straße hinter dem Haus. Tolgonai fährt langsam am Meer entlang, den Arm auf das heruntergelassene Fenster gelegt. Rechts liegt das Meer. Die funkelnde Mondstraße weist in die Bucht unter dem Steilufer. Über dem Wasser ist es so hell, daß sie weit vorn die Umrisse der Hafenanlage sehen kann. Toter Hafen – tote Stadt. Nur sie und das Auto sind lebendig. Leicht klopft sie mit der linken Hand auf das Türblech. Irgendwann wird jemand den Wagen stehlen, trotz der Alarmanlage. Sie wird den Dieben nicht hinterherlaufen. Sie wird ein anderes Auto nehmen, wenn sie eines braucht.

Als sie die Puschkinstraße erreicht, zeigt ihr ein Blick auf das Armaturenbrett, daß es zwei Uhr ist. Sie parkt das Auto in einer Nebenstraße, dicht an der Krasnaja-Bar. Die Bar wird sie durch einen Hintereingang betreten. Es stört sie nicht, daß sie dabei an überfüllten Mülltüten vorbeikommt. Ein paar Katzen springen ihr kreischend vor die Füße. Sie fühlen sich bei ihrer nächtlichen Mahlzeit gestört. Die Hintertür ist von innen durch einen Haken am Türrahmen befestigt. Mit einer Haarnadel hebt sie den Haken an und hängt ihn sorgfältig wieder ein, als sie eingetreten ist. Sie bleibt stehen, um sich zu orientieren. Einen kleinen Augenblick ist sie unaufmerksam, spürt den Mann nicht, der hinter der Tür gestanden hat. Es gelingt ihm, seinen Arm um ihren Hals zu legen, bevor sie sich wehren kann. Dann rutscht sie unter ihm weg, wendet sich um und schlägt ihn mit einem harten Handkantenschlag unterhalb des Ohrs zu Boden. Er sackt vor ihr zusammen, ohne einen Laut von sich zu geben.

Mit mir mußt du vorsichtig sein, mein Lieber.

Sie steigt über ihn hinweg. Seit nachts die Bars überfallen werden, haben manche Chefs angeordnet, die Hintereingänge zu bewachen. Durch einen Spalt zwischen den Vorhängen betrachtet sie den Betrieb in der Bar. Es sind mehr Tische besetzt, als sie gedacht hat. Sie wendet sich ab, stellt im Gang zwei leere Bierkästen übereinander und läßt sich darauf nieder. Sie kann warten.

Auch Kastner hat eine Vorladung zur Anhörung im Untersuchungsausschuß bekommen. Natürlich ist dieser Kranz vor ihm dran. Die hohen Tiere werden sogar da bevorzugt. Oder nicht? Vielleicht ist es gut, daß er nicht als erster dran ist. Es gibt ein paar Dinge, die abgestimmt werden müssen, bevor er aussagt. Bevor auch seine Kollegen aussagen. Diesen Kranz hat er noch nie ausstehen können. Wozu sie solche Weicheier einstellen, ist ihm nie klar gewesen. Was der aussagt, kann man sich jetzt schon vorstellen. Hat ein Konzept zur Bekämpfung der Drogenkriminalität mit ausgebraten, das nichts taugt, müht sich ab, aus ordentlichen Polizisten Soziallappen zu machen, und steht endlich vor den Scherben seiner Scheißpolitik. Was wird er machen? Über brutale Beamte lamentieren, irgendwelchen »Das-Recht-gilt-für-alle«-Quatsch loslassen und den Saubermann mimen. Leuten wie dem haben wir es zu verdanken, daß die Polizei nicht durchgreifen kann, wie es sich gehört. Natürlich gibt es Methoden, mit dieser Bande von versifften Dealern und schwarzen Kanaken fertig zu werden. Wenn man sich dabei allerdings ins Hemd macht –

Kastner zieht die Schreibtischschublade auf. Er wirft einen kurzen Blick hinein, zögert, nimmt einen flachen Ordner heraus, schlägt ihn auf. Der Ordner enthält Blätter mit sorgfältig aufgeklebten Fotos, einige mit einer Polaroid-Kamera, andere mit Kleinbild-Kamera aufgenommen. Es sind ausschließlich Fotos von Männern. Alle Männer sind Schwarze. Neben den Fotos stehen Zahlen. In der Akte ist kein Text. Kastner betrachtet die Fotos. Langsam überzieht ein Lächeln sein Gesicht, eine besondere Art von Lächeln, böse und zärtlich zugleich. Die Registrierung wird ihm von Nutzen sein. Er schiebt den Ordner zurück und schließt die Schublade ab.

Um ihn herum in der Wache ist es laut geworden. Zwei Polizisten bringen eine Prostituierte herein. Vielleicht hat sie sich bei ihrer Festnahme gewehrt. Die Perücke sitzt schief auf ihrem Kopf. Es sieht aus, als hätte die Frau nicht genügend Zeit gehabt, sich anzuziehen. Vielleicht hat sie auch absichtlich alle Knöpfe und Reißverschlüsse offengelassen. Hinter ihr und den beiden Polizisten lamentiert ein älterer Mann. Wie üblich geht es darum, daß der Mann sein Geld vermißt.

Bringt sie nach hinten und laßt Wichmann sie durchsuchen.

Wichmann ist im Augenblick die einzige weibliche Polizistin in der Wache. Es gibt noch zwei weitere

Frauen, aber die haben sich gerade krank gemeldet. Die Polizisten schieben die Prostituierte vor sich her. Der Freier will sich ihnen anschließen. Kastner hält ihn zurück.

Das lassen Sie mal die Kollegin machen. Setzen Sie sich hin und warten Sie. Wollen Sie Anzeige erstatten? Natürlich will ich das. Sechshundert Mark, da war ihr Lohn schon abgezogen. Glauben Sie, ich verdien' mein Geld im Schlaf?

Ne, aber scheint so, als ob Sie es dabei loswerden.
Wie bitte?

Entschuldigung, ich wollte sagen, manche Herren verzichten auf eine Anzeige, wegen des Ärgers zu Hause.

Wieso? Was hat meine Frau damit zu tun?

Er hat keine Lust, diese lächerliche Anzeige aufzunehmen. Durch die Scheiben hat er gesehen, daß ein Kleinbus angekommen ist. Das ist der Bus, auf den er gewartet hat. Der Blödmann hier wird ihm die Tour verderben. Sein Geld ist doch sowieso flöten. So blöd sind die Weiber nicht, es hinterher mit sich herumzutragen. Und die da hinten schon gar nicht. Die ist sogar besonders anstellig. Es schadet nicht, wenn man im Revier von der einen oder anderen Person mit Informationen versorgt wird. Nicht gut, wenn die Informanten den Eindruck haben, die Polizei läßt sie hängen.

Kastner geht einen Schritt auf den Mann zu. Er gibt seiner Stimme einen vertraulichen Klang.

Wenn ich Ihnen raten darf. Wir haben ja hin und wieder schon solche Fälle gehabt. Bei der da wäre es allerdings neu. Da haben Sie einen guten Geschmack gehabt. Man hört hier ja so einiges. Die – Junge, Junge. Aber das war's nicht, was ich sagen wollte. Es ist nur so, wenn Sie sich das praktisch vorstellen. Sie werden als Zeuge gebraucht. Da kommt die Vorladung vom Gericht. Wer ist zu Hause und nimmt die Post an? Ja. Es gibt ja Frauen, die öffnen jeden Brief. Ihre vielleicht nicht. Aber dann die Verhandlung – woher kommen Sie?

Aus Uelzen.

Kastner spürt, daß er gewonnen hat. Draußen werden seine Bimbos ausgeladen. Er muß sich ranhalten.

Daß Gerichtsverhandlungen öffentlich sind, wissen Sie ja, und in Uelzen liest man doch auch das Hamburger Abendblatt. Ihre Frau oder eine ihrer Freundinnen. Diese Gerichtsreporter schreiben über alles, ohne Rücksicht auf Verluste. Ist ja auch ihr Job. Wir hatten neulich eine Sache –

Ich verzichte, sagt der Mann.

Er ist nicht ganz überzeugt, aber allein die Möglichkeit, daß die Freundinnen seiner Frau über ihn herziehen könnten, hat schon genügt.

Soll sie bleiben, wo der Pfeffer wächst. Ich gehe.

In der Tür gerät er in eine Gruppe Afrikaner, die hereingebracht werden. Kastner hat ihn schon vergessen. Breit lächelnd steht er da und wartet, daß sich die Tür hinter den Schwarzen schließt.

Wo willst du sie hinhaben?

In die Sammelzelle. Sie sollen sich schon mal ausziehen. Ich bin gleich soweit.

Die Männer werden in den Gang geschoben und am Ende in eine Sammelzelle gedrängt.

Ausziehen!

Kastner hört das Kommando. Bis die damit fertig sind, dauert es fünf Minuten. Er hört die schimpfende Prostituierte, die den Gang entlang kommt, die Tür öffnet und, noch immer schimpfend, im Wachraum erscheint.

Ihr seid wohl verrückt geworden. Lauter Bimbos. Wird einem ja schwarz vor Augen. Aber nicht mit mir, das sag ich euch –

Nicht? Ich dachte, das hast du dir gewünscht. Die sollen doch so gut sein. Was ist, wirst du alt?

Die Frau sieht Kastner an und schweigt. Sie schüttelt ihre Perücke zurecht, fährt mit den Händen durch die Haare, bis sie wild vom Kopf abstehen.

Sei du bloß ruhig, sagt sie langsam. Von dir redet man so einiges. Du kannst mich mal gern haben.

Sie dreht sich um und stöckelt zur Tür.

Sag bloß, ich hab dich nicht gern!

Kastner lacht laut, aber sie dreht sich nicht um. Die Tür schwingt hinter ihr hin und her. Kastner sieht durch das Fenster auf die Straße. Aber er kann sie draußen nicht entdecken. Jetzt müßte man hinter ihr hergehen, sie beobachten, und man hätte das Geld, schneller, als sie es sich träumen läßt. Er wendet sich ab. Nacheinander kommen die beiden Polizisten, die

die Prostituierte nach hinten gebracht haben, die Polizistin Wichmann und dann die drei Kollegen, die die Afrikaner eingeschlossen haben. Plötzlich ist die Wache voll von Gespräch und Gelächter.

Alles klar dahinten? fragt Kastner. Na, dann wollen wir mal.

Er verläßt den Raum, geht den Gang hinunter und beginnt zu brüllen. Er betritt den Vorraum der Sammelzelle, sieht die Turnschuhe, die vor dem Gitter auf dem Boden stehen und brüllt lauter. Mit übertriebener Geste hält er sich die Nase zu, greift nach einer Dose Insektenspray und beginnt, die Schuhe zu besprühen. Die nackten Männer wenden ihm den Rücken zu und drängen sich in einer Ecke der Zelle zusammen. Kastner hat die Schuhe eingenebelt und richtet die Sprühdose auf das Gitter.

Herkommen, los wird's bald.

Einer nach dem anderen kommt vor das Gitter und wird eingesprüht. Nach dem dritten Mann, der eigentlich noch ein Junge ist, und dem vor Angst die Zähne klappern, ist die Dose leer. Kastner sieht sich um. Der giftige Gestank in dem engen Raum ist kaum auszuhalten. Er greift nach einer Dose mit Tannennadelduft und sprüht, aber in der Dose war nur noch ein Rest von dem Zeug, das jetzt zusammen mit dem Gift aus der anderen Spraydose eine ekelerregende Mischung eingeht.

Kastner steht und starrt die Männer an, die sich wieder in die Ecke geflüchtet haben.

Anziehen, brüllt er. Wir sehen uns noch.

Er verläßt den Raum, froh, dem Gestank entkommen zu sein.

In fünf Minuten kann der erste der Brüder hier antanzen, sagt er, als er die Wachstube betritt. Jedenfalls ihre Schuhe hab' ich schon mal entgiftet. Woll'n wir doch mal sehen, ob wieder einer dabei ist, der glaubt, mich reinlegen zu können.

Er setzt sich an seinen Schreibtisch, zieht die Schublade auf und nimmt den Hefter mit den Fotos heraus. Der erste Afrikaner wird hereingebracht. Sorgfältig betrachtet Kastner das Gesicht des Mannes, der vor ihm steht. Er grinst, als er den Mann auf einer der Fotografien erkennt. Name! Adresse!

Der Mann nennt seinen Namen und den Namen des Containerdorfs, in dem er untergebracht ist. Kastner schlägt einen zweiten Ordner auf und sucht unter der Nummer, die neben dem Foto steht, die Adresse.

Da kannst du aber von Glück sagen, daß dir die richtige Adresse eingefallen ist. Was glaubst du, was wir mit Leuten machen, die uns anlügen? Was glaubst du, hä?

Der Mann steht eingeschüchtert vor dem Schreibtisch. Seine Augen sind rot vom Gift aus der Spraydose. Er hatte keine Zeit, die Schuhbänder seiner Turnschuhe zuzubinden. Plötzlich beginnt er zu husten.

Wir machen kurzen Prozeß mit euch, ruft einer der Kollegen aus dem Hintergrund. Bevor ihr uns hier die Bude verdreckt, machen wir kurzen Prozeß mit euch.

Du mußt schon Deutsch mit ihm reden, sagt Kastner. Was weiß er, was ein kurzer Prozeß ist.

Er fährt mit der Hand über seinen Hals und hält die Hand dann nach oben, um eine Schlinge anzudeuten. Der Mann versteht und sieht sich entsetzt um. Er sieht ein paar lachende Gesichter. Wild entschlossen, sein Leben zu retten, versucht er einen schnellen, unüberlegten Sprung zur Tür. Noch bevor er die Tür erreicht hat, haben zwei Polizisten ihn eingeholt. Es entsteht ein kurzes Handgemenge, bei dem der Mann ein paarmal mit dem Kopf auf dem Tresen aufschlägt.

Schafft ihn nach hinten, sagt Kastner. Aber in eine Einzelzelle. Da kann er sich abkühlen. Und bringt den nächsten gleich mit.

Die Befragung und Registrierung der Afrikaner dauert länger, als Kastner am Anfang geglaubt hat. Entweder die Leute reden überhaupt nicht oder so ein Kauderwelsch, daß er Mühe hat zu begreifen, was sie sagen wollen. Was er haben möchte, sind stichhaltige Gründe dafür, daß ein Richter sich mit ihnen befaßt. Nur so wird man sie eventuell wieder los. Also versucht er, irgend etwas aus ihnen herauszuholen, mit dem ein Richter etwas anfangen kann. Als der letzte Mann vernommen ist, verschließt Kastner mißmutig seine Mappen im Schreibtisch. Er fühlt sich erschöpft, ausgelaugt, trostbedürftig. Er würde gern die Wache verlassen, gegenüber im Bahnhof ein Bier trinken, mit ein paar normalen Leuten reden. Wenn er an den Bahnhof denkt, an die widerlichen Szenen, die sich dort abspielen, weiß er, daß er da nicht stehen kann, ohne sich aufzuregen.

Er verläßt die Wache, steigt in sein Auto und macht sich auf den Heimweg. Wenn es wenigstens Sommer wäre. Er würde sich in den Garten setzen, sein Bier trinken, ein Wort mit den Nachbarn reden. Nein. Mit den Nachbarn würde er nicht reden. Selbst das ist ihm verwehrt. Er erträgt ihr mitleidiges Glotzen nicht. Sie haben alles gewußt, keiner hat ihm etwas gesagt, und jetzt möchten sie ihn bemitleiden. Stimmt übrigens nicht ganz. Einmal, beim Kegeln, hat die Frau des Nachbarn versucht, ihn beiseite zu nehmen. Zu der Zeit war er so blind, daß er sie ausgelacht hat. Drei Monate später kam er nach Hause und – Der Gedanke an das Bild, das sich ihm bot, macht ihn jetzt noch krank. Seine Frau in der Küche, ohne was an. Der Kerl oben an der Treppe, ohne was an. Es kommt nicht oft vor, daß er das Bild überhaupt zuläßt. Irgend etwas ist mit ihm nicht in Ordnung. Seine Nerven sind dünn geworden. Die Arbeit ist anstrengend und sinnlos. Ja, das ist es. Seine Arbeit ist sinnlos. Er verschleißt seine Fähigkeiten, ohne irgendeinen Erfolg zu sehen. Das ist kein Leben. Im Dienst unzufrieden, zu Hause allein – wo sie wohl abgeblieben ist? Wie oft hat sie ihm versichert, es sei nichts Ernstes gewesen mit dem Kerl. Ob sie zu ihm gezogen ist? Noch mit dem zusammenwohnt? Am Anfang bestimmt. Aber jetzt, nach einem Jahr?

Die Adresse weiß er noch. Peiffersweg. Die Wohnung war im Parterre. Einmal, gleich nachdem er sie rausgeschmissen hatte, ist er dort hingegangen. Gesehen hat er nichts, aber vor Scham ist ihm trotzdem ganz heiß gewesen. Danach hat er sich geschworen, die Gegend zu meiden. Ob sie wirklich noch dort wohnt? Er könnte das Auto an der Fuhlsbüttler Straße stehen lassen und zu Fuß gehen. Jetzt, im Dunkeln, wird in dem einzelnen Spaziergänger niemand den verlassenen Ehemann sehen, jawohl, den verlassenen Ehemann, auch wenn er sie rausgeworfen hat. Er kann den Gedanken inzwischen besser ertragen als damals. Er wird an der Wohnung vorbeigehen, vielleicht einen Blick auf das Schild neben der Klingel werfen –

Kastner steuert sein Auto in Richtung Barmbek. Er fühlt sich jetzt besser. Nur, weil er ein Ziel hat?

In der Nähe einer Bahnbrücke stellt Kastner sein Auto ab. Er muß ein paar Schritte zurückgehen, um die Straße zu erreichen, in der er die Wohnung seiner Frau vermutet. Es ist dunkel, auf der Fuhlsbüttler Straße fahren die Autos in Richtung Stadtrand. Mißtrauisch mustert er die Menschen, die ihm entgegenkommen. Viele sind es nicht. Wenn die Läden geschlossen haben, gibt es keinen Grund mehr, sich draußen aufzuhalten. Niemand schenkt ihm besondere Aufmerksamkeit. Warum auch. Er ruft sich zur Ordnung, macht den Rücken gerade, steckt die Hände mit einer selbstbewußten Geste in die Manteltaschen. Als er die Straße erreicht hat, die er aufsuchen will, spürt er dennoch ein unangenehmes Gefühl. Es kommt ihm vor, als würde er etwas Verbotenes tun, und irgendjemand sei schon da, der ihn dabei erwischen wird.

Die kleine Straße ist leer, notdürftig erhellt von ein paar altmodischen Laternen. Er hat nicht gewußt, daß es solche Lampen noch gibt. Die Dunkelheit hier bedrückt ihn. Nur auf einer Seite stehen Häuser. An der anderen Seite liegt ein hoher Bahndamm. Soll er auf dem Bürgersteig an den Häusern entlanggehen oder auf der Straße, im Schutz des Bahndamms? Er geht nach links, geht am Bahndamm entlang, langsam, er spürt sein Herz.

Die Wohnung war in Nummer 8, rechts im Parterre. Als er den Eingang zu dem Haus erreicht hat, bleibt er, gegenüber und im Schutz des Bahndamms, stehen. Das Fenster ist dunkel. Langsam geht er weiter, wendet sich am Ende der kleinen Straße um und geht zurück, diesmal auf dem Bürgersteig, an den Häusern entlang. Als er am achten Eingang angekommen ist, klopft sein Herz so laut, daß er es zu hören meint. Er wird die Schilder an der Haustür untersuchen. Wohnen sie noch hier?

Auf dem Bahndamm rattert eine Hochbahn vorbei, während Kastner im Eingang steht und in seiner Manteltasche nach einem Feuerzeug sucht. Das Licht aus den Waggons beleuchtet ihn einen Augenblick. Er findet das Feuerzeug, führt die Flamme an den Schildern neben den Klingelknöpfen vorbei. Unten muß es sein – Im Treppenhaus geht das Licht an. Es fällt durch das schmale Glasfenster der Haustür nach draußen. Nein, so hieß der Kerl nicht. Auch ihr Name steht nicht auf dem Schild.

Hastig verläßt er den Eingang, geht an den Häusern entlang zurück zum Auto. Seine Knie sind weich, sein Herz beruhigt sich nur langsam. Im Auto bleibt er einen Augenblick sitzen, fühlt, wie die Erregung nachläßt, atmet tief. Wie lächerlich er sich aufgeführt hat. Sie ist weg. Was hat er überhaupt von ihr gewollt? Er ist froh, daß sie weg ist. Er ahnt, daß es ihm schwergefallen wäre, sie am Küchentisch mit dem anderen sitzen zu sehen, friedlich beim Abendbrot. Soll sie verschwunden bleiben. Was geht ihn diese Frau noch an. Er steckt den Schlüssel ins Schloß, wendet das Auto und macht sich auf den Heimweg. Er hat keinen Hunger, aber ein Bier kann er gebrauchen, ein Bier oder zwei. Vor dem Fernseher sitzen, bis er müde ist, schlafengehen.

Bella verläßt die Straßenbahn am Hauptbahnhof und geht die Richelieustraße hinunter. In der Bahn ist sie beinahe eingeschlafen, nur die kalte Luft, die von draußen durch die zerbrochenen Scheiben hereinkam, und das häufige Husten des Mannes auf der Rückbank haben sie wach gehalten. Nach ein paar Minuten glaubt sie, das Geräusch von Schritten hinter sich wahrzunehmen. Sofort ist sie hellwach. In einer Stadt, in der Konkurrenzkämpfe mit Bomben und Entführungen ausgetragen werden, empfiehlt es sich, vorsichtig zu sein, besonders wenn man nachts allein und auf irgendeine Weise in die Auseinandersetzungen verwickelt ist. Nach einem Augenblick genauen Hinhörens ist sie sicher, daß sie verfolgt wird. Sie faßt in die Innentasche ihres Jacketts. Da steckt das Tagebuch. Niemand kann davon wissen, aber sie hat plötzlich das Gefühl, das Buch verteidigen zu müssen.

Die beiden jungen Männer, die sie angreifen, wollen nicht das Tagebuch, sondern Geld. Es fällt Bella nicht schwer, den Angriff abzufangen und sie nacheinander auf den Boden zu werfen. Im trüben Licht einer Straßenlaterne liegen sie vor ihr, zwischen uralten Gehwegplatten, die sich gegeneinander verschoben haben. Es hat sich angehört, als sei einer der beiden mit dem Kopf auf die Kante einer Platte aufgeschlagen. Bella kniet neben ihm, stellt fest, daß er atmet, ist erleichtert. Der andere, nicht ganz so mitgenommen, versucht, ein Messer zu ziehen. Es bleibt bei dem Versuch. Bella nimmt ihm das Messer ab und steckt es ein. Die beiden Kerle sind jugendliche Straßenräuber, die genauso in Washington oder Paris arbeiten könnten. Weshalb also nicht in Odessa? Bella läßt sie liegen und geht weiter, jetzt schnell und wach. Während des Zwischenfalls sind einige Krähen munter geworden, die die Nacht in den Akazien verbringen. Sie schreien, und Bella hat den Eindruck, als seien die Schreie für sie bestimmt.

Im Hotel ist das Restaurant geschlossen, aber die Bar hat noch geöffnet. Sie geht Licht und Stimmen nach und betritt einen kleinen, dunkel getäfelten Raum.

Hinter der Bar steht ein Barmann mit weißer Jacke, davor sitzt ein smarter Typ mit Handy, offensichtlich betrunken, und redet, nicht zu Barmann, sondern zu irgendeiner Frau, die er aus dem Schlaf geholt hat, um dem Barmann und sich selbst zu beweisen, was für eine große Nummer er ist. Den Barmann interessiert die Vorführung offensichtlich überhaupt nicht. Er lächelt Bella an, erfreut, den Hanswurst übersehen zu können.

Geben Sie mir einen doppelten Wodka und etwas Orangensaft, bitte, sagt sie laut. Der Handy möchte sich über die Störung ärgern, ist aber zu betrunken, um länger als zwei Sekunden ein ärgerliches Gesicht machen zu können. Der Barmann stellt das Glas vor sie hin.

Wohnen Sie im Hotel?

Ja, noch ein paar Tage.

Woher wollen Sie das wissen? Hier waren schon Leute, die sind nach ein paar Stunden wieder abgereist. Darf ich Sie fragen, weshalb Sie gekommen sind?

Ich weiß nicht, sagt Bella. Vielleicht gefällt mir Ihre Stadt.

Sie haben Odessa nicht gekannt, als man hier noch leben konnte. »Meine Seele sagt mir, ich muß nach Odessa.« Das was Tschechow. Aber jetzt?

Tschechow starb 1904 – gab es nicht ein anderes Odessa, damals? fragt Bella.

Ja natürlich. Aber schon ein Jahr später sind die Arbeiter von Odessa auf die Straße gegangen. Ganz in der Nähe begann die Demonstration. Auf der Preobrashenskaja, das war die Champs Elysees von Odessa. Haben Sie über das wunderbare Seegefecht gelesen, das sich die Potemkin mit der kaiserlichen Flotte in unserem Hafen geliefert hat? Stellen Sie sich die kaiserlichen Schiffe vor. Hier die Rotislav, da die Heilige Dreieinigkeit und dazwischen die Potemkin. Die Kaiserlichen haben die Hosen gestrichen voll. Nun kommt –

Der Barkeeper hat drei Gläser auf dem Tresen aufgebaut und beginnt, mit ihnen die Seeschlacht darzustellen. Bella sieht ihm zu. Seine Begeisterung für die Manöver der Potemkin ist ansteckend. Zum Schluß trinken sie auf den Sieg der Roten Matrosen, auch wenn er von kurzer Dauer war.

Und was ist dann aus den Matrosen der Potemkin geworden?

Ach, antwortet der Barkeeper, der zwischen seinen Seeschlachtschilderungen noch Zeit gefunden hat, darauf hinzuweisen, daß er Oleg heißt, was wird aus Helden, die zur Unzeit Helden sind? In diesem Fall sind sie zuerst alle zusammen nach Rumänien geflohen. Die Potemkin wurde im Hafen von Constanza versenkt. Die, die es vor Heimweh nicht ausgehalten haben, sind 1908 nach Rußland zurückgegangen, einfach auf das Amnestiegerede des Zaren hereingefallen. Ihren Anführer hat man aufgehängt, die anderen nach Sibirien verbannt. Dem anderen Teil der Besatzung haben deutsche Sozialdemokraten geholfen, nach London zu fliehen. Anscheinend konnten sich damals politische Flüchtlinge noch auf Sozialdemokraten verlassen. In London wurden die Matrosen von den Arbeitern wie Helden gefeiert, bevor sie nach Australien ausgewandert sind.

Nach Sibirien – Plötzlich hat Bella keine Lust mehr, dem Barkeeper zuzuhören. Sie zahlt und verläßt die Bar. Oleg sieht ihr nach, ein wenig enttäuscht. Meistens fragen ihn seine Gäste irgendwann, wieso er so gut Bescheid weiß in der Geschichte. Dann hat er Gelegenheit, darauf hinzuweisen, daß er nicht immer in Bars gearbeitet hat. Wenn sie wirklich noch ein paar Tage hierbleibt – Er nimmt sich vor, Bella beim nächstenmal mit der Lebensgeschichte von Puschkin zu unterhalten. Vielleicht war die Seeschlacht doch nicht das richtige Thema. Irgend etwas Literarisches, Frauen sind eher für solche Sachen zu begeistern. Obwohl er eigentlich nicht den Eindruck hatte, als habe sie sich gelangweilt.

Vor ihrer Zimmertür sucht Bella den Schlüssel in ihrer Jackentasche und findet dabei das Notizbuch. Sie nimmt sich vor, gleich einen Blick hineinzuwerfen, legt es neben dem Bett auf den Nachttisch, schläft aber sofort ein. Nachts wird sie wach, vielleicht, weil sie das Licht auf dem Tischchen neben dem Bett nicht ausgemacht hat. Sie steht auf, trinkt etwas Wasser, das nach Moder schmeckt und ein wenig nach Chlor, und versucht, wieder einzuschlafen. Sie ist sicher, allein im Zimmer zu sein. Das Gefühl von Bedrohung, das sie spürt, muß andere Ursachen haben. Schließlich, als sie spürt, daß sie nicht mehr schlafen kann, versucht sie, sich an Gedichte zu erinnern, an Texte, von denen so etwas wie Trost ausgeht. Es gelingt ihr nicht. Nur Bruchstücke fallen ihr ein, wenige Zeilen, unzusammenhängende Verse, in denen oft von Tod und Vergessen die Rede ist. Es bleibt ihr nichts anderes übrig, als das Licht anzumachen.

Neben der Lampe liegt das Notizbuch. Auf einmal scheint es, als sei die Bedrohung von diesem kleinen, abgegriffenen Buch ausgegangen. Das ist lächerlich. Sie richtet sich auf, stopft das Kopfkissen in ihrem Nacken so zurecht, daß sie bequem sitzen kann, nimmt das Tagebuch zur Hand. Es beginnt mit dem 28. Juni 1941. Für jeden Tag gibt es auf der rechten Seite kleine Eintragungen. Die linke Seite ist freigelassen. Hin und wieder finden sich dort eingeklebte Fotos, Zeitungsausschnitte oder Zeichnungen. Offenbar war der Mann fast vom Beginn des Rußlandfeldzuges dabei. Bella blättert, bis sie das Wort »Odessa« findet, und beginnt zu lesen.

Vor Odessa

15. Oktober 1941: Kam gegen Abend hier an. Man hatte mir versichert, Odessa sei eingenommen, wenn ich käme. Nun heißt es, es dauert noch ein paar Stunden. Die Stadt wird wohl gerade sturmreif geschossen. Nikolajew einzunehmen, klappte schneller! Dort verdankten wir der gründlichen Arbeit von Stroop einige hübsche Szenen, mal davon abgesehen, daß August auch vom Wetter ein angenehmer Monat ist! In Nikolajew gab es wohl kurze Zeit einen Handel mit

Pässen, wahrscheinlich von Ärzten organisiert, Juden, natürlich. Sah, wie Stroops Leute vier Stück von dem Gesindel auf einen Lastwagen werfen ließen. Man fuhr sie zum Erschießen. Solche Dinge sind natürlich nur «Nebenprodukte». Zum eigentlichen Zweck, die überflüssige Bevölkerung zu beseitigen, trägt es ja nur wenig bei. Da waren die Großaktionen in Cherson und Nikolajew schon wirkungsvoller. 22 000 waren es dort, die man liquidierte. Die 11. Armee hat ganze Arbeit geleistet. Auch vor Odessa ist die Stimmung gut, obwohl die Truppen länger brauchen als angenommen. Seit dem 5. August wird die Stadt belagert. Die 9. Armee der Russen operiert hier mit einer Küstengruppe. Aber man versichert mir, die könnten sich nicht ewig halten. Man kann wohl stündlich mit der Einnahme der Stadt rechnen. Man kann es nur begrüßen, daß jedenfalls im Reichskommissariat Ukraine die Juden nicht aus »wirtschaftlichen Gründen« geschont werden. Wenn unsere agrarischen Verhältnisse gesunden sollen, müssen sie so schnell wie möglich verschwinden. Das sieht Stroop schon ganz richtig. Wobei ich ihm sogar zustimmte, als er davon sprach, daß im Altreich nicht nur zu viele unserer Bauern auf zu engem Raum und zu dürftigem Boden säßen. Gibt es doch auch genügend Handwerker, die Arbeit brauchen und die ihnen folgen können. Der Führer soll davon gesprochen haben, auch unsere armen Arbeiterfamilien aus Thüringen und aus dem Erzgebirge herauszunehmen und ihnen große Räume zu geben. Daß der deutsche Mensch zu Größerem bestimmt ist, als in engen armseligen Hütten aufeinanderzuhocken, Kinder zu zeugen, wertvolles Menschenmaterial, das dann nicht ausreichend ernährt werden kann, leuchtet wohl ein.

Die Rumänen halten sich gut. Vielleicht bin ich ihnen gegenüber zu mißtrauisch. Hier, bei der Einnahme von Odessa, leisten sie jedenfalls gute Arbeit. Was die weitere Entwicklung betrifft, müssen wir natürlich auf sie achten. Aber das dürfte nicht schwerfallen. Kann man Antonescu denn wirklich ernst nehmen?

16. Oktober 1941

Wir sind in Odessa! Begrüßung durch Ukrainer und Volksdeutsche sehr anrührend. Meine Einschätzung der Rumänen war richtig, tüchtige Soldaten, randvoll mit Haß. Inzwischen hat sich auch schon so etwas wie eine Besatzungsroutine entwickelt. Die Geschwindigkeit, mit der die Militärverwaltung die Registrierungsbefehle für die Juden erläßt (und wie schnell unsere Pappenheimer ihren Stern tragen!) ist schon bewundernswert. Natürlich gibt es immer Gesocks, das dem Befehl nicht gleich folgt. Naja ... dann gehts eben noch schneller.

Odessa gefällt mir. Die Kommandantur hat ein Haus in der Engelsstraße bezogen, das heißt, ist noch dabei, sich dort einzurichten. Ich ziehe ein Hotel zum Schlafen vor, soll aber auch in der Engelsstraße ein Büro bekommen. Von der berühmten Odessaer Oper bin ich enttäuscht. Sie hat nur ein paar Granaten abbekommen, aber im Grunde habe ich schon schönere Opernhäuser gesehen. Möglich, daß ich auch nicht genug Muße hatte, das Haus zu betrachten. In den Straßen ist es natürlich erst einmal unruhig. Die Einsatzgruppe, die Rumänen, die Polizeibataillione der Ukrainer – ein paarmal war ich Zeuge. Aber die wirklichen Aktionen sind wohl nicht hier, sondern in den Arbeitervierteln und im Viertel der Itzigs. Jedenfalls hört man Schüsse.

17. Oktober 1941/23 Uhr

Die Registrierung läuft perfekt. Anscheinend traut sich das Gesindel nicht, zu Hause zu bleiben. Ist man doch dort auch nicht sicher. Die große Überraschung: Nicht nur die Rumänen, die sich ja immerhin so etwas wie Kriegsbeute versprechen, sondern auch viele Ukrainer sind behilflich. Die Registrierungsstellen sind überlaufen. Wer will, kann überall Schüsse hören. Etwa 4 000 Männer bis jetzt sind erledigt worden. Kommunisten und Juden, die wir nun schon mal los sind. Daß das erst der Anfang sein kann, ist klar. Sah eine Szene, die unter anderen Umständen unangenehm hätte sein können. Ein älterer Mann stürzte aus dem Fenster, hatte wohl Schiß vor den Nachbarn. Er lag auf dem Bürgersteig, offenbar schwer verletzt, aber noch lebendig. Neben ihm stand ein bewaffneter Posten, vielleicht wollte man ihn noch verhören. Leute bewarfen den Mann mit Steinen und spuckten ihm ins Gesicht. Er hat's nicht überlebt. Auf meine Frage, wer der Mann gewesen sei, erfuhr ich, daß es sich um Professor Rabinowitsch gehandelt hat, einen Nervenarzt, Jude natürlich.

18. Oktober 1941

Wie das Kriegshandwerk den Mann adelt, ist jetzt täglich zu bewundern. Obwohl es auch da Unterschiede gibt. Unsere deutschen Männer, jedenfalls die der Einsatzgruppe 11 b, wird man nicht dabei sehen, daß sie über jüdische Weiber herfallen. Anders scheint das bei manchen Rumänen zu sein. Aber will ich sie wirklich verurteilen? Sie üben Gewalt aus, müssen gewalttätig ihre (und unsere!) Interessen durchsetzen. Wie eng Gewalt und gewisse männliche Regungen miteinander verbunden sind, spüre ich manchmal am eigenen Körper. So heute, als ich beschlossen hatte, mir das Judenviertel Moldowanka genauer anzusehen. Primitivste Verhältnisse! Kam in eine Art Innenhof und sah ein paar rumänische Soldaten, die nach versteckten Juden suchten. Die Häuser sind dort klein und ebenerdig. Aus den Fenstern flog allerlei Gerümpel, plötzlich sprangen zwei Mädchen in den Hof. Hinterher die Rumänen, die sich nicht mal die Zeit nahmen, die beiden auf die Matratzen zu werfen, die doch schon ausreichend herumlagen. Ich habe ihnen eine Weile zugesehen. Wie ich zugeben muß, war ich sogar angeregt, bis mir klar wurde, wen die Soldaten da beglückten. Ging dann angeekelt. Will aber nicht verschweigen (nicht vor mir selbst!), daß ich etwas über den Zusammenhang von Gewalt und Trieb gelernt habe. In der Stadt nimmt das Schießen noch zu. Große Horden von unsäglichen Gestalten werden vorübergeführt. Man läßt sie an Evakuierung glauben.

20. Oktober 1941

Erfuhr heute, daß man bisher 61 jüdische Ärzte und ihre Familien liquidiert hat. Hatte ein sehr erhebendes Erlebnis. Auf der Promenade am Meer marschierte eine kleine Gruppe deutscher Männer, vielleicht zu irgendeinem Auftrag. Sie sangen das Lied, das mir besonders gut gefällt:

> Nun laßt die Fahnen fliegen
> in das große Morgenrot
> das uns zu neuen Siegen leuchtet
> oder brennt zum Tod.

Lyrische Stimmungen sind nicht meine Sache. Der Krieg ist ein hartes Geschäft, auch für mich, der ich nicht den Rock des Soldaten trage. Aber manchmal braucht man offenbar so etwas wie eine Gemütserhebung. Wollte Gott, daß sie immer auf ein so reines Bild folgt: Singende, marschierende Männer unter dem gelben Laub der Akazien, vor dem Hintergrund eines blau-grauen Meeres.

Fand eine Äußerung von Kinzinger, die er als Armeeoberbefehlshaber getan hat: »Der Ukrainer war und bleibt für uns ein Fremdling. Jede naiv-vertrauliche

Bekundung von Interesse gegenüber Ukrainern und ihrer kulturellen Existenz ist schädlich und schwächt jene grundlegenden Charakterzüge, denen Deutschland seine Macht und Größe verdankt.« Der Mann hat recht. Man muß häufiger darauf hinweisen.

21. Oktober 1941

Heute fanden wir zwei Dokumente, die mich noch einmal ins Grübeln brachten. Es handelt sich um zwei Texte, die wohl ein gewissenhafter Parteimensch aufgehoben hat. Ich schreibe sie hier wörtlich ab:

»An Herrn Jossif Stalin

Ich bitte Sie, zu Ihrem sechzigsten Geburtstag meine herzlichsten Gratulationen, verbunden mit meinen besten Wünschen, entgegenzunehmen. Ich wünsche Ihnen persönlich beste Gesundheit und den Völkern der befreundeten Sowjetunion eine glückliche Zukunft.«

So telegrafierte der Führer im Dezember 1939. Wer erinnert sich daran nicht! Das zweite Dokument ist länger, deshalb notiere ich nur den entscheidenden Satz: Am 21 Juni 1941, einen Tag vor Kriegsbeginn mit Rußland, gab das Politbüro in Moskau an verschiedene Militärbezirke, so auch an den Odessaer, die sog. Direktive Nr. 1 heraus, von der ich gehört, die ich aber noch nicht gesehen hatte. Der entscheidende Satz: »Unsere Truppen haben die Aufgabe, sich auf keinerlei provokatorische Handlungen einzulassen.«

Sieben Tage danach war bereits Minsk in unserer Hand! Und wir schreiten voran!

Was Odessa betrifft, so komme ich mehr und mehr zu der Ansicht, daß, haben wir erst einmal das Gesindel vertrieben, es sich um eine durchaus europäische Stadt handeln wird, die in das Europa-Konzept des Führers wunderbar paßt. Jetzt ziehen natürlich noch die kläglichen Gestalten, bewacht von Soldaten, über die Boulevards. Man befiehlt den Männern, die Arme hinter dem Kopf zu halten und den Weibern, voranzugehen. So sah ich es jedenfalls heute ein paarmal. Schien mir sinnvoll, Ordnung muß sein.

22. Oktober 1941

Wir waren nicht konsequent genug. Heute sprengten Partisanen die Kommandantur in der Engelsstraße. Ich hielt mich im Hotel auf, da mein Dienstzimmer noch nicht fertig ist. 66 deutsche und rumänische Soldaten wurden Opfer des heimtückischen Anschlags. Jetzt werden sie uns kennenlernen!

24. Oktober 1941

Unsere Rache ist grandios. Wohin man geht, wohin man sieht: überall Galgen. Besonders eindrucksvoll: Hier gibt es einen Stadtteil, der Arkadia heißt, in Arkadien hängen nun die Früchte von den Bäumen, allerdings andere als die, die sich die Juden dort vorgestellt haben. Die Straße zum Meer steht voller Galgen. Da das Aufhängen zu lange dauert, erschießen die Soldaten zusätzlich. Ich sah die beinahe bis zum Rand mit Frauen und Kindern gefüllte Grube, die man in Arkadien ausgehoben hatte. Man befiehlt ihnen, sich auszuziehen und erledigt sie. Jetzt gelten auch keine Sentimentalitäten mehr, man schießt und sticht mit dem Bajonett den Säugling von der Brust der Mutter. Je schneller, desto besser für ihn. 10 000 Juden aus den Gefängnissen gebracht und sie außerhalb der Stadt erschossen.

25. Oktober 1941

Noch immer ziehen Gruppen von Zerlumpten durch die Stadt, gut bewacht ihrem Schicksal entgegen. Das nenne ich Vergeltung! Ein paar tausend Leute außerhalb der Stadt in einen Speicher gebracht und dann in die Luft gesprengt. Die Stadt ist eine Stadt der Erhängten. Den übrigen Bewohnern wird erklärt, die Juden seien schuld am Krieg.

26. Oktober 1941

Eines Tages wird Europa uns danken, auch wenn Gefühlsduselei jetzt noch den Weg dazu verstellt. Wir kämpfen für Europa – mag man uns auch jetzt noch der Härte zeihen.

Für die eigenen Leute bringt die Aufgabe beinahe Übermenschliches. Freimachung der bearbeiteten Räume von Juden, Kommunisten, Partisanen und Schutz und Betreuung volksdeutscher Siedlungen – die Kräfte sind wahrlich angespannt! Ich glaube, daß einige bei Schwerpunkteinsätzen zu viel Alkohol trinken, mehr als die Ration, die täglich ausgegeben wird.

Man kann es ihnen nicht verdenken, und solange die Disziplin gewahrt bleibt, wird es gut sein, darüber hinwegzusehen.

Bei einem Kontrollgang geriet ich in einen Keller, in dem rumänische Soldaten sich damit beschäftigten, die dort gefangengehaltenen Frauen zu vergewaltigen. Es war auch ein deutscher Soldat darunter, der mir versicherte, er habe nicht gewußt, daß es sich um Jüdinnen handelte. Ich ließ ihn laufen, wohl weil ich mich selbst gerade in einer weichen Stimmung befand. Post von zu Hause! Die liebe, kleine Frau. Wenn sie wüßte, welch unerbittliche Härte nötig ist, um das Neue vorzubereiten, könnte sie ihren Nachbarn noch stolzer gegenübertreten. Die Nachbarn, so schreibt sie, haben die feste Absicht, Wehrbauern im Schwarzerde-Gebiet zu werden. Tüchtige Leute, arm, aber mit dem Willen, für den Führer etwas zu leisten.

Hier befinden sich auf der linken Seite des Heftes zwei dick gedruckte Überschriften, aus der Odessaer Zeitung vom Januar 1942, ausgeschnitten und offenbar später eingeklebt:

Germanien kämpft für Europa
und
Neuordnung in Europa

28. Oktober 1941
Der Befehl Nr. 1, sofort nach Eroberung der Stadt

erlassen, hat den Leuten deutlich gemacht, mit wem sie es zu tun haben. Die Todesstrafe gilt, davon kann man sich stündlich überzeugen. Es heißt, daß sich Partisanen in Katakomben unterhalb der Stadt geflüchtet hätten. Heute die Erschießung einiger Frauen, von denen angenommen wurde, die Ausgänge der Katakomben seien ihnen bekannt. Wir erfuhren aber nichts von ihnen. Um die versteckten Juden aufzutreiben, hat es sich bewährt, Handgranaten in die Dachböden zu werfen.

9. November 1941

Ich kritisiere den Führer nicht. Ich stelle nur fest, daß er uns eine sehr schwer zu lösende Aufgabe gestellt hat. Man ist nun auf die Idee gekommen, Frauen und Kinder auf Barkassen zu verladen und sie aufs Meer hinauszufahren. Es dauert etwa eine halbe Stunde, bis sie wieder umkehren und neu beladen werden können. Daß wir vorankommen, daran besteht kein Zweifel.

Natürlich gibt es auch wunderschöne Augenblicke. Zu den schönsten gehört es, mitten im Feindesland auf Deutsche zu treffen. Ihre sauberen Dörfer, die geraden Straßen, weiß gekalkte Mäuerchen, ordentlich gezimmerte Zäune – man freut sich einfach, so etwas zu sehen. Hier können noch Tausende von Bauern angesiedelt werden. Dazu muß der Jude allerdings weg. Heute in der Stabsbesprechung wurde bekanntgegeben, daß allein in den ersten Tagen nach dem Anschlag auf die Kommandantur, etwa 35 000 Juden in Odessa erledigt wurden. Eine Meldung, der Feierlichkeit des Tages angemessen! Vor achtzehn Jahren erhob die Bewegung zum erstenmal ihr Haupt, die sich nun anschickt, Europa und die Welt neu zu ordnen. Den Novemberverbrechern von 1918 hat sie ihren Platz hinter Stacheldraht gezeigt.

1. Dezember 1941 /Odessa/Slobodka/Rastatt

Daß der Iwan, noch kurz bevor wir hier ankamen, versucht hat, die deutschstämmigen Siedler nach Osten zu verschleppen, steht inzwischen fest. Besonders auf die wehrtüchtigen Männer hatte er es abgesehen. Den meisten ist es gelungen, wieder zurückzukehren. Ihr Jubel, endlich mit Landsleuten zusammenzutreffen, ist groß. Nicht wenige Dorfbewohner sind bereit, uns zu unterstützen. Sie kennen sich natürlich unter der Dorfbevölkerung aus, so daß uns noch so manches Gesindel, das sie versteckt hält, in die Hände fällt. Das Aufräumen geht voran. Im Schnitt erledigen wir drei fremdvölkische Familien für eine volksdeutsche. Die Freude bei der Übergabe von Land und Hausgerät an die volksdeutschen Siedler ist groß. Ihre Wut bei der Mithilfe der Vernichtung der Fremdvölkischen ebenso. Es wird hier von einer Siedlerin gesprochen, die die Köpfe der Kleinkinder an Mauern zerschlug. Mit eigenen Augen habe ich Volksdeutsche mit dem Spaten auf Juden aus dem Dorf einschlagen sehen.

18. Dezember 1941

Weihnachten rückt näher, diesmal bin ich nicht bei den Lieben daheim. Gab ein Paket mit, auch eine Gans. Bei den frostigen Temperaturen, sagte mir der Feldpostmann, würde alles gut ankommen.

Januar 1942/Odessa/Domanewka

Unter den Volksdeutschen sind Handwerker: Maurer, Ofensetzer, Maler, Tischler, sogar Krankenschwestern. Sie könnten noch nützlichere Dienste leisten, wenn ihre Kenntnisse der deutschen Sprache besser wären. Seit kurzem gibt es aber Deutschlehrgänge.

Hier befindet sich auf der linken Seite des Tagebuchs ein Zeitungsartikel, ausgeschnitten aus der Odessaer Zeitung:

> **Sprachunterricht für Volksdeutsche**
> Wir lernen deutsch: Lektion 1
> antreten
> stillgestanden
> links
> rechts
> Gleichschritt
> wegtreten
> Stiefel putzen
> schnell
> fertigmachen
> laufen

melden
Baracke

Die Befürchtungen, die vor Beginn des Ostfeldzuges mancherorts laut wurden, daß nämlich das hiesige Deutschtum innerlich bolschewisiert sein könnte, haben sich im übrigen als völlig unbegründet erwiesen. Wohl gibt es ein paar Überläufer, aber mit denen werden wir schnell fertig, soweit sie nicht schon selbst das Weite gesucht haben. Die Masse aber ist in Ordnung.

Besuchte das Lager in Domanewka, Frost, primitivste Anlage, aber großes Lager. Viel Futter für die Dorfköter. Ein Rumäne erzählt mir lachend: »Die Köter von Domanewka werden fett wie Hammel.« Merkwürdige Vergnügungen: Man läßt einen alten Itzig mit einem jungen Mädchen tanzen und erhängt anschließend beide.

Januar 1942/Odessa
Das Reich schickt Zeichnungen von Wehrbauernhöfen. Das sieht auf dem Papier gut aus. Schwieriger ist es, unsere Volksdeutschen, die zu lange unter Russen gelebt und zu viel von ihnen angenommen haben, für den Aufbau von Wehrbauernhöfen zu gewinnen. Es sind doch viele unter ihnen, deren Deutschtum zerbrochen ist und die kaum mehr zu selbständiger Arbeit fähig sind. Besonders die Jugend macht Sorgen. Ihr Deutschtum ist völlig verschüttet, Hände bleiben in den Hosentaschen, unordentliches Tragen der

Schildmützen, allgemein schlaffe Haltung stelle ich an ihnen fest. Viele haben noch nie ein Bild des Führers gesehen. Auch die Arbeit haben sie nicht erfunden. Manche meinen, es reicht, wenn sie die Häuser ihrer früheren Nachbarn in Besitz nehmen. Das allein ist aber nicht Deutschtum, und deutsches Bauernwesen schon gar nicht. Meine Aufgabe ist nicht einfach. Aber der Mensch wächst mit seinen Aufgaben. Und wenn die Leute hier erst mal richtig Deutsch gelernt haben, wird es besser gehen. Noch ist die Lage zu unsicher, um Bauern aus der Heimat hier anzusiedeln. Aber die sollen das Terrain gut vorbereitet finden!

30. Januar 42/Odessa

Vor neun Jahren Triumphzug in Berlin. Der Tag eignet sich zum Bilanzieren: Unser Lagersystem funktioniert. Ca. 18 000 Juden aus Odessa in Domanewka erledigt. Eine Kette von Lagern: Dalniki, Sortirowotshnaja, Beresowka, Suchije Balki, Slobodka, Rastatt, Worms, München – vom Schwarzen Meer bis zum Bug wird gearbeitet. Allein in Bogdanowka 54 000. Beresowka haben wir zur Verladestation gemacht. Man kippt sie aus den Waggons und verbrennt sie lebend. Die, die noch ein paar Wochen arbeiten können, werden aussortiert. Die Zusammenarbeit mit den Rumänen klappt. Die deutschen Siedler sind beim Aufbau. Manchmal auch die konsequentesten Henker. Aber ich glaube, Koch hat recht: »Wir sind ein Herrenvolk, das bedenken muß, daß der geringste deutsche Arbeiter rassisch und biologisch tausendmal wertvoller ist als die hiesige Bevölkerung.«

Mehr und mehr wird mir im übrigen klar, daß es schwer sein wird, die Volksdeutschen davon zu überzeugen, daß ihr Platz hier ist. Viele wollen ins Reich, weil sie hier gelitten haben. Man muß sich hüten, ihnen Versprechungen zu machen oder Verpflichtungen einzugehen. Wir haben nicht die Absicht, diese Menschen ins Reich zu holen. Hier sind sie nützlicher. Ebensowenig, wie wir vorerst daran denken, die Kolchosen aufzulösen und sie zu Einzelbauern zu machen. Derlei Umgestaltung bringt einen Rückgang an Ernteerträgen, den wir uns in Kriegszeiten nicht leisten können.

Der Führer hat, mit der ihm eigenen Deutlichkeit, unsere Aufgabe noch einmal charakterisiert. In der Odessaer Zeitung las ich in seiner Rede, daß im neuen Europa das Skelett eines Juden eine Rarität in einem archäologischen Museum darstellen wird. Wohl wahr.

Schön, daß wir uns von hier aus mit guten Beiträgen an den Sammlungen des Winterhilfswerks beteiligen können. Unsere Soldaten verdienen jede Unterstützung. Rußland ist kalt. Die Kälte ist aber nicht der einzige Feind. Das Partisanunwesen nimmt zu. Wohnte, wohl der letzte Akt meiner Tätigkeit hier, der Hinrichtung zweier Jüdinnen bei, die Flugblätter gedruckt hatten. Man hat sie aufgehängt. Sie sahen aus, als spürten sie nichts mehr. Man hatte sie gründlich vorgenommen. Morgen geht es weiter nach Norden. Odessa hat mir gefallen. Die Rumänen gaben mir zum Abschied ihren Orden, Auszeichnung im Kampf gegen den Kommunismus. Aber trotzdem hatte ich oft das Gefühl, nicht für uns zu arbeiten. Antonescu-Stadt, wie sie Odessa nennen, soll von jetzt an erst einmal ohne mich auskommen. Für mich beginnt Deutschland in Nikolajew, das zu den deutschen Siedlungsstützpunkten gehören wird. Aufbauarbeit mehr als genug. Europa soll es uns danken.

Dein Mantel ist grau, Bella, abgerissener, langer Soldatenmantel. Groß bist du, Bella, sehr groß in dem langen Mantel. Was tust du an dieser Haustür. Du bist eine Mörderin. Jetzt öffnet die Frau ihre Tür, und du schlägst sie tot. Du bist groß. Du hast sie erschlagen. Du bist eine Mörderin. Mord ist ein furchtbares Verbrechen. Es tut dir nicht leid, Bella. Du hast kein schlechtes Gewissen. Du bist ruhig und entspannt. Unter den Sträuchern neben der Haustür verscharrst du die Erschlagene. Geh weiter, Bella. Dein langer Mantel schleift über den Boden. Dein langer, grauer Mantel. Geh weg, Kind, mach Platz. Geh zur Seite, Kind. Ich schlag dich tot, Kind. Ich habe das Kind erschlagen. Ich bin eine Mörderin. Der Himmel ist gelb, dunkel ist die Erde. Jetzt hast du Angst, Bella. Du bist eine Mörderin. Sie werden dich fangen. Das Kind, es muß verschwinden. Nimm es mit, Bella. Leg es in die Karre. Leg es auf den Bauch, daß sie sein totes Gesicht nicht sehen. Geh mit den anderen, Bella, da, in den Strom der Menschen reih dich ein. Du bist wie sie, Bella. Geh den Hügel hinauf. Nach oben, Bella. Niemand entdeckt das tote Kind in der Karre. Oben bist du gerettet, Bella. Nach oben, den Hügel hinauf. Niemand achtet auf dich und das tote Kind in der Karre. Nein! Nein! Das Kind hebt den Kopf, kein Kopf, lila-blaue, schwammige, fürchterliche Masse, blauer Brei. Nein! Nein! Sei still, Kind, schrei nicht, Kind. Es schreit, der Brei schreit. Alle sehen die schreckliche Leiche. Lauf, Bella, lauf den Hügel hinab. Schütte das Schreiende aus der Karre. Schlag es tot, schlag mit dem Spaten, schlag, schlag, es soll still sein, es soll still sein, es soll still sein. – Es ist still. Du bist eine Mörderin, Bella. Sie kommen, dich zu holen. Sie sind schon da. Du bist eine Mörderin.

Jemand klopft an die Tür, hämmert dagegen. Das Zimmer ist dunkel. Graues Licht dringt durch die Ritzen der Vorhänge.

Bella, öffnen Sie. Ich bin es, Viktor. Bella, öffnen Sie. Ist alles in Ordnung?

Ja, einen Augenblick, bitte.

Dieser widerliche Klumpen, der schreiende Klumpen in der Karre. Wo ist das Nachthemd. Nicht die Vorhänge öffnen. Ich kann das Licht nicht ertragen.

Bella geht unsicher zur Tür. Ihr ist übel. Sie öffnet und sieht Viktors freundliches, besorgtes Gesicht. Sie beginnt zu schwanken. Viktor tritt ein, stützt sie, begleitet sie ins Bad, zieht sich zurück und schließt die Tür hinter sich. Es dauert lange, bis Bellas Magen sich beruhigt hat. Sie putzt sich die Zähne, geht unter die Dusche, kommt, in ein Badelaken gewickelt, zurück. Viktor hat die Vorhänge geöffnet. Graues Licht, auch jetzt, keine Sonne.

Wieviel Zeit haben Sie noch? fragt sie.

Ich weiß nicht, ein paar Tage vielleicht. Eigentlich bin ich reisefertig. Weshalb fragen Sie?

Ich werde eine Reise machen, antwortet Bella, eine Reise in die Umgebung von Odessa. Ich werde die nächsten drei Tage nicht hier sein. Wir müssen uns vorher verabschieden.

Wohin wollen Sie? Sie sehen aus, als sollten Sie besser im Bett bleiben.

Die Frau, die verschwunden ist, sagt Bella, ich glaube, ich weiß, wo ich sie suchen muß. Da auf dem Schreibtisch liegt eine Liste, die sie mir gegeben hat. Oben stehen ein paar Firmen, die wir aufsuchen wollten. Dann folgen verschiedene Ortsnamen. Das sollte unser touristisches Programm sein. So war jedenfalls ihr Plan.

Viktor geht zum Schreibtisch, nimmt die Liste in die Hand, liest.

Die Mode-Firmen werde ich mir schenken. Ich glaube nicht, daß ich dort noch etwas erfahre. Ich glaube, daß ihr wirkliches Ziel diese Orte waren. Vielleicht war die Entführung nur vorgetäuscht.

Oder jemand wollte verhindern, daß sie diese Orte aufsucht, sagt Viktor langsam.

Er sieht immer noch auf die Liste. Unmöglich kann er so viel Zeit zum Lesen brauchen.

Sie wissen, was dort geschehen ist? fragt Bella.

Früher hat das hier jeder gewußt, antwortet Viktor. Heute spricht man nicht mehr davon. Kann sein, daß es hinderlich ist, zum Beispiel beim Kontakt mit dem reichen Deutschland. Wer hat Ihnen gesagt –

Da, Bella weist auf das Tagebuch, das vor dem Bett auf dem Fußboden liegt.

Das da hat sie bei sich gehabt. Es sind dieselben Orte, die im Tagebuch erwähnt werden. Ich habe es gelesen, heute nacht. Als Sie kamen, hatte ich gerade einen Alptraum. Es war schrecklich, aber er war dem, was ich gelesen habe, nicht angemessen.

Wer hat Ihnen dieses Buch gegeben?

Bella kommt Viktor zuvor, der zum Bett gegangen ist und das Buch aufheben will. Er hat es schon in den Händen, schlägt es auf, aber Bella nimmt das Buch an sich, als wolle sie das Furchtbare verstecken.

Das müssen Sie nicht tun, sagt Viktor. Meine Mutter und ich sind die letzten, die von unserer Familie noch leben. Ich weiß, was geschehen ist. Woher haben Sie es?

Die Mehring hat es im Hotel liegengelassen, sie oder ihre Entführer. Die Frau, die ich in der Villa Prijut getroffen habe, hat es mir gegeben.

Sie sind entschlossen zu fahren?

Ja, sagt Bella. Ich behalte das Zimmer. In drei Tagen will ich zurück sein. Wenn Sie dann schon weg sind –

Ich werde Sie begleiten, sagt Viktor. Ich werde ein Auto besorgen und Sie begleiten. Haben Sie Geld? Ein Auto bekommen wir nur für Geld, richtiges Geld, meine ich.

Wieviel brauchen Sie?

Ich weiß nicht. Hundertfünfzig Dollar, vielleicht mehr. Haben Sie etwas dagegen, daß wir am Krankenhaus vorbeifahren? Ich möchte meiner Mutter Bescheid sagen.

Nein, sagt Bella, natürlich nicht. Die Dollar sind kein Problem. Wird es lange dauern, bis Sie ein Auto aufgetrieben haben?

Nein, sagt Viktor. Ich weiß jemanden in der Nähe, der davon lebt, sein Auto zu verleihen. Nur hat er selten Kunden.

Er geht hinaus, ohne sich zu verabschieden. Bella tritt an das Fenster und sieht hinunter auf die Promenade. Da werden sie marschiert sein. »Nun laßt die Fahnen fliegen.« Vielleicht hat der Mann, der die Soldaten beobachtet hat, hinter diesem Fenster gestanden. Es war Herbst, wie jetzt. Die gelben Blätter lagen auf dem Boden, wie jetzt. Das Meer da hinten war blau, wie jetzt. Da unten geht Viktor. Er geht schnell. Vielleicht ist doch noch nicht alles verloren. Vielleicht werden sie die Mehring finden. Vielleicht ist sie gekommen, um einen kläglichen Versuch zu machen, irgend jemanden um Verzeihung zu bitten für die Verbrechen ihres Großvaters. Vielleicht ist sie mit Geld gekommen, mit Arbeit. Arbeit für wen? Für die Toten?

Bella beginnt zu packen.

Der Wagen für Irinas Umzug steht am frühen Nachmittag vor der Tür. Er ist nicht groß, aber Irina bezeichnet den Trägern auch nur wenige Gegenstände, die aufgeladen werden sollen. Sie hat ihre Kleider zusammengepackt, Geschirr, ein paar Spiegel. Nur zwei Bettgestelle sind gut genug. Sergej wird einkaufen müssen. Sie wird ihn beraten. Die Männer, zwei Trunkenbolde in ausgelatschten Schuhen, deren Schnapsfahne beinahe den Kloakengeruch verdrängt, reißen Witze, während sie die Sachen aufladen. Obwohl sie nur wenig zu tragen haben, brauchen sie lange. Zum Schluß sieht die Wohnung nicht leer, sondern verwüstet aus. Irina macht sich nicht die Mühe, das stinkende Loch aufgeräumt zu verlassen. Kurz bevor sie fertig ist, kommt Ljubow die Treppe herauf. Hinter ihr geht ein Mann. Sie hat ihn auf der Straße aufgetan. Irina hat es nicht gern, wenn die Mädchen ihre Freier mitbringen, erlaubt es aber, wenn sie früh genug kommen und die Männer schnell genug wieder verschwinden.

Schick ihn weg, Ljubow, sag ihm, er soll verschwinden. Und als das Mädchen zögert: Nun mach schon, es gibt etwas zu besprechen.

Ljubow gehorcht sofort. Als der Mann keine Lust hat zu gehen, schlagen ihm die Frauen die Tür vor der Nase zu. Der Empfangsraum sieht aus, als hätte gerade eine Durchsuchung stattgefunden, und niemand hätte Zeit gehabt, anschließend Ordnung zu machen.

Was ist los?

Ljubow sucht einen freien Platz, setzt sich auf eine

Fensterbank, von der sie ein paar Sachen auf den Boden geschoben hat, Tücher, aber auch irgend etwas aus Glas oder Porzellan war dabei. Man hört es am Aufschlagen. Irina betrachtet prüfend Ljubows lange Beine.

Wie wohnst du, fragt sie statt einer Antwort. Zu Hause nehme ich an.

Wie ich wohne? Was soll das? Willst du uns eine neue Wohnung verschaffen? Da wirst du es schwer haben. Wir sind sechs, meine Liebe, Vater, Mutter, Großmutter, Kolja –

Hör auf. Wird Zeit, daß deine Familie lernt, selbst für sich zu sorgen.

Ljubow zündet sich eine Zigarette an. Sie arbeitet seit Monaten bei Irina. Noch nie ist sie so angesehen worden, so abschätzend, so, als wäre sie da und doch nicht da.

Solange ich zu Hause wohne, werde ich ihnen Geld geben, sagt sie. Die denken doch, daß ich bei den Amerikanern arbeite. In einem von diesen Büros im Hafen.

Nachts, sagt Irina. Ihre Stimme ist kalt. Du siehst, daß ich gerade dabei bin auszuziehen. Einen Augenblick.

Sie geht an ein Fenster, nimmt die Gardine zur Seite, versucht, das Fenster zu öffnen. Es gelingt ihr nicht. Sie klopft gegen die Scheiben, bis einer der Männer neben dem Auto zu ihr hinaufsieht und ihr zuwinkt. Er wird warten. Irina wendet sich wieder Ljubow zu. Mir ist etwas Besseres angeboten worden als dieses Loch hier. Du könntest mitkommen. Du bekommst ein eigenes

Zimmer, zu essen, was du an Kleidung brauchst. Du wirst gut verdienen, wenn du dich ordentlich anstellst.

Ich soll bei dir wohnen?

Hör zu. In dieser Stadt gibt es Hunderte von Mädchen, die auf so ein Angebot warten. Ich kenne dich, du hast Glück. Wenn du nicht willst – Ich finde andere. Wenn du willst, geh nach Hause. Sag deinen Leuten, du verreist für drei Monate. Pack deine Sachen und komm. Sieh zu, daß du bis zehn da bist. Wenn nicht –

Irina nimmt die Tasche auf, die sie abgestellt hat, als Ljubow die Treppe heraufkam. Ljubow rutscht von der Fensterbank.

Sag mir, wo ich sein soll. Ich kann um acht da sein. So ist es gut, meine Liebe. Ich denke, es wird dein Schaden nicht sein.

Irina nimmt ein Blatt Papier vom Sessel, geht an die Wohnungstür und befestigt es dort von außen. Sie wartet, bis Ljubow ihr gefolgt ist, und schließt die Tür von außen.

Man wird das Schloß aufbrechen, sobald bekannt wird, daß die Wohnung verlassen worden ist. Für die meisten wertlosen Sachen, die darin zurückgeblieben sind, werden sich Abnehmer finden.

Auf dem Zettel steht: Wir treffen uns um neun in Maschas Bar.

Vielleicht kommen die Mädchen, vielleicht nicht. Irina fürchtet nicht, daß die neue Wohnung leer bleiben wird.

Eine halbe Stunde nach der angegebenen Zeit erscheint Irina in der Bar des Hotels Krasnaja. Sie ist auffällig geschminkt, trägt Schuhe mit sehr hohen Absätzen und eine kleine schwarze Federboa um den Hals, die sie in der neuen Wohnung gefunden hat. Niemand sieht ihr an, daß sie einen schweren Arbeitstag hinter sich hat. Eher hat es den Anschein, als gebe ihr neues Amt ihr eine noch größere Selbstsicherheit. Die abschätzenden Blicke und frechen Reden einiger Männer scheint sie nicht wahrzunehmen. Außer Ljubow, neben deren Stuhl ein blau und rot gestreifter Kunststoffsack steht, sind noch zwei weitere junge Frauen gekommen. Es sind, Irina hat es gehofft, die Zwillinge. Aus ihnen wird sie eine besondere Attraktion machen. Sie geht zu Mascha an die Bar, bestellt Kaffee und Cognac für alle vier und setzt sich zu den Frauen an den Tisch. Niemand kann beim Anblick der aufgetakelten Irina und der drei jungen, einfach gekleideten Frauen den geringsten Zweifel daran haben, welche Art von Geschäftsbeziehungen sie verbindet, jedenfalls nicht die Odessaer Männer, die vergeblich versuchen, mit ihnen Kontakt aufzunehmen. Nicht die Touristen, die sich suchend umsehen, so, als ob jemand auftauchen und ihnen Handzettel mit der Adresse des Bordells geben müßte, für das da vor ihren Augen Reklame gemacht wird.

Irgendwann erscheint auch Sergej. Er geht nur kurz an den Tisch, spricht mit Irina, besieht die Frauen. Er ist einverstanden, will aber zeigen, wer der Herr ist.

Hattest du nicht von vier gesprochen?

Irina ist froh, daß die vierte nicht gekommen ist. Sie hat die Wohnung gesehen und beschlossen, daß die drei und Katja für den Anfang genug sind. Schließlich braucht sie auch für sich ein angemessenes Zimmer. Klein, aber fein, sagt sie, lächelt, und Sergej ist sofort davon überzeugt, daß sie recht hat. Ihm entgeht die Aufmerksamkeit nicht, die seine Frauen auf sich ziehen.

Er bleibt einen Augenblick länger bei Irina stehen, als er vorgehabt hat. Mascha, hinter der Bar, bewahrt mit Mühe ein gleichgültiges Gesicht. Schließlich verläßt Sergej die Bar. Kurz darauf gehen auch die Frauen. Irina und Ljubow suchen ein Taxi. Die Zwillinge gehen nach Hause und packen ihre Sachen. Morgen früh werden sie Irina vor der Oper treffen. Für sie beginnt das neue, wunderbare Leben erst einen Tag später.

Tolgonai kommt gegen Morgen. Mascha hat vor ein paar Minuten den letzten Betrunkenen vor die Tür gesetzt. Der Wachmann hat das Geld aus der Kasse genommen und ist gegangen. Mascha ist müde und unaufmerksam. Sie bemerkt Tolgonai erst, als sie vor ihr steht. Da fällt ihr Sergej ein. Trotz ihrer Müdigkeit spürt sie noch einmal Wut. Es ist ein Echo der Wut, die sie empfunden hat beim Anblick von Sergej und Irina und den anderen drei Frauen.

Ach, Tolgonai, sagt sie, laß uns reden. Ich bin müde, aber laß uns einen Augenblick reden.

An dem Tag, als Kranz zur Aussage vor dem Untersuchungsausschuß geladen ist, erscheint eine Zeitung mit der Überschrift: Ist der Kronzeuge ein Drogendealer?

Kranz erfährt erst kurz vor Beginn der Sitzung, daß außer ihm auch der Polizist Kastner geladen ist. Da versteht er die Zeitungsmeldung besser. Im Fall Kastner wird es darum gehen, ihn wegen verschiedener illegal angewendeter Methoden gegen Schwarzafrikaner zu befragen. Die Presse leistet ihm dadurch Schützenhilfe, daß sie den einzigen Afrikaner, der es gewagt hat, bestimmte Polizeimethoden öffentlich zu machen, des Drogenhandels verdächtigt. Kranz sucht nach Hinweisen darauf, wie man mit ihm selbst umzuspringen gedenkt, findet aber nichts. Er vermutet, man wird ihn nach seiner Aussage schlachten.

Als er das Rathaus betritt, in dem der Untersuchungsausschuß tagt, nimmt niemand von ihm Notiz. Ein paar Reporter stehen herum, eine Fernsehkamera wird aufgebaut, die Ausschußmitglieder essen Kuchen und trinken Kaffee. Als die Sitzung beginnt und er aufgerufen wird, hat noch immer niemand von ihm Notiz genommen. Schon nach den ersten Fragen des Ausschußvorsitzenden weiß er, was gespielt wird. Man hat sich verabredet, seine Aussagen möglichst wenig zu beachten. So hat er Gelegenheit, alles zu sagen, was er sich vorgenommen hat. Er spricht über fremdenfeindliche Gesetze und über fremdenfeindliche Haltungen bei den Polizisten. Er benennt brutale Methoden, von denen er gehört hat. Er spricht darüber, daß amnesty international gegen deutsche Polizisten Beweismaterial zusammengetragen und ein Untersuchungsausschuß der UNO offiziell und vor aller Welt Klage gegen Deutschland und seine Fremdenfeindlichkeit geführt hat. Er spricht von den lächerlichen Versuchen beamteter Polizeipsychologen, noch für jedes unregelmäßige Verhalten eine wohlwollende Erklärung zu finden. Er versucht, eine gewisse Kontinuität des Verhaltens der Polizei in der jüngeren deutschen Geschichte aufzudecken. Er spricht über die Festung Europa und die Konsequenzen, die sich daraus für die Polizei ergeben. Er nennt den Untersuchungsausschuß eine Farce.

Hier wird Demokratie gespielt, nicht praktiziert, sagt er abschließend. Und daß er nicht die Absicht habe, dabei länger mitzuspielen.

Als er geendet hat, ist es einen Augenblick lang still. Es scheint, als hätten sich die Abgeordneten dem niedrigen Raum angepaßt. Schweigend, die Köpfe eingezogen, sitzen sie vor ihren Papieren. Hat jemand eine Frage an den Zeugen?

Der Stimme des Vorsitzenden ist zu entnehmen, daß niemand eine Frage haben wird.

Nicht? Herr Dr. Kranz, wir danken Ihnen für die Mühe, die Sie sich gemacht haben. Damit sind Sie entlassen. Wenn Sie wollen, können Sie selbstverständlich auf den Zuhörerbänken Platz nehmen. Als nächsten Zeugen ...

Kranz verläßt den Raum, bevor der Vorsitzende seinen Satz beendet hat. Vor der Tür bleibt er benommen stehen. Er spürt die Anstrengung, die jetzt langsam nachläßt.

Seien Sie doch mal ehrlich, glauben Sie wirklich an das, was Sie da eben gesagt haben?

Er kennt den eleganten Herrn, der jetzt neben ihm steht und ihn angesprochen hat. Er hat ihn schon gesehen, aber sein Name will ihm nicht einfallen. Kranz hat keine Lust, mit ihm zu sprechen.

Entschuldigen Sie mich, sagt er, dreht sich um und geht zurück in den Verhandlungsraum. Während er hinten auf einer Zuhörerbank Platz nimmt, überlegt er noch immer, woher er den Mann kennt. Dann sieht er vorn im Zeugenstand Kastner und versucht, sich auf dessen Aussage zu konzentrieren. Das Spiel, das da vorn gespielt wird, heißt »Der strenge Volkssouverän untersucht Vorwürfe, die gegen sein ausführendes Organ, die Polizei, erhoben wurden«. Alle Beteiligten haben ihre Rollen gelernt und spielen perfekt. Es gibt bemerkenswerte Auftritte in Rollen, die »Konsequente Verteidigung der Demokratie« oder »Ich bin ein junger Abgeordneter und verschaffe mir auf diese Weise Profil« oder »Wir Frauen haben nun mal mehr Gefühl für Demokratie« heißen könnten. Als Kranz sich auf Kastner eingestellt hat, wird dem gerade vom Vorsitzenden eine freundliche Vorlage zugespielt.

Vorsitzender: Wie, Herr Kastner, würden Sie sich denn nun die sogenannten variantenreichen Mittel vorstellen, die Sie angewendet haben?

Kastner: Also, da gibt es von Fall zu Fall verschiedene

Möglichkeiten. Da gibt es den Dealer, der schon begreift, daß er zu verschwinden hat, wenn er mich sieht. Also, dieser Blickkontakt, dies Nicken »Ich hab dich gesehen«, das ist so eine Variante.

Vorsitzender: Ja, das verstehe ich. Es gibt ja verschiedene Verwaltungsakte. Und Nicken ist auch einer. Aber Sie nehmen ja auch mal jemanden fest. Bei der Ingewahrsamnahme, gab es da Dienstanweisungen, wie Sie vorzugehen hatten?

Kastner: Also, ich persönlich brauche keine Dienstanweisung, um das Recht richtig zu verstehen. Ich lese das Gesetz, bevor ich handele.

Vorsitzender: Und wie lange haben Sie nun in Gewahrsam genommen? Es soll ja länger gewesen sein als die zugelassenen Stunden.

Kastner: Also, diese vier Stunden, sehen Sie, die haben sich mir nie erschlossen. Ich nehme in Gewahrsam, solange die Gefahr dauert. Und nicht, nach vier Stunden klingelt der Wecker, und dann ist die Gefahr beseitigt.

Vorsitzender: Wohl wahr.

Kastner: Wohl wahr.

Vorsitzender: Nach allem, was wir von Ihnen gehört haben, scheinen Sie ja so eine Art Respektsperson im Revier zu sein. Wie, glauben Sie, wird man eigentlich dazu in diesem Milieu?

Kastner: Ich würde sagen: Indem man die Leute fair behandelt.

Vorsitzender: Nun gibt es aber, ich möchte Ihnen

nicht zu nahe treten, aber bestimmte Vorwürfe sind nun mal erhoben worden. Zum Beispiel soll es eine Lichtbildkartei gegeben haben, um bestimmte Personen besser identifizieren zu können.

Kastner: Ich habe die Frage nicht verstanden.

Vorsitzender: Ich meine, es soll eine Lichtbildkartei gegeben haben. Können Sie sich dazu äußern?

Kastner: Sie fragen, ob es eine Lichtbildkartei gegeben hat?

Vorsitzender: Ja.

Kastner: Also, ja, das heißt nein. Ich hatte einige Aktenordner mit Fotos hergestellt und die Fotos mit Nummern versehen. Und dann einen weiteren Ordner, da standen die Nummern, und denen waren die Personalien zugeordnet.

Abgeordneter: War das eine Privataktion oder waren die Unterlagen auch Ihren Kollegen zugänglich?

Kastner: Weder das eine noch das andere.

Abgeordneter: Wie bitte?

Kastner: Also, es war weder aus privatem Interesse, sonst hätte ich das ja bei mir zu Hause angelegt, noch sollte es anderen zugänglich sein, denn ich hab die Ordner getrennt aufbewahrt und weggeschlossen.

Vorsitzender: Ich möchte noch eine andere Sache fragen. Stimmt es, daß Sie Menschen, die Sie in Gewahrsam genommen hatten, nicht in eine Zelle brachten, sondern außerhalb und bei möglichst ungünstiger Nahverkehrszeit und Tageszeit und Beleuchtungssituation abgesetzt haben?

Kastner: Bitte?

Vorsitzender: Bei möglichst ungünstiger Beleuchtungssituation, außerhalb.

Kastner: Nein.

Vorsitzender: Nein?

Kastner: Nein. Die Beleuchtungssituation ist für mich nie von entscheidender Bedeutung gewesen. Kranz hört nicht mehr zu. Er ist sehr müde. Die Stimmen scheinen von sehr weit her zu kommen. Ich sollte aufstehen und gehen.

Eine junge Frau neben Kranz ruft etwas laut in den Raum, steht auf und versucht, sich an seinen Knien vorbei durch die Stuhlreihe zu zwängen. Kranz steht schnell auf. Während die Frau an ihm vorbeigeht, sieht sie ihn an. Was will sie von ihm. Er ist müde. Er arbeitet nicht mehr für die Polizei. Er hat nie gewollt – Kranz sinkt auf seinen Stuhl zurück. Die Luft in dem niedrigen Raum ist so warm. Kastners Stimme von weit her.

Wie sie mich angesehen hat. Dazu hatte sie kein Recht. Was wollte die überhaupt.

Nun schläft Kranz fest. Er wacht auf, als die Zuhörer um ihn herum den Raum verlassen. Auch Kastner verläßt den Raum, von allen Seiten fotografiert und lächelnd. Kranz steht auf und geht. Vor der Tür des Verhandlungsraumes sieht er Kastner, von einer Gruppe von Reportern umringt. Im Vorübergehen hört er ihn Erklärungen abgeben.

Kurden und Afrikaner, ja, nein, der Kurde zieht sich

bei Polizeieinsatz zurück, der Afrikaner tut das nicht. Raten Sie mal, weshalb?

Plötzlich, so, als hätte er im Schlaf Kräfte gesammelt, die er nun unbedingt erproben müsse, spürt Kranz ein großes Bedürfnis, diesem Kastner in die Fresse zu schlagen. Er bleibt stehen und dreht sich zu der lachenden Gruppe um. Das Bedürfnis verschwindet so schnell, wie es gekommen ist. Kastner ist der Held des Tages. Er, Kranz, wird nicht dazu beitragen, ihn noch berühmter zu machen. Solche Leute muß man anders bekämpfen. Kranz geht weiter, aber schon nach wenigen Schritten weiß er, daß seine Entscheidung falsch war. Er geht schneller, wie um dem Ort seiner Niederlage zu entkommen.

Auf dem Rathausmarkt überholt er den Mann, der ihn nach seiner Aussage angesprochen hat. Plötzlich weiß er, um wen es sich handelt. Der Mann ist Bankier. Seine Privatbank ist über eine direkte Alarmanlage mit dem Polizeihochhaus am Berliner Tor verbunden. Sie hatten die privilegierten Benutzer zu einer Besichtigung eingeladen, damals, als die Anlage im 12. Stock fertiggestellt war. Da war er dabei gewesen, ein überaus höflicher Herr im teuren Anzug, der ein paar präzise Fragen gestellt, anstatt Sekt Orangensaft getrunken und sich bald verabschiedet hatte. Damals fand Kranz ihn nicht unangenehm. Er sieht dem Mann nach, der in einen dunklen Mercedes steigt. Das Auto ist von irgendwoher am Rand des Platzes aufgetaucht und rollt langsam davon.

Kranz beschließt, zu Fuß nach Hause zu gehen. Er muß nachdenken. Das kann er am besten beim Laufen. Wie alle Männer, die vorzeitig und überraschend ihre Arbeit verlieren, hat er sich keine Gedanken darüber gemacht, was er tun wird, wenn er nicht mehr jeden Morgen zur Arbeit geht. Er will darüber nachdenken, was er tun soll. Als er zu Hause ankommt, ist ihm klar, daß seine Pension hoch genug ist, um auch in Zukunft ein bequemes Leben führen zu können. Welchen Inhalt dieses Leben haben wird, weiß er nicht.

Am Nachmittag sitzt er am Schreibtisch und ordnet seine Papiere. Dabei findet er Olgas Todesanzeige. Ob Bella inzwischen verständigt worden ist? Kranz sucht und findet die Telefonnummer des Betriebes von Charlotte Mehring. Er ruft dort an, um sich nach ihrem Hotel in Odessa zu erkundigen. Im Büro der Mehring gibt ihm eine freundliche Frau Auskunft. Nein, Frau Mehring habe sich noch nicht gemeldet. Man sei darüber verwundert, aber vielleicht sei es kompliziert, von dort zu telefonieren? Er möge Grüße ausrichten. Im Betrieb sei sie noch ein paar Tage entbehrlich. Kranz ruft das Hotel in Odessa an, jedenfalls versucht er es. Er bekommt keinen Anschluß, die Leitung in die Ukraine ist ständig besetzt. Er wird es am Abend noch einmal versuchen.

Sergej betritt den Laden von Kotow-Moda durch eine Hintertür. Er geht in das Büro, ohne sich anmelden zu lassen. Der junge Mann, der Bella so freundlich eingeladen hat, sich die Arbeit seiner Frauen anzusehen, sitzt hinter dem Schreibtisch. Als er Sergej sieht, öffnet er seine Schreibtischschublade, ohne ihn aus den Augen zu lassen. Sergej bleibt vor dem Schreibtisch stehen.

Das hier sind fünfhundert Dollar, sagt der junge Mann hinter dem Schreibtisch. Er hält einen Umschlag in der Hand und läßt Sergej noch immer nicht aus den Augen.

So war es abgemacht, antwortet Sergej. Er streckt die Hand aus, aber der Umschlag wird ihm nicht entgegengestreckt.

Was ist? Irgendwas nicht in Ordnung? Ich hab dir doch gesagt, die Sache ist erledigt.

Sechshundert, sagt der junge Mann, wenn du herausbringst, was mit dieser Deutschen passiert ist. Oder weißt du nicht, wovon ich spreche? Du läßt nach, mein Lieber. Ohne dich, hast du gesagt, läuft hier gar nichts. Ich hatte einen Anruf aus dem »Londonskaja«. Die Deutsche, die mit uns verhandeln wollte, ist verschwunden. Sieht so aus, als ob sie irgend jemand entführt hat. Die Frau ist wichtig für uns. Wenn es von den Bunkins niemand gewesen sein kann – hier lächelt der junge Mann zum erstenmal –, wer war es dann? Wer hat ein Interesse daran, unsere Geschäfte zu stören? Hör dich um. Am besten, du schaffst die Deutsche wieder her. Es war eine zweite Person bei ihr, eine

Frau. Sie wohnt auch im »Londonskaja«. Behalt sie im Auge, vielleicht weiß die mehr als wir.

Ich brauch das Geld jetzt, sagt Sergej. Er denkt an Irina, an die Besorgungen, die sie ihm aufgetragen hat. Auf keinen Fall will er vor Irina dastehen, als sei er nicht in der Lage, das Geschäft richtig auszustaffieren.

Meinetwegen, die Hälfte. Die andere Hälfte, wenn du weißt, was passiert ist. Und beeil dich. Unsere Freunde haben kein Interesse daran, daß die Miliz sich der Sache annimmt.

Morgen abend, sagt Sergej.

Er zählt die Scheine gründlich und steckt sie zusammengefaltet in die Innentasche seines Jacketts. Er ist enttäuscht, läßt sich die Enttäuschung aber nicht anmerken. Noch ist er auf Leute wie diesen Kotow und seine Aufträge angewiesen. Wird er sich eben umhören. Aber vorher wird er in der Wohnung nach dem Rechten sehen. Ob Irina verstanden hat, was er will?

Er ist beunruhigt, seit ihm in der Bunkin-Sache irgend jemand zuvorgekommen ist. Ihm ist, als sei seine Autorität in Frage gestellt. Natürlich weiß er, daß es außer ihm noch andere Männer gibt, die ihr Geld auf ähnliche Weise verdienen. Aber bisher ist ihm niemand in die Quere gekommen. Jeder melkt seine eigenen Kühe. So ist es jedenfalls bis gestern gewesen. Es wäre gut, wenn es so bliebe. Seine Stimmung wird erst wieder besser, als er an den neuen Geschäftszweig denkt, der ihm die Möglichkeit geben wird, sich zurückzuziehen, wenn das Gelände zu unübersichtlich wird.

Geradezu in Hochform kommt er, als ihm einfällt, daß er diese Irina ja auch jederzeit rauswerfen kann, wenn sie nicht spurt. In dem Laden, der entsteht, wird er der Chef sein und sonst niemand.

Als Sergej in der Wohnung ankommt, stellt er fest, daß seine Bedenken unbegründet waren. Es kann nur Irinas Idee gewesen sein, daß die Frauen ihn so unterwürfig begrüßen. Auch die Kleidungsstücke, die sie tragen, eher noch die, die sie nicht tragen, entsprechen durchaus seinen Vorstellungen. Irina stellt ihm die Frauen vor, erläutert ihre besonderen Fähigkeiten, läßt ihm die Wahl. Obwohl er zufrieden ist mit der Auswahl, die sie getroffen hat, auch damit, wie anstellig alle zu sein scheinen, läßt er sich nur von Katja bedienen. Diese Katja hat einen besonderen Ausdruck von Angst und Unterwürfigkeit im Gesicht.

Natürlich vergißt sie, ihm den Vortritt zu lassen. Als sie ihm den Gürtel löst, weiß sie schon, was ihr bevorsteht. Er muß sie schlagen. Erst später hat er Muße festzustellen, daß Irina in dem Zimmer einige Veränderungen vorgenommen hat, die ihm gut gefallen. Da liegt er zufrieden auf dem Bett. Neben ihm liegt die wimmernde Katja. Er dreht sich auf die Seite und betrachtet sie gelassen und sorgfältig. Sie ist groß, so groß wie er. Ihr Körper ist dünn und weiß. Auf den Oberschenkeln hat sie jetzt ein paar rote Striemen. Die werden schnell verschwinden. Schöne große Brüste hat sie und schöne Haare. Die Haare sind nicht gewaschen. Das wird sie lernen. Da kann er nachhelfen. Wenn sie anfängt, sich zu schminken, wird er sie schlagen. So wird sie lernen, wie er sie haben will.

Genug jetzt, sagt er leise.

Er kann sehen, wie sie sich anstrengt, das Schluchzen zu unterdrücken. Sie braucht nicht sehr lange. Sieh mich an.

Er sieht, wie sie mit der rechten Hand die Haare aus dem Gesicht nimmt, das Kinn hebt, die Augen öffnet, ihn ansieht. Ihr Gesicht ist schmal. Die Augen darin sind riesengroß, obwohl die Ränder vom Heulen rot und geschwollen sind. Sergej bewegt sich nicht. Er sieht Katja an. Er sieht ihre Angst, die langsam verschwindet und etwas anderem Platz macht, etwas, das ihm jetzt in seiner entspannten Stimmung sehr gut gefällt. Sergej sieht in Katjas Augen grenzenlose Hingabe. Er sieht, daß sie ihm gehört. Das ist sein Eigentum. Er kann es benutzen, wie und wann er will. Etwas wie Stolz und Rührung fühlt er plötzlich. Ein ungewohntes Gefühl, das ihn unsicher macht.

Nimm dir die Decke, sagt er.

Er sieht Katja zu, wie sie sich aufsetzt, sich vorbeugt, die am Fußende zusammengedrückte Decke in die Hände nimmt und sich, auf dem Rücken liegend, die Decke über den Körper zieht. Er wird Irina Geld geben, damit sie andere Decken besorgen kann. Er will dünne Decken, die sich dem Körper anpassen, die aber trotzdem warm sind. Er wird Irina auch Geld geben, damit sie Katja hin und wieder die Tabletten geben kann, die sie braucht. Wenn sie sich gut anstellt, kann Katja von ihm haben, was nötig ist. Nicht mehr. Aber was nötig ist, soll sie haben.

Sergej wendet Katja den Rücken zu. Er will ein wenig schlafen. Die Informationen für Kotow wird er nachts besorgen. Die Leute, die er fragen muß, schlafen jetzt.

Bella ist sicher, daß der Hoteldirektor nichts über den Aufenthaltsort der Mehring in Erfahrung gebracht hat. Sie fragt ihn trotzdem. Sie möchte sehen, wie er sich herausredet. Auch aus Ausreden lassen sich Schlußfolgerungen ziehen.

Als sie sein Zimmer betritt, kommt er hinter dem Schreibtisch hervor, um sie zu begrüßen. Einen Augenblick lang hat sie einen sonderbaren Geruch in der Nase. Als er sich wieder hinter seinem Schreibtisch verschanzt hat und sie ihn genauer betrachtet, wird ihr klar, was sie gerochen hat. Angst stinkt. Niederlagen stinken. Der Mann, der ihr hinter dem Schreibtisch gegenübersitzt, stinkt nach Angst, nach Niederlage, nach Depression.

Ich muß Sie bitten, nicht ungeduldig zu sein, sagt er. Die Sache ist für unser Hotel mindestens genauso unangenehm wie für Sie. Deshalb können Sie versichert sein, daß wir alles tun –

Ich wüßte gern, was Sie inzwischen getan haben.

Also, ja, wenn Sie fragen, ob die Polizei schon eingeschaltet ist –

Das wäre zum Beispiel etwas, was ich gern wüßte. Ja, also, die Polizei hat, ich meine, es gibt dort –

Die Polizei weiß noch immer nicht, was hier geschehen ist, und Sie haben nichts unternommen, um den Aufenthaltsort von Frau Mehring festzustellen, richtig?

Aber nein, das ist völlig falsch.

Der Direktor tut, als sei er ehrlich gekränkt, daß Bella ihm eine derartige Nachlässigkeit zutraut. Vermutlich hat er irgendwelche Dunkelmänner in Bewegung gesetzt, denen er Zeit lassen muß. Vielleicht zahlt er nicht genug. Allerdings steht der Ruf seines Hotels auf dem Spiel. Sein Zustand könnte darauf hindeuten, daß er direkt Kontakt mit den Entführern aufgenommen hat. Vielleicht setzen die ihn unter Druck.

Sie sind wohl nicht in der Lage, mir zu sagen, wer für Sie die Nachforschungen übernommen hat? Vielleicht nützt es, wenn ich mich selbst einschalte? Man kann die Sache eventuell beschleunigen.

Bella merkt an dem Gesichtsausdruck des Mannes hinter dem Schreibtisch, daß er mit »beschleunigen« eine ganz bestimmte Vorstellung verbindet. Aber sie wird ihm kein Geld geben. Er würde es in seine eigene Tasche stecken.

Ich kann versuchen –

Lassen Sie nur, sagt Bella, ich bin sicher, Sie haben bisher das Richtige getan. Ich werde ein paar Tage bei Freunden bleiben. Mein Zimmer behalte ich selbstverständlich. Vielleicht komme ich vorbei, oder ich rufe Sie an, ob es etwas Neues gibt.

Wäre es nicht besser, Sie ließen Ihre Adresse hier? Ich könnte Sie sofort benachrichtigen, wenn wir Frau Mehring gefunden haben.

Ja, sagt Bella, das ist eine gute Idee. Ich rufe Sie an und sage Ihnen die Adresse. Jetzt habe ich sie leider nicht im Kopf.

Sie steht auf. Der Direktor kommt hinter dem Schreibtisch hervor und begleitet sie zur Tür. Er ist kleiner als Bella. Wenn sie auf ihn hinuntersieht, kann sie deutlich die winzigen Schweißperlen sehen, die sein Gesicht überzogen haben. Die Hand, die er ihr gibt, ist weich und kalt. Einen Augenblick lang überlegt sie, ob sie zurückgehen und ihn am Telefon überraschen soll. Er wird zum Telefon stürzen, sobald sie sein Zimmer verlassen hat. Sie würde gern wissen, mit wem er dann spricht. Wenn es im Vorzimmer des Direktors eine Sekretärin gäbe – Aber es gibt niemanden, den sie bestechen kann. Das Vorzimmer ist leer. Die Korridore sind leer, bis auf ein Zimmermädchen, das ein Frühstückstablett vor sich her trägt. Bella ist sicher, daß die meisten Zimmer nicht bewohnt sind. Wenn der Direktor keine Angst vor Erpressern oder Entführern hat, so sollte er zumindest Angst davor haben, daß sein Luxushotel sich so nicht mehr lange halten kann. Es sei denn, Gelder anrüchiger Herkunft tragen zu seinem Überleben bei. Russische Gelder aus Mafia-Geschäften, zum Beispiel. Wem gehört eigentlich das Hotel? Vergiß es, Bella. Man hat Strohmänner für solche Dinge. Wie in Kaliningrad, zum Beispiel. Da sind auch die Deutschen gut im Geschäft. Kann doch sein, irgend jemand entwickelt auch Interesse an Odessa und seinen Luxushotels. Die Rumänen, die während des letzten Krieges hier waren, sicher nicht.

Spekulationen, Bella, die keinen Sinn haben.

Sie steht am Fenster und wartet auf Viktor.

Es fällt ihr schwer, ihren Gedanken eine andere Richtung zu geben. Wenn sie mit Olga darüber sprechen würde – Aber Olga würde ihr recht geben, auch wenn sie nur wenige Hinweise hätte. Olga ist so fest davon überzeugt, daß die Deutschen auf dem besten Weg sind, ihre Untaten zu wiederholen, daß sie für nüchterne Überlegungen nicht die geeignete Partnerin wäre.

Ich könnte sie trotzdem anrufen. Sie würde sich freuen, mich zu hören.

Bella sucht auf dem Blatt neben dem Telefon die Vorwahlnummer, wählt und wartet. Die Verbindung funktioniert sofort. Sie läßt das Telefon lange klingeln, aber es hebt niemand ab. Sie legt auf und nimmt sich vor, Olga von unterwegs anzurufen. Als sie wieder ans Fenster geht, sieht sie Viktor. Er ist damit beschäftigt, ein Ding, das vier Räder hat, aber nur noch mit viel gutem Willen als Auto bezeichnet werden kann, gegenüber vom Hotel zu parken. Sie nimmt ihre Tasche auf und verläßt das Zimmer.

Im Auto liegt Viktors Reisetasche neben zwei Benzinkanistern. Ein leichter Benzingeruch läßt darauf schließen, daß sie vor kurzem gefüllt worden sind.

Ist das nicht gefährlich? fragt Bella.

Nicht gefährlicher, als unterwegs irgendwo ohne Benzin liegenzubleiben. Tankstellen sind Mangelware.

Viktor konzentriert sich auf die Straße, auf rücksichtslose Autofahrer, Schlaglöcher und alte Leute, die sich noch nicht an den starken Verkehr gewöhnt haben. Erst in Arkadien wird es ruhiger auf den Straßen.

Das hier ist nicht unsere Richtung, aber das Krankenhaus liegt hier, sagt er.

Bella antwortet nicht. Sie versucht, unter den Villen und Parkgrundstücken das Haus wiederzufinden, in dem sie Tolgonai getroffen hat. Ein paarmal glaubt sie, es zu erkennen, bis sie eine nächste Villa sieht, einen anderen Park, die ihr die richtigen zu sein scheinen. Es gibt zu viele davon. In drei Tagen wird sie Tolgonai treffen. Unwahrscheinlich, daß sie die Mehring bis dahin in der Stadt gefunden hat. Bella ist davon überzeugt, daß sie sich in einem der Dörfer aufhält, die auf der Liste stehen. Sie wird Viktor unterwegs von Tolgonai erzählen. Sie versucht, sich vorzustellen, wie die Straße ausgesehen hat, als sie von den Nazis mit Galgen vollgestellt worden war. »In Arkadien hängen nun die richtigen Früchte von den Bäumen. Die Straße zum Meer steht voller Galgen.« Es gelingt ihr nicht. Die Straße ist vierspurig, mit einer Trasse für die Straßenbahn. Hin und wieder kommt ihnen eines dieser Vehikel entgegen, nicht voll, denn hier draußen wohnen nicht sehr viele Menschen, und die Sanatorien sind leer. Die Menschen an den Haltestellen haben ernste Gesichter.

»Die Menschen sind trübe. Sie lachen nicht mehr.«
Weshalb arbeitet Ihre Mutter noch, Viktor?

Mutter? Sie wird immer arbeiten. Ich kann mir nicht vorstellen, daß sie zu Hause sitzt. Sie hat Glück. Sie wird gebraucht. Sie müßte hungern, wenn sie nicht mehr arbeiten könnte. Da ist es, wir sind da. Wollen Sie mitkommen?

Natürlich.

Sie finden Viktors Mutter im Keller des Krankenhauses. Sie spricht mit ein paar älteren Frauen, die gebrauchtes Verbandsmaterial sortieren.

Da sehen Sie, was wir tun, sagt sie zur Begrüßung. Ich nehme an, das wirft man bei Ihnen weg. Was tun Sie hier? Wollen Sie mich besuchen? Kommen Sie, wir gehen in mein Zimmer.

Das Zimmer ist ein kleiner Verschlag mit einem winzigen Sofa und Teegeschirr in einer Ecke auf einem Hocker.

Geh, hol einen Stuhl von nebenan, sagt sie, Maria hat Dienst, sie braucht ihn nicht.

Dann sitzen sie sich gegenüber, Bella starrt auf die grünliche Wand, während Viktor seiner Mutter erklärt, was sie vorhaben.

Sie wissen, was es mit diesen Orten auf sich hat?

Ja, sagt Bella, ich weiß.

Sie werden die Orte nicht mehr finden, jedenfalls die mit den deutschen Namen nicht. Sie werden überhaupt nichts mehr finden. Niemand wird sich erinnern. Die Toten werden nicht sprechen. Auf den Gruben wachsen Birken. Ich sage Ihnen, Sie werden Menschen finden, die gut von den Deutschen sprechen und schlecht von den Russen. Wenn sie sich erinnern, dann werden sie sich an andere Dinge erinnern. Nicht an die, von denen Sie hören möchten.

Ich will diese Frau finden, antwortet Bella. Ich bin sicher, daß sie auf der Suche ist nach Spuren, die ihr Großvater hinterlassen hat.

Sie werden die Frau nicht finden. Sie werden keine Spuren finden. Dieses Land ist ohne Geschichte. So, wie Ihr Land ohne Geschichte ist. Geschichte gibt es nur, wenn die Menschen sie wollen. Wer will schon die Toten.

Viktor und Bella sehen sich an.

Ja, sagt Bella, wahrscheinlich haben Sie recht. Aber gerade deshalb muß ich dorthin fahren. So, wie ihr Sohn nach Sibirien gehen wird, wenn wir das hier hinter uns gebracht haben.

Ach, das hat er Ihnen erzählt. Er hat Ihnen erzählt, daß er seine alte Mutter allein lassen will.

Bella sieht sie an. Sie sieht nicht traurig aus. Eher ist ein wenig Stolz in ihrem Gesicht zu sehen, als sie aufsteht, um sich von den beiden zu verabschieden.

Im Auto schweigt Bella. Zuerst denkt sie darüber nach, weshalb es ihr so scheint, als hätten Viktors Mutter und Olga eine Menge Gemeinsamkeiten. Dann wird ihre Aufmerksamkeit durch das Stadtviertel abgelenkt, das sie durchqueren. Ihre Zeit am Hoffnungsberg fällt ihr ein. Gegen das Viertel, das sie nun sieht, ist der Hoffnungsberg eine Luxusgegend. Die Hochhäuser verlieren den Putz, Müllberge liegen neben den Haustüren, neben der Straße, auf den unebenen, versinkenden Bürgersteigen. Es gibt keinen Baum, keinen Strauch, keine Bank. Die Verkaufsstellen für Lebensmittel sind nur an den davor herumliegenden Kartons, an dem sich höher häufenden Müll zu erkennen. Überall liegen Autowracks herum. In den Haustüren, zerbrochen, verschmiert, funktionsunfähig, stehen Gruppen von Jugendlichen, mustern die Vorübergehenden mit aggressiven Blicken. Die bettelnden Punker von einigen Hamburger Bahnhöfen würden sich neben ihnen wie müde, traurige Clowns ausmachen.

Sie haben keine Chance, sagt Viktor. Viele von ihnen haben Waffen, weiß der Himmel, wer ihnen das Zeug gibt. Ich würde keinem Freund raten, allein hier herumzuwandern. Gestern las ich, daß die Stadtverwaltung plant, im Winter sechzehn Stunden am Tag den Strom abzustellen. Das hier ist bei Licht schon schlimm genug. Im Dunkeln wird es unerträglich werden.

Sie wehren sich auf ihre Weise, antwortet Bella.

Viktor sieht kurz zu ihr hinüber, sagt nichts.

Es ist einfach gewesen, Bunkin zu töten. Er hatte eine Verabredung auf dem Schiff. Sie hat sich das Schiff vorher angesehen und dazu die Waffe gewählt. Wenn man töten will und nicht entdeckt werden, muß man den

Ort kennen, besser noch, man muß den Ort bestimmen. Dann kann man die Waffe wählen und das Risiko, entdeckt zu werden, so weit wie möglich ausschalten. Sie hätte nicht auf das Schiff gehen können, ohne gesehen zu werden. Das Risiko wäre zu groß gewesen. Den Pfeil von einem der anderen Schiffe abzuschießen, war ein Kinderspiel. Daß Bunkin das Fenster an der Rückseite geöffnet hatte, war ihre Chance gewesen. So wird es bei Sergej nicht sein. Er ist nicht allein. Da ist auch Irina. Und man kann nicht wissen, wie sich die anderen verhalten werden. Frauen haben merkwürdige Verhaltensweisen. Sie werden geschlagen und lieben die Schläger. Sie werden getreten und treten nicht zurück. Die Frauen, die bei Bunkin gearbeitet haben, hätten ihn noch lange ertragen, wenn da nicht die beiden Mutigen gewesen wären, von denen sie erfahren hat, wie er mit den Näherinnen umging. Bunkin ist tot. Er wird niemanden mehr quälen. Sergej und Irina leben.

Was ist da vorn? Tolgonai, die langsam durch die dunklen Straßen gefahren ist, drosselt den Motor der Maschine. Wunderbar leise und doch kraftvoll rollt sie dahin. Sie haben nicht auf der Straße vor der Villa geparkt. Eng an die Mauer gedrückt, stehen da drei Autos. Sie kann jetzt nicht anhalten. Sie wird langsam auf der Straße an den Autos vorbeifahren und versuchen zu erkennen, wer darin sitzt. Nur das erste Auto ist besetzt. Auf dem Platz des Beifahrers sitzt ein Mann, der Kopfhörer auf den Ohren hat. Er sieht nicht zu ihr herüber.

Sie werden nichts finden außer einer Matratze, ein paar Decken und auf dem Fußboden die ausgespuckten Schalen der Sonnenblumenkerne. Sie sind dumm und langsam. Wenn die Sache mit Sergej und Irina erledigt ist, wird sie das Land verlassen. Die Frau aus Deutschland wird ihr dabei behilflich sein. Deshalb muß sie zuerst die andere finden, die, die aus dem Hotel verschwunden ist. Weshalb wird jemand entführt? Niemand hat bisher von irgendwelchen Lösegeldforderungen gehört. Weder die Deutsche noch die Leute im Hotel haben davon gesprochen. Nicht wegen Geld, sondern aus einem anderen Grund ist sie entführt worden. Irgend jemand sollte damit getroffen, unter Druck gesetzt werden. Was wollte die Frau in Odessa? Geschäfte machen. Welche Geschäfte. Mode. Bunkin. Kotow. Bunkin ist tot.

Sie muß Kotow fragen. Jetzt, sofort. Sie weiß, wo dieser Kotow seine Wohnung hat. Seit ein paar Monaten lebt er in einem neuen Haus an der Steilküste. Das Haus ist groß und protzig, durch einen elektrisch geladenen Zaun gesichert. Wen fürchtet er, dieser Kotow? Die jämmerlichen Gestalten aus dem Sanatorium, das in der Nähe liegt? Er hat sein weißes Luxushaus in die Nähe eines der wenigen Sanatorien gesetzt, die noch in Betrieb sind. Der Kontrast zwischen dem heruntergekommenen, achtstöckigen Gebäude und Kotows Villa ist groß. Der Blick von der Villa auf das Meer ist so wunderbar, daß wohl nur diese Stelle für ihren Bau in Frage kam. Den Kranken wendet das Haus den Rücken zu. Manchmal liegen in dem elektrisch geschützten Garten ein paar Dämchen auf dem Rasen, schlanke, wunderschöne Mädchen in winzigen Badeanzügen. Junge Männer mit kurzen Haaren und in weißen langen Hosen sitzen auf bequemen, geflochtenen Sesseln und sehen ihnen beim Sonnen zu. Die dicken kranken Frauen, die quengeligen, blassen Kinder, die Männer in Trainingsanzügen, die am Zaun vorübergehen, beschleunigen ihren Schritt. Sie tun so, als sähen sie die bunte Szene dahinter nicht. Scham läßt sie schneller gehen.

Tolgonai hält das Motorrad neben dem Sanatorium an. Nur in den oberen Stockwerken sind ein paar Fenster erleuchtet. Über dem Eingang brennt eine dunkle Lampe. Der Raum hinter dem Eingang ist finster und leer. Ein Vorhang, aus der Befestigung gerissen, hängt schief vor den großen Glasscheiben. Drüben, im Haus am Meer, sind an allen vier Ecken des Gartens Scheinwerfer installiert. Sie leuchten das Grundstück aus. Der Garten ist neu angelegt. Bäume und Sträucher sind zu klein, um sich in ihrem Schatten zu verbergen. Gibt es Hunde? Tolgonai steigt ab und geht vorsichtig, im Schutz zerrupfter Oleanderbüsche, näher an den Zaun heran. Auf den Stein, über den taghellen Rasen bis nah an die Hauswand geschleudert, stürzen sich Schäferhunde, zwei bösartig kläffende Köter. Schade. Sie hätte gern gleich mit Kotow gesprochen. Tolgonai geht zurück und fährt davon. Sie wird wiederkommen.

Sie will Kotow nicht in seinem Laden aufsuchen. Sie kennt die Männer mit den Maschinenpistolen davor. Milizionäre sind sie, abgestellt, einen der neuen Reichen zu bewachen. Ihnen zeigt sie sich nicht.

Die Hunde sind kein Problem. Sie sind so unerzogen wie ihr Herr. Sie wissen noch nicht, daß Fleisch, das über den Zaun kommt, Tod bedeutet. So, wie ihr Herr noch nicht weiß, daß Reichtum, der zu sichtbar ist, Begierden weckt, die den Tod bedeuten können. Er wird es nicht lernen, auch nicht von Tolgonai, er nicht, aber seine Kinder oder deren Kinder. Irgendwann werden sie anfangen, ihren Reichtum zu verstecken. Erst dann sind sie wirklich mächtig.

Auch der elektrische Zaun ist kein Problem. Sie weiß, was der Kasten bedeutet, der neben der Hauswand steht, halbverdeckt von Büschen, die im Frühjahr angepflanzt worden sind. Die Griffe des Seitenschneiders sind lang und gut isoliert. Der Helm und der lederne Anzug werden sie schützen. Einen Augenblick lang steht sie im Funkenregen. Sie meint, das verbrannte Leder des Anzugs zu riechen. Als die Lampen ausgehen, ist es plötzlich so dunkel, als sei ihr der Helm über die Augen gerutscht. Sie nimmt ihn ab, wartet, gewöhnt sich an die Dunkelheit. Sogar die Kadaver der Hunde kann sie erkennen, flach am Boden, verrenkt. Die Haustür ist verschlossen, eine Tür ohne Fenster. Vor der Garage steht ein Mercedes-Sportwagen, weiß, mit schwarzem Verdeck. Das Gartentor läßt sich anheben. Warten, bis die Augen sich an die Dunkelheit gewöhnt haben. Im Hintergrund wird eine Tür sein, die in das Haus führt. Die Tür ist da. Sie ist offen. Ein Gang, eine Tür, ein Schwimmbad. Jetzt nehmen die Augen schon wieder Umrisse wahr. Vor den Fenstern des Schwimmbads liegt die Terrasse. Schattenhaft sieht Tolgonai Liegestühle, zusammengefaltete Sonnenschirme. Sie kann ihn im Schwimmbad fragen, wenn er nicht antworten will. Die Leute in solchen Häusern schlafen oben. Es ist leicht, ihn zu finden. Es gibt mehrere Schlafzimmer, aber sie hat Glück. Kotow liegt hinter der ersten Tür, die sie öffnet. Er liegt auf dem Rücken. Allein. Sein Mund ist leicht geöffnet. Er atmet leise und regelmäßig. Auf einem Sessel liegen die Sachen, die er ausgezogen hat. Die Socken sind sorgfältig über die Schuhe gelegt. Er wacht auf, als Tolgonai ihm einen Socken in den Mund stopft. Da sitzt sie auf ihm, hält die Arme fest.

Du wirst mir sagen, wo die Deutsche ist, die nach Odessa kam, um Geschäfte zu machen.

Kotow versucht, sich zu befreien. Er wälzt sich hin und her, schlägt mit den Beinen, bis er keine Luft mehr bekommt.

Wirst du reden? Wirst du ruhig sein und reden?

Kotow schüttelt den Kopf und beginnt wieder zu zappeln. Sein Atem geht keuchend. Schließlich bleibt er erschöpft liegen.

Wirst du reden? Wenn du nicht redest, gehen wir nach unten. Ich halte dich unter Wasser fest, bis du es dir überlegt hast. Du wirst reden, ich weiß es.

Schließlich gibt er nach, nicht nur erschöpft, er hofft, das Ding im Mund loszuwerden. Als Tolgonai den Socken entfernt, macht er keinen Versuch mehr, sich zu wehren oder zu schreien. Er hat Mühe zu sprechen.

Ich weiß es nicht, sagt er. Wir waren verabredet. Sie ist nicht gekommen.

Du lügst. Sie stopft ihm den Socken wieder in den Mund, reißt ihn hoch, zwingt ihn aufzustehen. Barfuß tappt Kotow vor ihr her, die Treppe hinunter, ins Schwimmbad. Sie zwingt ihn, Stufen hinunterzugehen, geht neben ihm, drückt ihn unter Wasser. Schließlich schleppt sie ihn an den Beckenrand, läßt ihn einen Augenblick in Ruhe. Kotow spuckt Wasser, ringt nach Luft. Seine Augen haben einen entsetzten Ausdruck. Er hat den Tod gesehen.

Rede.

Wir waren mit ihr verabredet. Bunkin war als erster mit ihr verabredet. Frag Bunkin. Zu uns ist sie nie gekommen.

Seine Worte kommen abgerissen, mit großen Pausen, verzweifelt. Er hat Angst. Er sagt die Wahrheit. Jetzt liegt er erschöpft auf den Fliesen. Tolgonai läßt ihn liegen und geht. In der Garage steht ein anderer Mercedes, ein schwerer, schwarzer, der den schwarzen Wagen gleicht, in denen die Macht früher gefahren ist. Der Sportwagen vor dem Garagentor würde ihr besser gefallen. Über dem Meer zeigt sich ein schmaler, türkisgrüner Streifen. Der Seitenschneider liegt neben der Lücke im Zaun. Tolgonai nimmt ihn auf, nimmt den

Helm ab, trägt beides zum Motorrad neben dem Sanatorium. Durch die Glasfront am Eingang sieht sie eine Frau, die eine Kittelschürze trägt und einen Servierwagen vor sich her schiebt. Auf dem Wagen stehen weiße Kannen, daneben Becher und Teller. Als sie den Motor anwirft, bleibt die Frau stehen und sieht sich erschrocken um. Das türkisfarbene Licht ist schon so hell, daß Tolgonai die Augen der Frau sehen kann, kleine, müde Augen in einem müden Gesicht.

Bunkin ist tot. Sie kann ihn nicht nach der Deutschen fragen. Er war auf dem Schiff. Das Schiff hat viele Kabinen, aber niemand kommt, um dort zu wohnen. Das Schiff ist leer. Es ist leicht, aus einer Kabine ein Gefängnis zu machen. Man fesselt die Gefangene und läßt sie dort liegen, bis –

Das Motorrad rast am Meer entlang. Der türkisfarbene Streifen ist jetzt verwandelt in den Fuß eines rosa Fächers. Der rosa Fächer ist über dem Himmel, auf dem Wasser. Die Stadt schläft noch. Tolgonai ist sehr wach. Sie hat keine Zeit für die Schönheit von rosafarbenem Wasser.

Sergej ist begeistert. Noch vor ein paar Minuten, als er den Innenhof betrat, an den Autowracks vorüber zur Treppe ging, beinahe wegen einer zerbrochenen Stufe gefallen wäre, hat er Zweifel gehabt. Eigentlich müßte ich mich darum kümmern, diese Frau aufzutreiben. Kotow wartet darauf. Aber Irina hat ihn gedrängt, das Bordell so bald wie möglich zu eröffnen. Sie hat sich umgehört, von den Plänen anderer gesprochen, die ähnliche Absichten hätten, das gleiche Geschäft wittern.

Man muß zuerst da sein. Man muß sofort im Gespräch sein. Laß mich machen, Sergej.

Er hat sie machen lassen, hat ihr noch einmal Geld gegeben, auch Katjas Brüder bezahlt, die Irina beim Einrichten geholfen haben. Er ist erst gekommen, als Irina ihn anrief, um ihm zu sagen, daß alles fertig sei. Sie habe auch Reklame gemacht.

Reklame muß man machen. Das gehört zum Geschäft. Alle, die ein Geschäft aufmachen, verteilen Reklamezettel. Im Fernsehen werben sie sogar. Da werden sie uns natürlich nicht werben lassen. Ist auch nicht nötig. Würden wir die Arbeit gar nicht schaffen. Irina hat am Telefon gelacht, während er noch dachte: Sie nimmt den Mund zu voll.

Und nun das hier. Sergej sitzt in dem Vorraum, aus dem alle Möbel verschwunden sind. Nur an den Wänden stehen Sofas. Das Fenster zum Gang ist von einem roten Vorhang verdeckt. Zwischen den Sofas stehen Tischchen mit kleinen Lampen, Schalen mit Salzgebäck und Aschenbechern. Die Lampenschirme sind mit Tüchern verhängt. Das Licht schimmert rosig. Sie hat sein Geld gut angelegt, diese Irina.

Als die Tür aufgeht und Irina den Raum betritt, sieht er sie staunend an. Die blonden Haare liegen locker und strahlend auf ihren Schultern. In dem knallroten, engen Pullover hängen ihre Brüste, als wollten sie aus dem Ausschnitt fallen. Hintern, Schenkel, Beine stecken in hautengem, glänzendem Schwarz. Sie trägt knallrote Stiefel mit hohen spitzen Absätzen. Um die Mitte, ohne Rücksicht auf die oben und unten herausquellenden Fettrollen, hat sie einen breiten, schwarzglänzenden Gürtel geschnallt. Ohne etwas zu sagen, stolziert sie ein paarmal vor Sergej auf und ab. Lachend, sich an seinem Gesicht freuend, klatscht sie in die Hände. Sergej kommt aus dem Staunen nicht heraus. Seine vier Frauen hat sie vollkommen verwandelt.

Für den Anfang, sagt Irina neben ihm, habe ich nur Weiß genommen. Ich weiß, was die Kunden mögen. Unschuldige, kleine Bräute. Wir werden wechseln, aber für den Anfang ist Weiß das Richtige.

Sergej ist sofort überzeugt.

Ljubow, im weißen Badeanzug, weiß geblümte Strümpfe an den Beinen und Schuhe mit Tigerfellmuster an den Füßen, kommt als erste herein. Sie tänzelt vor Sergej hin und her, setzt sich dann in einer Haltung, die Sittsamkeit andeutet, auf ein Sofa. Ihre dicken Schenkel wirken wie rosige Schinken unter den durchsichtigen Strümpfen. Die Zwillinge hat Irina in eine zweite Haut gesteckt, die weiß und glänzend anliegt. Der große Ausschnitt entblößt beinahe ihre Brüste. Zwischen den Beinen und unterhalb des Ausschnitts schimmern dunkles Haar, dunkle Brustwarzen durch den dünnen Stoff. Sie tragen Stiefel aus

Lackleder mit hohen Absätzen, deren Stulpen unter den Knien enden.

Und dann kommt Katja. Irina betrachtet aufmerksam Sergejs Gesicht. Sie weiß, daß sie schon gewonnen hat. Aber erst, wenn sie seine ganz persönlichen Wünsche bedienen kann, wird sie ihn so leiten können, wie sie es sich vorstellt. Deshalb hat sie versucht zu erraten, wie Katja Sergej am besten gefallen könnte. Und nun, als das Mädchen zur Tür hereinkommt, langsam, mit hängenden Schultern und dünnen, bloßen Armen, ungeschminkt, aber mit knallrotem, großem Mund, weiß sie, daß sie gewonnen hat. Sie hat Katja in ein weißes Korsett gesteckt, das die Brüste freiläßt. Im Rücken, in der Taille ist ein weißer Schleier befestigt, der den Hintern und die Oberschenkel umhüllt und bis zum Boden reicht. Auf dem Kopf sitzt ein weißer, bis auf die Schultern fallender Schleier. Katja trägt Brautschuhe, weit ausgeschnitten, aus glänzendem Stoff und mit sehr hohen Absätzen.

Sag ihr, sie soll kommen.

Sergejs Stimme ist rauh. Er spürt es, räuspert sich, wird laut.

Nein, laß. Verschwinde. Du wirst hier nicht rumsitzen. Was ist eigentlich los? Weshalb kommen keine Kunden? Wo ist der Wodka? Und Eis? Ist denn kein Eis da?

Irina schickt Katja mit einer Kopfbewegung hinaus. Komm an die Bar, Sergej, sagt sie, und zu den Frauen: Steht auf, wartet drüben.

Er folgt ihr nach vorn, dorthin, wo früher die Küche gewesen ist. Der Raum ist kleiner geworden. Irinas Zimmer wurde davon abgeteilt. Ein schmaler Tisch, den Katjas Brüder auf ein Podest gestellt und mit Stoff umhüllt haben, ist die Bar. Gläser stehen da, ein Gefäß mit Strohhalmen, einfache Leuchter. Hinter dem Tisch protzt ein riesengroßer Kühlschrank. Irina öffnet die Tür lange genug, so daß Sergej zufrieden seufzt.

Wir haben zehn Uhr abends gesagt, du erinnerst dich. Es ist gleich soweit. Was willst du trinken, Sergej? Champagner?

Sergej trinkt Champagner, obwohl er ihn nicht mag. Kotows Auftrag wird er später erledigen.

Es ist zu früh für einen Besuch auf dem Hotelschiff. Die Taras Shevtschenko liegt gleich einem stillen Felsen in der Morgendämmerung auf dem Wasser. Ein Steg liegt zwischen Kaimauer und Schiff. Aber die Tür, die in das Innere des Schiffes führt, ist verschlossen. Hinter dieser Tür sieht Tolgonai die Rezeption. Dort brennt kein Licht. Niemand hat in der Nacht dort gesessen und die spät kommenden Gäste begrüßt. Es gab vielleicht gar keine Gäste. Tolgonai hat das Motorrad in einem leeren Hafenschuppen abgestellt. Sie hat sich schnell und vorsichtig zwischen den Schuppen bewegt. Es gibt keine Hafenarbeiter, die zur Arbeit gehen. Keine Matrosen, keine Stewards, die pünktlich auf ihr Schiff kommen müssen. Die weißen Schiffe der großen Schwarzmeerreederei dümpeln im Wasser, laufen kaum noch aus, seit der Direktor der Reederei mit der Kasse durchgebrannt ist.

Tolgonai weiß, daß sie nicht fürchten muß, von den Schiffsbesatzungen entdeckt zu werden. Einzig die Obdachlosen, die manchmal eine feuchte Nacht am Wasser weniger fürchten als die Hunde und die Räuber in den Straßen der Stadt, liegen schlafend irgendwo, träumen neben dem glucksenden Wasser von vergangenen Tagen. Sie sind nicht gefährlich für eine furchtlose Frau. Tolgonai will ihnen trotzdem nicht begegnen. Sorgfältig, alle möglichen Deckungen nutzend, hat sie es endlich geschafft, einmal um die Taras Shevtschenko herumzugehen. Nirgends hat sie ein geöffnetes Fenster, eine Luke entdeckt, die sie als Einstieg hätte nutzen können. Das Glas der Fenster und Bullaugen ist zu stark, um es, ohne Aufmerksamkeit zu erregen, einzuschlagen. Sie wird warten müssen, bis die Tür aufgeschlossen wird, um in einem günstigen Augenblick unbemerkt in das Schiff zu kommen.

In der Nähe des Stegs liegt ein vergessener Stapel langer Bretter, irgendwann einmal für die Produktion von Möbeln bestimmt, rottet er nun vor sich hin. Hinter diesem Stapel, zwischen Holz und Hafenmauer, hockt Tolgonai und starrt auf das Schiff. Sie spürt die Müdigkeit erst jetzt, lehnt den Kopf an die Mauer und schläft schnell ein.

Durch Schritte auf dem Steg wird sie geweckt. Zwei

ältere Frauen sind gekommen, schließen die Tür auf und lassen sie offenstehen. Tolgonai kann ihre Stimmen hören, versteht aber nicht, worüber sie sprechen. Einen Augenblick lang verlassen die Frauen den Vorraum, dann sind sie wieder da, tragen Eimer und Besen, stehen sich gegenüber, reden. Putzfrauen, die an die Arbeit gehen, bevor der Hotelbetrieb losgeht. Wenn es überhaupt Betrieb gibt auf dem Schiff da drüben. Dann verschwinden die Putzfrauen. Sie gehen auf verschiedene Decks. Sie wird sich davor in acht nehmen müssen, ihnen über den Weg zu laufen.

Gerade, als Tolgonai aufstehen und über den Steg laufen will, kommt eine junge Frau die Treppe der Kaimauer hinunter und geht auf den Steg zu. Tolgonai wartet und beobachtet. Die Frau betritt das Schiff, geht an die Rezeption, wirft einen Blick auf die Wand dahinter. Will sie prüfen, ob alle Schlüssel da sind? Sie nimmt ihre Handtasche, die sie abgestellt hat, wieder auf und verschwindet im Gang gegenüber. Tolgonai ahnt, was sie vorhat. Sie wird frühstücken, dort irgendwo liegen Küche und Speisesaal. Vielleicht macht sie auch Frühstück für die Putzfrauen. Dann gibt es eine gute Chance, ungesehen durch das Schiff zu laufen. Die Putzfrauen werden zurückkommen. Es sind nicht viele Kabinen zu reinigen. Sie wird warten.

Es dauert nicht lange, bis die beiden mit Eimer und Schrubber wieder auftauchen. Sie stellen die Geräte ab und verschwinden in demselben Gang, den die Frau vor ihnen benutzt hat. Sie frühstücken wohl gemeinsam. Dann ist genug Zeit. Sie hat oft mit Frauen, die sie kennt, in einem der Hotels in der Stadt gefrühstückt. Im Gegensatz zu den Läden, in denen es wenig und immer dieselben einfachen Nahrungsmittel zu kaufen gibt, um die man lange anstehen muß, sind die Hotelküchen gut versorgt. Vielleicht, weil man noch immer darauf hofft, daß der Zustrom der Touristen wieder größer wird. So können die Menschen, die in den Hotels arbeiten, gut essen und ihre Familien, manchmal sogar noch die Freunde, versorgen.

Während Tolgonai über den Steg und die Treppe zum Oberdeck hinaufläuft, versucht sie, sich in Erinnerung zu rufen, wo die Kabine dieses Bunkin gelegen hat. Sie läuft geräuschlos durch die schmalen Gänge, findet die Kabinenreihe, beginnt, die Klinken herunterzudrücken. Die Türen sind verschlossen. Aufhebeln oder zurück und die Schlüssel holen? Besser ist es, die Türen aufzuhebeln. Die fehlenden Schlüssel könnten zu früh bemerkt werden. Das schmale Stemmeisen, das in einer der vielen Taschen ihrer Jacke steckt, tut gute Dienste. Die Kabinentüren sind schwach, das Holz gibt schnell nach. Beinahe lautlos öffnet Tolgonai eine Tür nach der anderen. Wenn Bunkin die Mehring auf das Schiff gebracht hat, um über sie zu verhandeln, dann hat er sie in seiner Nähe untergebracht. Tolgonai hat sechs Türen geöffnet, die Kabinen durchsucht, nichts gefunden. Vor der siebten bleibt sie stehen und horcht einen Augenblick nach unten. Kein Geräusch, keine Worte zeigen an, daß das Frühstück da unten beendet ist. Als sie sich der nächsten Tür zuwendet, hält sie inne.

Oh, nein.

Sie hat gefunden, was sie sucht, und sie weiß, was sie hinter der Tür erwartet. Sie hält den Atem an, während sie die Tür aufhebelt.

Bunkin hat die Frau gefesselt. Er hat ihr einen Knebel in den Mund gesteckt. Sie ist erstickt, bevor sie sich befreien konnte. Tolgonai verläßt die Kabine. Sie hat genug gesehen. Auf dem Gang lehnt sie sich einen Augenblick gegen die Wand. Der Geruch, der von der aufgebrochenen Tür nicht mehr zurückgehalten wird, bereitet ihr Übelkeit. Sie verläßt den Gang, läuft die Treppe hinunter, verläßt das Schiff, ohne gesehen worden zu sein.

Sie haben das Schwein an den Hinterpfoten aufgehängt. Es sieht blaß aus, blaßrosa, beinahe weiß. Der Bauch ist aufgeschlitzt worden. Die Schwarte im Nacken wurde mit einem scharfen Schnitt durchtrennt. So hängt der Kopf, gezogen von seinem eigenen Gewicht, im stumpfen Winkel zur Erde. Da hat sich eine Pfütze von Blut gebildet.

Zwei Männer halten den hängenden Schweinskörper an den Hinterbeinen, um ihm Stabilität zu geben. Die ist nötig, damit ein dritter, der mit präzisen Schnitten das scharfe Messer führt, auf dem Rücken des Schweins einen langen, tiefen Schnitt ausführen kann. Der Schnitt beginnt am Arschloch, führt am Stummelschwänzchen knapp vorbei, am Rückgrat entlang, über quer verlaufende Nackenschnitte hinweg auf den Hinterkopf zu. Unter dem Messer spaltet sich die blasse Schwarte und läßt die unter der Haut liegende Fettschicht ahnen.

Ein Kind, ein Mädchen, das vielleicht sieben Jahre alt ist, mit Haaren, die zu Zöpfchen gebunden sind, sieht Bella und Viktor entgegen. Sein Gesicht ist so blaß wie die Schwarte. Es hat beim Schlachten zugesehen. Die Männer beachten die Ankommenden nicht. Sie sind in ihre Arbeit vertieft. Der, der eben noch die Axt in der Hand hielt, mit der er das Schwein erschlug, tauscht jetzt die Axt gegen ein scharfes Messer. Auch der dritte hat jetzt ein scharfes Messer zur Hand. Zu dritt beginnen sie, die Borsten von der Schwarte zu schaben. Der losgetrennte Schweinskopf baumelt hin und her.

Dem Mädchen wird das Zusehen langweilig, als die Männer beginnen, die Innereien herauszunehmen. Sie werfen die Teile in Blechschüsseln, getrennt nach verwertbaren und unverwertbaren, während die Kleine neugierig näher kommt, sich vor Bella aufstellt und sie stumm ansieht.

Komm da weg!

Eine Frauenstimme, die das Mädchen auf Russisch zurückruft. Bella sieht sich um. Hat sie erwartet, daß die Menschen hier deutsch sprechen? In dem letzten Dorf, in dem sie gefragt haben, hat man ihnen beschrieben, wo die Deutschen wohnen.

Ihr werdet es gleich erkennen. Sie haben diese neuen Häuser. Und Maschinen, alles neu. Fahrt nur. Und wenn es euch dort nicht gefällt, kommt zurück. Hier könnt ihr übernachten.

Sie hatten gedankt, waren weitergefahren, hatten das deutsche Dorf gefunden.

Bella steht auf und geht auf die Frau zu. Das Mädchen folgt ihr, kehrt um und stellt sich vor Viktor hin, stumm und fragend. Bella hat die Frau erreicht, die ihr mit ausdruckslosem Gesicht entgegensieht.

Guten Tag, darf ich Sie etwas fragen?

Bella spricht deutsch. Die Frau sieht sie verständnislos an. Sie ist vielleicht vierzig Jahre alt, trägt Stiefel ohne Strümpfe und eine verwaschene, ehemals bunte Kittelschürze über Rock und Pullover. Ihr Haar ist unter einem hellen Kopftuch versteckt. Bella wiederholt ihre Frage auf russisch. Das Gesicht der Frau wird freundlich. Sie beantwortet den Gruß, sieht dabei hinüber zu der Kleinen, die mit Viktor ein Gespräch angefangen hat. Dann sieht sie Bella an.

Sie sind Deutsche, sagt sie auf russisch. Ich bin auch deutsch. Was möchten Sie wissen?

Ich suche eine Frau, sagt Bella, eine Deutsche, die vielleicht hier gewesen ist. Sie ist blond, jünger als ich, eine schöne Frau.

Das Kopfschütteln, das ihr antwortet, sagt genug. Sie muß nicht weiter fragen. Aber die Frau spricht weiter.

Wir sind jetzt hier so dreihundert, sagt sie. Es kommen immer neue. Da, sehen Sie, diese Häuser baut uns die deutsche Regierung. Unsere Leute werden sich hier ansiedeln. Wir sind eine Insel der Hoffnung.

Die letzten Worte hat sie auf deutsch gesprochen, langsam und sorgfältig artikulierend, so daß Bella sie gut verstanden hat.

Wollen Sie unsere Häuser sehen?

Viktor ist neben Bella getreten. Das Mädchen hat seine Hand gefaßt.

Geh schon, sagt Viktor, sieh dich um. Ich bleib hier draußen sitzen.

Bella folgt der Frau in eins der Containerhäuser. Den Menschen, denen sie begegnet, wird sie als Deutsche vorgestellt. Bald haben sich ihnen viele Bewohner angeschlossen. Es ist von noch mehr Traktoren die Rede, die aus Deutschland kommen sollen, von einer Backstube, die gerade eingerichtet wird. Ein alter Mann beginnt, ihr auf deutsch seine Lebensgeschichte zu erzählen. Er ist alt genug, um neunzehnhunderteinundvierzig dabei gewesen zu sein, als die SS den Aufbau der deutschen Dörfer betrieb. Als die Frau, die sie führt, davon spricht, daß sie bald Deutschunterricht haben wird, bleibt Bella stehen.

Weshalb gehen Sie nicht nach Deutschland? fragt sie.

Wir gehen, vielleicht. Wenn es uns hier nicht gefällt. Hier arbeiten nur die Frauen. Wenn man uns nicht genügend unterstützt, schaffen wir nichts. Die Männer sitzen herum und sind traurig. Wir brauchen viel mehr Hilfe. Wir müssen das Deutsche bezeugen. Deutsche Dörfer –

Bella wendet sich ab, läßt die Frau stehen, geht schnell davon. Die Siedler sehen ihr nach. Zwischen den Containerhäusern sind die Wege mit Schotter aufgefüllt. Der Schotter knirscht unter ihren Füßen. Viktor sitzt mit der Kleinen auf dem Hofplatz. Die Blutlache am Boden zeigt die Schlachtstelle an. Frauen kommen und gehen, die das zerstückelte Schwein in Emailleschüsseln wegtragen. Neben einem Holzstoß liegt das Beil. Fliegen sitzen auf der Schneide. Fliegen sitzen an den Rändern der Lache am Boden. Die Kleine zeigt Viktor eine geschnitzte Puppe. Er streckt die Hand danach aus, will die Puppe berühren. Da sieht er Bella, sieht ihr entgegen.

Du bist blaß, sagt er.

Laß uns fahren, schnell.

Im Auto schweigen beide. Schließlich ist es Bella, die das Schweigen bricht.

Die Mehring war nicht hier. Was sollte sie hier. Diese Menschen kommen aus Kasachstan. Man siedelt sie hier an. Sie sind tüchtige Leute. Ihre Dörfer werden blühende Dörfer werden. Was man uns nicht nehmen kann, hat die Frau gesagt, das Arbeiten, die Sauberkeit, das Akkurate. Das ist alles deutsch. Das nimmt man uns nicht. Das ist ein deutsches Dorf. Ordentlich, mit geraden Wegen.

Hör auf, sagt Viktor. Sei nicht albern. Laß die Vergangenheit. Hast du die Schilder auf den Traktoren gesehen? Unsere Fabriken liegen still. Die Deutschen bringen ihre Maschinen hierher. Wir sind euer Hinterland geworden. Ihr habt gesiegt. Das ist die Gegenwart. Hast du das nicht gewußt?

Nein, sagt Bella. Es ekelt mich, wenn ich daran denke.

Viktors Mutter hat recht gehabt. Die Namen der deutschen Dörfer, die im Tagebuch erwähnt sind, gibt es nicht mehr. Beresowka, das seinen Namen nicht geändert hat, erreichen sie gegen Abend. Nachdem sie sich entschlossen hatten, nach Beresowka zu fahren, haben sie nicht mehr von den Deutschen gesprochen. Viktor spricht über das Leben, das ihn nach seinen Vorstellungen erwartet. Bella hört zu und bewundert die Energie, die er aufbringt. Sie fühlt sich müde und alt. Als sie darüber spricht, lacht Viktor sie aus.

Ich hab dich beobachtet, sagt er. Du bist weder müde noch alt. Müde vielleicht, vorübergehend, weil wir zu wenig geschlafen haben. Das ist kein Wunder. Such die Ukraine nach einem ordentlichen Bett ab, du wirst Probleme haben, eins zu finden. Das erste, was wir gemacht haben in dem Team, das damals zusammengestellt wurde, damals, als ich noch Arbeit hatte, weißt du, was das war? Wir waren abends angekommen, hatten unsere Zimmer belegt, geschlafen und trafen uns am nächsten Morgen, um uns miteinander bekannt zu machen. Und was war? Alle, wir waren sieben, die an dem Projekt arbeiten sollten, alle hatten eine scheußliche Nacht hinter sich. Rückenschmerzen, keiner hatte richtig schlafen können. Wir haben gelacht und beschlossen, unser Projekt mit dem Bau vernünftiger Betten zu beginnen.

Plötzlich wird Viktor ernst. Vor ihnen taucht der Bahnhof von Beresowka auf. Zerbrochene Zäune stehen am Straßenrand. Das Schienengelände liegt ebenerdig, ungesichert vor ihnen.

Wir suchen diese Frau, sagt er. Du fühlst dich verantwortlich für sie. Wir suchen sie auf den Spuren ihres Großvaters. Es war nicht dein Großvater, der hier mordend durch das Land gezogen ist. Was er getan hat, geht dich nichts an. Wenn wir hier keinen Hinweis auf die Frau finden, fahren wir zurück.

Bella antwortet nicht. Viktor parkt das Auto am Bahnhof. In den Bahnhöfen gibt es Restaurants oder wenigstens ein Büfett.

Wir werden etwas essen und uns erkundigen. Wir werden jemanden finden, der sich in der Stadt auskennt, sagt er.

In der Bahnhofshalle steigen sie über am Boden liegende Schlafende. Die liegen auf Bündeln zwischen Holzbänken. Auch die Bänke sind belegt. An den Schaltern steht niemand, sie sind geschlossen. Auf der Tafel drüben ist der nächste Zug für halb zehn angezeigt. Vielleicht gilt diese Anzeige für den vergangenen Abend. Die wenigen, die wach sind, wirken sehr müde.

Das Büfett im Hintergrund ist geöffnet. Eine junge Frau im engen Pullover mit langen rotlackierten Fingernägeln steht gelangweilt da. Die Regale sind leer, bis auf ein paar Keksschachteln und einige Wodkaflaschen. Hohe Tische stehen herum, bedeckt mit Krümeln, Papier, Essensresten. An einem der Tische lehnt ein älterer Mann. Sein Tisch ist abgewischt. Vielleicht hat er der Frau am Büfett ein Extra-Trinkgeld gegeben. Bella stellt sich zu ihm, während Viktor am Büfett eine längere Verhandlung beginnt.

Sie sind nicht von hier, fängt der Mann ein Gespräch an.

Nein, sagt Bella. Aber wenn Sie aus der Stadt sind, können wir Sie vielleicht etwas fragen. Was möchten Sie trinken?

Wenn es Ihnen gelingt, die Frau am Büfett davon zu überzeugen, daß der Kaffee, den sie im Schrank hat, eigentlich für die Reisenden gedacht ist, dann trinke ich einen Kaffee. Sind Sie aus Deutschland?

Ja, sagt Bella und macht Viktor ein Zeichen, den Kaffee betreffend.

Ich bewundere die Deutschen, sagt der Mann neben ihr. Ich bin Ukrainer, wissen Sie. Was für wunderbare Deutsche ich kennengelernt habe.

Hier? In Beresowka? Wann war das?

Nein hier nicht. Während des Krieges war ich in Odessa. Ich war Student am Konservatorium. Am berühmten Odessaer Konservatorium. Die besten Geiger der Welt kommen von da. Wie Gäste haben sie sich benommen, die Deutschen. Sehr korrekt. Wissen Sie, das ist so: die Beziehungen zwischen den Menschen sind gut, wenn sie Kultur haben.

Viktor nähert sich, stellt drei Becher mit Kaffee und drei Gläser mit Wodka auf dem Tisch ab. Die Frau kommt hinter dem Büfett hervor. Sie bringt einen Teller mit Schwarzbrot und Butter. Der fremde Mann verzieht anerkennend sein Gesicht. Sie trinken sich zu.

Ich heiße Wladimir, sagt er und stellt sein Glas ab. Ich sprach gerade zu der Dame hier über die Deutschen. Warten Sie, ich zeige Ihnen etwas.

Aus der Tasche, die zwischen seinen Füßen steht, holt er eine kleine Pappschachtel hervor.

Hier, meine Andenken. Als die Deutschen auf dem Rückzug waren, wohnte bei uns ein Soldat, Werner. Das hat er mir geschenkt. Hier, sehen Sie.

Wladimir stellt eine kleine Cremedose auf den Tisch, die er öffnet. Eine gelbliche, vaseline-artige Creme ist darin. Bella rechnet nach. Die Creme muß etwa zweiundfünfzig Jahre alt sein. Wladimir legt ein Programm der Odessaer Oper daneben, in Deutsch, Rumänisch und Ukrainisch gedruckt. Ein Foto von Zarah Leander und ein Notenheft mit dem Bild von Johannes Heesters auf dem Umschlag folgen.

Was glauben Sie, wie populär die Lieder von Heesters waren.

»Schenk mir dein Lächeln, Maria«, haben die Deutschen gesungen. Zuerst waren sie sehr steif, die Deutschen. Aber nach Stalingrad wurde es anders. Gingen in die Oper, sprachen über ihre Heimat. Dieser Werner war ein guter Mensch. Ein echter Deutscher. So gebildet. Den Völkischen Beobachter hat er gelesen. Auch Romane.

Viktor betrachtet die auf dem Tisch ausgebreiteten Gegenstände. Er sieht Bella an, dann Wladimir.

Uns scheint, daß die Deutschen nicht ganz so waren, wie Sie uns geschildert haben. Was wir wissen möchten –

Rumänen, sagt Wladimir.

Er beginnt, seine Andenken einzuräumen. Sorgfältig verschließt er den kleinen Karton und verstaut ihn wieder in seiner Tasche.

Die Rumänen waren schlimm. Auch die Volksdeutschen haben geschossen. Viele sind erhängt worden, erschossen, auf dem Bauernmarkt, viele. Streng waren sie und ernst, die Deutschen. Aber nach Stalingrad waren sie ganz anders. Parfüm haben sie gebracht und Seife, Moschusseife. Sogar die Hände haben sie anders gehalten, nicht mehr so steif –

Ein Zelt ist aufgebaut worden auf dem Acker, es sieht aus wie ein großer Baldachin, der nur an einer Schmalseite geschlossen ist, dort, wo das Rednerpult steht. Noch sind erst wenige Menschen unter dem luftigen Dach versammelt. In kleinen Gruppen stehen sie herum, klein wirkende Männer, die Schirmmützen tief in die Stirn gezogen, die bunten Hemden über den Hosen. Sie wirken schüchtern, verlegen, so, als wüßten sie nicht, weshalb sie gekommen sind. Immer wieder gehen ihre Blicke unter dem Zeltdach heraus über die umliegenden Felder. Werden sie so wenige bleiben? Aber da kommen von allen Seiten die anderen. Über den Acker wandern aus allen Richtungen Männer heran, kleine, bäuerliche Männer. Vorn neben dem Rednerpult stellen zwei junge Burschen in städtischen Anzügen Blumentöpfe auf. Heimlich mustern sie mit abfälligen Blicken die Ankommenden. Bald ist der Platz unter dem Zeltdach gefüllt. Dann folgen die Frauen. An der Wand hinter dem Rednerpult, außen, an der Rückseite des Zelts, hat man ihnen Bänke aufgestellt. Ein Mann in schwarzer Soutane steht dort, winkt ihnen zu, winkt sie heran. Da nehmen sie Platz, die Kinder neben sich oder zwischen den Knien, die Füße in staubigen Schuhen von sich gestreckt. Sie sind von weit über den Acker gekommen. Nun sind sie froh zu sitzen.

Bella und Viktor haben das Auto am Feldrand geparkt, als sie das Dach unter dem Himmel und die Menschen sahen, die aus allen Himmelsrichtungen dorthin wanderten.

Ich weiß nicht, was das bedeutet, sagt Viktor.

Laß uns hingehen und fragen, schlägt Bella vor.

Viktor schüttelt den Kopf. Er möchte warten, bis die Wanderung über die Felder vorbei ist, die geplante Veranstaltung begonnen hat. Es dauert lange, bis der Strom der Bauern verebbt. Weit hinten am Horizont entdecken sie Busse, die die Menschen herangebracht haben und jetzt dort warten, klein, winzig, kaum zu erkennen zwischen Bäumen an den Rändern entfernter Straßen.

Als sie aussteigen und sich dem Zelt nähern, steht ein Redner hinter dem Pult. Manche der Zuhörer haben die Mützen abgenommen, drehen sie in den Händen. Viele starren vor sich auf den Boden, einige sehen den Redner aufmerksam an, so, als wollten sie ergründen, ob hinter seinen Worten noch eine andere Wahrheit liegt als die, von der er redet.

»Hier ist eure Heimat«, sagt der Redner. Einer der jungen Männer übersetzt jeden Satz ins Russische. »Ihr seid Deutsche, die eine besondere Verantwortung haben. Ein schweres Schicksal hattet ihr. Aber nun wird es euch besser gehen. Hier, auf diesem Land, werdet ihr mit Hilfe der deutschen Regierung blühende Dörfer aufbauen. Inseln der Hoffnung werden es sein, die unter euren Händen entstehen. Und wenn es Leute gibt, die behaupten, durch die neue Molkerei, die wir hier gemeinsam errichten werden, würde die ukrainische Anlage nicht mehr rentabel arbeiten können, dann wißt, daß der Neid auf eure erfolgreiche Arbeit aus solchen Worten spricht. Aufgehetzte sind es, die so sprechen. Niemand wird von uns gehindert zu arbeiten. Manchem würde es gut tun, von eurer Arbeit, eurem Fleiß zu lernen.«

Bella und Viktor hören den Worten des Redners zu. Er ist ein dunkelhaariger, untersetzter Mann mit einem kleinen Bart auf der Oberlippe. Er trägt einen grauen Anzug und ein hellblaues Hemd. Seine Hände umklammern das Rednerpult. Manchmal wippt er beim Reden auf und ab, um seinen Worten Nachdruck zu verleihen. Seine Stimme versucht, überzeugend zu klingen. Spürt er die Zweifel derer, die vor ihm sitzen? Ein alter Mann, der in der letzten Reihe gesessen hat, steht auf und verläßt seinen Platz unter dem Dach. Als er an Bella vorübergeht, spricht sie ihn an. Er bleibt stehen, nicht überrascht von den deutschen Worten. Sicher glaubt er, sie gehöre zu denen, die aus Deutschland gekommen sind.

Und Sie, sagt Bella, werden Sie hierbleiben? Oder gehen Sie nach Deutschland?

Ich weiß nicht, sagt der Alte. Der Mensch hat ja kein Ziel nicht, er verkauft sein Haus, seine zwei Kühe, mehr hat er ja nicht, und geht. Besser, man hat ein Ziel. Aber ich bin alt. Jetzt holt man die Deutschen von überall her. Die sprechen, daß man sie nicht versteht – Er bricht ab. Traurig, in Gedanken verloren, geht er weiter.

Komm, sagt Bella, ich will sehen, was die Frauen hinter dem Zelt tun.

Sie gehen weiter, jetzt schon von aufmerksamen Blicken der beiden Burschen im Anzug verfolgt. Überrascht von dem Anblick, der sich ihnen hinter der Zeltwand bietet, bleiben sie stehen. Eine Taufe ist dort im Gange. Vor einem improvisierten Taufbecken, einer Art Reisetaufbecken vielleicht, leicht transportierbar, steht eine lange Schlange von Frauen und Kindern. Alle sind sonntäglich gekleidet. Die Mädchen tragen große bunte Schleifen im Haar.

Was wollen Sie, sagt der Pastor, wir bringen materielle Hilfe, seelische Hilfe, moralische Unterstützung. Das brauchen die Leute. Wir wollen uns als Deutsche erhalten, deshalb versammeln wir uns, da leistet die evangelische Kirche gute Arbeit. Außerdem brauchen besonders die Frauen was für die Seele. Fragen Sie herum. Sie sind die einzigen, die arbeiten.

Was tun Sie hier?

Ein scharfer, deutschgesprochener Satz in ihrem Rücken unterbricht das Gespräch. Sie wenden sich um. Vor ihnen steht ein älterer, blonder Mann, den sie beide vorher nicht gesehen haben. Trotzdem hat Bella das Gefühl, ihn von irgendwoher zu kennen.

Ich darf Sie ersuchen, das Gelände zu verlassen.

Der Mann spricht deutsch, aber seine Stimme hat einen schlesischen Akzent.

Aber weshalb denn?

Bella reagiert freundlich auf den Unverschämten. Plötzlich kommt es ihr so vor, als könne nur er etwas über die Mehring wissen. Sie will ihn beruhigen, deshalb nennt sie ihren Namen, erzählt von den Plänen der Mehring. Der Mann ist nicht überzeugt, aber höflich genug, sich jetzt ebenfalls vorzustellen.

Schradek, sagt er, GTZ. Wir bauen hier Dörfer, Anlagen. Hier treffen sich Volksdeutsche, organisiert von »Wiedergeburt« und VDA. Die Leute sind Bauern. Textilarbeiter? Wäre schön, wenn welche dabei wären. Sind aber nicht. Die können nicht mal mit der neuen Melkanlage umgehen. Die Frau, die Sie suchen, ist mir nicht über den Weg gelaufen. Weshalb ist sie verschwunden, sagten Sie?

Sein Mißtrauen ist überdeutlich. Die beiden Burschen sind herangekommen. Sie nehmen eine drohende

Haltung ein. Bella hat Zweifel an der friedenstiftenden Haltung der evangelischen Kirche. Ein Blick auf den Pastor bestätigt ihre Zweifel.

Viktor, der bisher nicht gesprochen hat, sagt ein paar Worte auf russisch zu Bella.

Und Russen, sagt Schradek, die mögen die Leute hier gar nicht gern. Die Ukraine ist froh, daß sie jetzt einen deutschen Nachbarn hat, von dem sie nicht fürchten muß, abhängig zu werden.

Natürlich, sagt Viktor, deshalb ja auch gemeinsame Manöver. Komm, Bella, ich möchte gehen.

Ist bestimmt besser so, sagt der Anzugmann, der während der Rede den Übersetzer gespielt hat. Erst jetzt merken sie, daß die Versammlung beendet ist. Deutsche Volksmusik kommt aus dem Lautsprecher, der direkt über ihnen an einer Stange befestigt ist. Die Musik ist sehr laut. Noch als sie das Auto erreicht haben und einsteigen, können sie die Worte deutlich verstehen.

> Wenn alle Brünnlein fließen
> dann muß man trinken.

Ob sie wirklich glauben, was man ihnen erzählt, fragt Viktor.

Ich weiß es nicht, antwortet Bella. Die ganze Zeit schon habe ich Verse von Brecht im Kopf. Kennst du das?

Denkt nur nicht nach, was ihr zu sagen habt:
Ihr werdet nicht gefragt.
Die Esser sind vollzählig
Was hier gebraucht wird ist Hackfleisch.

Sie bricht ab, weil ihr gerade eingefallen ist, woher ihr dieser Schradek bekannt vorkommt.

Ich kenne ihn, diesen Mann, sagt sie. Bei Kotow im Laden bin ich ihm begegnet.

Der handelt eben nicht nur mit Melkmaschinen, sagt Viktor.

Tolgonai schläft nun doch bei Mascha. Die Villen am Meer sind zu unsicher geworden. Sie wird nicht lange hier bleiben. Die Deutsche wird ihr zur Flucht verhelfen. Die Deutschen haben viele Möglichkeiten. Sie muß nur warten, bis Bella zurückkommt. So lange versteckt sie sich in dieser Wohnung. Es ist drei Uhr morgens, als Mascha nach Hause kommt.

Ich weiß jetzt, wo Katja ist, sagt sie, überhaupt nicht müde, während sie sich an den Küchentisch setzt und darauf wartet, daß Tolgonai ihr Tee bringt.

In der Bar gab es nur noch ein Thema. Das Bordell von Sergej. Kurz bevor ich zugemacht habe, kamen ein paar Männer, die dort eingeladen waren. Diese Irina hat das Kommando. Drei Frauen, und für besondere Gäste eine vierte. Rate, wer das ist.

Tolgonai stellt den Becher mit Tee vor Mascha hin und setzt sich. Sie sagt nichts.

Wenn ich solche Brüder hätte, fährt Mascha fort, ich weiß nicht, was ich tun würde. Er hat sie als Türsteher angestellt. Der Vater war in der Bar. Er ist gegangen, als die Männer mit ihren Geschichten angefangen haben. Der Schuft. Wie hat er seine Kinder verkommen lassen. Geht's der Kleinen gut?

Sie schläft, antwortet Tolgonai. Ich habe sie ins Bett gebracht, ihr vorgelesen und gewartet, bis sie eingeschlafen ist. Wo ist dieser Laden von Sergej?

In der 1905er Straße, natürlich. Es heißt, sie hätten die Leute einfach vor die Tür gesetzt, die da gewohnt haben. In Brautkleider hat Irina die Frauen gesteckt. Du hättest die Kerle hören sollen. Na, hast du's deinem Bräutlein tüchtig gegeben? Sie hat doch nicht etwa geweint, die Kleine? Tolgonai, was hast du vor? Bleib hier. Es wird bald hell.

Nicht vor sechs, antwortet Tolgonai. In einer Stunde bin ich zurück.

Sie steht schon in der Tür, läuft zurück, umarmt Mascha, ist verschwunden. Mascha bleibt am Tisch sitzen. Jetzt ist sie müde, aber sie wird warten.

Sergej ist ein Dummkopf. Er will seine Türsteher nach Hause schicken, wenn der letzte Freier gegangen ist. Aber zuerst sollen sie nach oben kommen und etwas trinken. Tolgonai steht zwischen Gerümpel im Hof, die Dunkelheit verbirgt sie, und sie hört Sergej mit den

Brüdern reden. Zu dritt gehen sie die Treppe hinauf. Im Gang oben brennt ein kleines Licht. Tolgonai kann sehen, hinter welcher Wohnungstür sie verschwinden. Sie tastet nach den Taschen auf ihren Oberschenkeln. Zwei Messer. Eine Katze streicht um ihre Beine. Sie bewegt sich nicht. Keine Bewegung wird die Frau verraten, die im Hof steht und wartet. Es dauert nicht lange, bis oben die Tür wieder geöffnet wird. Nebeneinander kommen die Brüder die Treppe hinunter. Die Brüder, die ihre Schwester verkauft haben. Tolgonai steht auf dem untersten Treppenabsatz und sieht ihnen entgegen. Da biegen sie um die Ecke, Geld zählend der eine, die Hände mit dem Geld schon in den Taschen, der andere. Sie bleiben stehen.

Und Katja? Kein Geld für Katja?

Die Brüder sehen sich an. Eine Verrückte steht vor ihnen, eine schöne Verrückte.

Komm morgen wieder, red mit Sergej.

Gleich rede ich mit Sergej. Zuerst rede ich mit euch. Ich werde euch töten.

Tu das, sagt der eine, während er lachend die nächste Stufe nimmt. Der andere hat begriffen, was geschehen wird. Er wendet sich um und versucht, die Treppe wieder hinaufzulaufen.

Am Morgen, wenn die Miliz, gerufen von einer schreienden Hausbewohnerin, im Hof erscheint, wird sie auf der Treppe zwei tote Männer finden.

Wie lautlos Männer zusammenbrechen, wenn das Messer ihr Herz getroffen hat. Drei oder vier Stufen rutschen die leblosen Körper auf der Treppe hinunter. Dort bleiben sie liegen. Tolgonai steigt über sie hinweg.

Sergej ist ein Dummkopf. Er hat hinter den Brüdern nicht abgeschlossen. Tolgonai versucht, sich zu orientieren. Leise Stimmen, ein kleiner Lichtschein weisen ihr den Weg. Als sie die Tür öffnet, sieht sie Sergej und die Frauen. Irina trägt einen knallroten Pullover. Sie ist barfuß. Rote Stiefel mit hohen Absätzen liegen auf dem Boden. Drei Frauen in japanischen Kimonos haben es sich auf den Sofas an den Wänden bequem gemacht. Die Tür, in der Sergej steht, führt auf einen Gang hinaus. Von dort gehen offenbar weitere Zimmer ab. Ein Geruch von Zigarettenrauch und Parfüm füllt den Raum, stark, ganz sicher ist Haschischgeruch dabei. Die Frauen rauchen, liegen träge und entspannt da.

Ihr könnt gehen, sagt Tolgonai. Wo ist Katja?

Was ist mit dir los? Wie bist du hereingekommen? Bißchen spät, meine Liebe. Komm morgen. Wir machen Schluß für heute. Morgen sollst du deine Chance haben.

Das ist Irina. Geschäftsfrau bis zum Ende. Die da vor ihr steht, denkt sie, wird gut in ihren Stall passen. Sinnloser Versuch, den Tod zur Hure zu machen.

Laß sie doch hierbleiben, sagt Sergej, der Dummkopf. Bis zum Schluß ist er der Mann, für den die Frau geschaffen ist. Sinnloser Versuch, den Tod zur Matratze zu machen.

Geht endlich, sagt Tolgonai. Sie hat die Pistole in der Hand, mit der sie Irina und Sergej erschießen wird. Nun glauben ihr die Frauen, daß sie zu gehen haben. Sie stehen auf, hastig, drücken sich an den Wänden entlang, zur Tür. Irina sieht ihnen fassungslos zu.

Wo ist Katja?

Ihr verdammten Weiber. Bleibt sofort stehen. Hiergeblieben.

Irina rennt hinter Ljubow her, versucht, sie festzuhalten, reißt den Kimono von Ljubows Schulter.

Laß das Zeug hier, kreischt sie, Geschäftsfrau bis zum Schluß. Als sie am Boden liegt, hält sie den Kimono noch in der Hand, eine leichte Decke über einer dicken Leiche.

Sergej rennt den Gang entlang, verschwindet hinter der letzten Tür, versucht, die Tür von innen zu verschließen. Seine Hände gehorchen ihm nicht. Wild sieht er sich um, sieht Katja, die blaß und lächelnd auf dem Bett liegt. Sie streckt die Arme nach ihm aus. Sergej stürzt zu ihr. Sie wird ihn schützen. Bis zum Schluß ist er der Feigling, der sich hinter der Frau verkriecht, der Dummkopf, der glaubt, daß die Frau ihn vor dem Tod schützt.

Laß ihn, Katja, sagt Tolgonai.

Sie steht in der Tür. Ihre Stimme ist leise. Sie weint. Aber Katja will Sergej nicht lassen. Sie ist die Frau, die ihren Peiniger verteidigt, die sich vor ihn wirft mit der letzten Kraft, die ihr geblieben ist, mit der letzten Kraft, die seine Drogen, seine Quälereien, seine Freunde ihr gelassen haben. Aber sie kann Sergej nicht schützen, so, wie sie sich selbst nicht schützen konnte.

Laß ihn los, sagt Tolgonai noch einmal.

Und Katja gehorcht. Sie hat immer denen gehorcht, die stärker waren.

Sergej weiß, daß er verloren ist. Er wirft sich herum, auf dem Bauch liegend reißt er die Schublade des Nachttischs auf, hat einen Revolver in der Hand, auf der Seite liegend schießt er. Tolgonai spürt einen Schlag am linken Oberschenkel. Sergej schießt nur einmal. Katja beginnt zu schreien, schreit, wie ein Automat, schreit, weil nun geschrieen werden muß, wimmert noch lange.

Tolgonai geht durch den Gang zurück. Vorn liegt Irina, die Frauen sind verschwunden. Sie schließt die Tür hinter sich, geht die Treppe hinunter. Das Bein beginnt zu schmerzen. Die Körper am Fuß der Treppe haben ihre Stellung verändert, sind von den flüchtenden Frauen hinuntergestoßen worden. Tolgonai nimmt die Messer aus den Leibern, verläßt den Hof, verschwindet in der Dunkelheit. Es ist erst fünf Uhr. Im Osten, über dem Meer, erscheint ein schmaler türkisfarbener Streifen. In den Akazien auf der Puschkinstraße krächzen die frühen Krähen. In den Gärten von Arkadien frieren die Hunde.

Im Halbschlaf versucht Bella, sich zu erinnern. Sie haben die Versammlung verlassen. Die Blicke der Männer, mit denen sie gesprochen haben, waren auf ihrem Rücken zu fühlen. Sie sind lange gefahren. Da war ein schmaler Fluß mit einer hölzernen Brücke. Viktor ist ausgestiegen, um zu prüfen, ob die Brücke das Auto tragen würde. Zwei Männer, Bauern mit Stiefeln an den Füßen und Mistgabeln über den Schultern, haben ihn ausgelacht.

Fahr nur, Väterchen, dich wird sie schon halten.

Sie sind über die Brücke gefahren, langsam, in dem klaren Wasser sind kleine Fische gewesen, Schwärme von kleinen Fischen im schilfigen Wasser. Sie sind weitergefahren, haben wenig gesprochen, beide mit ihren Gedanken beschäftigt.

Ich habe gedacht, daß ich mit Viktor nach Sibirien gehen sollte. Was für ein Unsinn. Gelbe Birken haben an den Straßen gestanden. Der Herbst ist hier sehr schön. Die alte Frau stand am Zaun.

Ihr solltet jetzt nicht weiterfahren. Schlaft hier. Fahrt morgen weiter. In der Nacht werdet ihr den Weg nicht finden.

Das Bett ist zu weich. Ein großes, weiches Bett. Früher wird die Alte mit ihrem Mann darin geschlafen haben.

Ich schlafe am Herd. Schlaft nur in der Stube. Ihr kommt von weit her.

Bella schläft, während Viktor neben ihr liegt, müde, aber unfähig einzuschlafen. Ein paarmal hört er die alte Frau in der Küche rumoren. Auch sie schläft nicht. Vielleicht ist sie unruhig wegen der Gäste. Selten genug wird sie Besuch haben. Irgendwann verstummen die Geräusche aus der Küche. Eine Weile schläft auch Viktor, wacht auf, meint, ein Auto gehört zu haben. Ist jemand gekommen? Sehr wach horcht er in die Dunkelheit. Er hört kein Motorengeräusch, keine Autotür schlägt. Kann da ein Schritt gewesen sein?

Vorsichtig, um Bella nicht zu wecken, kriecht Viktor aus dem Bett. Er muß nicht durch die Küche gehen, um nach draußen zu gelangen. Die Hütte hat einen winzigen Flur, von dem Stube und Küche abgehen. Im Garten steht ein Holzhäuschen, daneben hängt, als Dusche, ein Eimer an einem Pfahl. Seine Augen haben sich an die Dunkelheit gewöhnt. Er sieht das Häuschen, den Pfahl und den Eimer, nichts sonst. Vielleicht sollte er um das Haus herumgehen. Viktor ist sicher, daß er vorhin das Geräusch eines langsam heranfahrenden Autos gehört hat. Langsam, sich mit der rechten Hand an den Balkenwänden entlangtastend, beginnt er, um das Haus zu gehen. Er sieht das Auto neben dem ihren im gleichen Augenblick, als er den scharfen Schlag im Gesicht spürt. Die beiden Männer stehen so plötzlich vor ihm, daß er nicht ausweichen kann.

Na? Schlecht geschlafen?

Sie packen seine Arme, halten ihn fest. Er fühlt Blut, das über seine rechte Gesichtshälfte läuft. Sie sprechen leise und schnell.

Kannst froh sein, daß wir dich hier draußen erwischen, Jude. Sonst hätten wir der Alten die Hütte anstecken müssen. Du und die Frau, die du bei dir hast, ihr verschwindet hier. Verstanden? Morgen früh seid ihr weg, oder es brennt doch noch. Und laßt euch in dieser Gegend nicht wieder sehen. Sonst geht es euch schlecht. Wieso bist du überhaupt übriggeblieben? Irgendwann wird auch der letzte von euch verschwinden, das kannst du uns glauben.

Aber dann für immer.

Die Männer stoßen Viktor zurück. Er fällt auf den Boden, sieht die Stiefel, fürchtet, sie werden ihn treten. Er versucht, sich aufzurichten, sieht nur die Beine der Männer, die in die Stiefel gesteckten Hosen. Sie laufen weg, gleich darauf wird das Auto angelassen, sie fahren davon, jetzt nicht mehr leise. Viktor spürt seine zitternden Hände, als er die Stelle betastet, aus der das Blut geflossen ist. Eine kleine Platzwunde, sehr klein, gemessen an der Scham, der Wut, der Verzweiflung, die er spürt.

Er geht zurück ins Haus, legt sich nicht wieder neben Bella, sitzt bis zum Morgen am Tisch in der Stube, im heller werdenden Licht die unzähligen bunten Kreuzstiche betrachtend, aus denen das Muster der Tischdecke besteht.

Dann bewegt sich die alte Frau in der Küche. Sie macht sich am Herd zu schaffen. Er hört die eisernen Ringe auf dem Herd, die mit dem Haken beiseite gezogen werden.

Viktor geht hinaus in den Garten. Am Abend, in der

Dämmerung, hat er nicht so prächtig ausgesehen. Sonnenblumen, Astern, Dahlien, Kohl, viel buntes Zeug, das er nicht kennt. Und alles mit taubesetzten Spinnweben überzogen. Die Sonne wird aufgehen und den Garten in einen funkelnden Palast verwandeln.

Viktor steht am Brunnen und wäscht sein Gesicht. Auf der Innenseite der Tür des Holzhäuschens hängt ein Spiegel im Celluloidrahmen an einem Nagel. Er betrachtet lange sein Gesicht, ist froh, daß er in der Nacht die Brille nicht getragen hat. Er sieht im Spiegel hinter sich die Sonne aufgehen.

Wie schön, ein Mann, sich im Spiegel betrachtend. Bella kommt aus dem Haus, versucht fröhlich zu sein. Viktors Erklärung, er habe sich in der Nacht beim Hinausgehen gestoßen, glaubt sie nicht.

Diese Leute waren hier, sagt Viktor. Nicht die von gestern. Ich kannte sie nicht. Aber sie kannten uns. Vielleicht haben wir sie übersehen, gestern.

Was für Leute meinst du, Viktor?

Viktor antwortet nicht. Die alte Frau tritt aus der Haustür. Sie hat eine weiße Schürze umgebunden.

Was sitzt ihr da herum! Kommt frühstücken. Ihr habt doch Hunger.

Bella und Viktor sitzen am Küchentisch und bestaunen die Speisen, die die Alte vor ihnen aufgebaut hat. Leuchtend rote Tomaten auf einem Holzteller, eingelegte Gurken, Paprika, Tomaten, ein Stück Butter, gelb und mit den Rillen der hölzernen Butterschaufel, mit der sie aus dem Faß auf den Teller befördert wurde,

Gläser mit Wurst und gebratene Eier. Das Brot ist noch warm. Es ist völlig unmöglich, nichts zu essen, die alte Frau damit zu kränken, daß sie nicht zugreifen. Sie sitzt am Tisch, paßt nur auf, daß die Gäste von allem probieren.

Ich möchte ihr gern Geld geben, sagt Bella, als die alte Frau einen Augenblick die Küche verläßt.

Das wirst du auch müssen. Sie hat ihre Vorräte angebrochen. Sie macht es gern, du siehst ja, aber irgendwann gegen Ende des Winters wird es gut sein, wenn sie ein bißchen Geld in Reserve hat. Ich glaube, sie wird dein Geld nicht ablehnen.

Bella umarmt die alte Frau zum Abschied.

Paß auf ihn auf, meine Tochter, sagt die. Sie sagt es ganz leise, Viktor soll sie nicht hören. Er ist ein guter Mann, paß auf ihn auf.

Sie steigen ins Auto, winken, aber die Alte hat sich schon umgedreht und ist ins Haus gegangen.

Was für Leute also?

Ich weiß nicht, sagt Viktor. Man erzählt sich, daß die Siedler nicht die einzigen sind, die Geld von den Deutschen bekommen. Bei uns sind in den vergangenen Jahren Gruppen entstanden, die ohne Hilfe von außen vielleicht nicht so unverschämt wären. Rechte Gruppen, meine ich, rechtsradikale. Die SS-Division Galizien hat sich in Lwow getroffen. Aus aller Welt sind Nazis angereist, um nach fünfzig Jahren Wiedersehen zu feiern. Tausend, sagt man. Was glaubst du, woher das Geld kommt, um tausend Nazis zu bewirten? Einige Gruppen sollen Verbindungen zu den volksdeutschen Siedlern haben. Könnte sein, daß ich ihnen heute nacht begegnet bin.

Bella antwortet nicht. Sie sieht angestrengt auf die Straße, die durch abgeerntete Felder führt, manchmal an einem Dorf vorbei. Da stehen Frauen in der Herbstsonne vor geöffneten Haustüren, füttern Hühner, hängen Wäsche über geflochtene Zäune.

Viktor hat Bella vor dem Londonskaja abgesetzt und ist davongefahren. Er wird das Auto zurückgeben, schlafen, sich von seiner Mutter verabschieden, sich von Bella verabschieden, abfahren.

Das Hotel ist leer, der Tisch in der Halle nicht besetzt. Ihr Zimmer ist aufgeräumt, kalt. Auf dem Fußboden hinter der Tür zum Badezimmer liegt ein Zettel. Als sie sich hinunterbeugt, um ihn aufzunehmen, sieht sie einen Augenblick ihr Gesicht im Spiegel: müde.

Zehn Uhr abends, Krasnaja-Hotel, Zimmer achtzehn, T.

Bella sieht auf die Uhr. Es ist sieben, sie wird ins Krasnaja gehen, dort essen und anschließend Tolgonai treffen. Ob Tolgonai weiß, wo die Mehring geblieben ist, interessiert sie nicht mehr. Sie wird die Verabredung einhalten, mehr nicht.

Bella wäscht sich die Hände, nimmt aus dem Kühlschrank im Zimmer Wodka und Orangensaft und setzt sich mit ihrem Glas ans Fenster. Unter den Akazien brennen Laternen. Sie weiß nicht, wie lange sie dort gesessen hat, als an die Tür geklopft wird. Sie steht auf und öffnet. Vor der Tür steht Viktor.

Ich fahre doch morgen, sagt er.

Es klingt wie eine Entschuldigung. Bella schließt die Tür hinter ihm. Während sie an den Kühlschrank geht, um ihm etwas zu trinken zu holen, liest Viktor den Zettel, der auf dem Bett liegt.

Wirst du hingehen?

Ja, sagt Bella. Wir könnten dort essen.

Sie trinken.

Ich möchte nicht, daß du abfährst, sagt Viktor.

Du fährst, antwortet Bella. Wenn ich du wäre, würde ich auch fahren.

Du kommst mit, sagt Viktor.

Er spricht leise, nicht bittend, eher, als sei es eine beschlossene Sache, daß sie zusammen wegfahren.

Bella sieht ihn an, lacht. Laß uns gehen, sagt sie. Wir feiern. Ich will mich nur umziehen.

Das Kleid, das sie mitgenommen hat, um die Mehring zu irgendwelchen Einladungen zu begleiten, kommt nun doch zu Ehren. Als sie aus dem Bad kommt, sieht sie verwandelt aus.

Sie verlassen das Zimmer. Den Zettel steckt Viktor ein. Zum Hotel Krasnaja brauchen sie nur zehn Minuten. Das Loch in der Nähe der Oper ist noch immer nicht zugeschüttet. Ein Hund schnüffelt daran herum. Vielleicht erinnert er sich an das Blut auf der Straße.

Im Krasnaja ist die Bar überfüllt. Sie benutzen einen Nebeneingang, um in den Speisesaal zu kommen. Der Speisesaal ist leer. Zwei Kellner sitzen beim Essen. Auf der Bühne im Hintergrund stimmen Musiker ihre Instrumente. Die Kellner beachten sie nicht. Ein dritter taucht auf, ein großer schlanker Mann, der sich freundlich nach ihren Wünschen erkundigt. Er sieht dabei Bella an. Als er sich Viktor zuwendet, erkennen sie sich, lächeln, ohne etwas anderes zu besprechen als die Folge der Speisen und Getränke.

Ein Kollege, sagt Viktor, als der Kellner gegangen ist. Was er gemacht hat, war so geheim, daß selbst wir anderen nichts genaues darüber wußten. Ich dachte, sie hätten ihn eingekauft.

Seine Stimme klingt zufrieden. Manchmal, während der Kellner sie bedient, scheint es Bella, als tauschten Viktor und er ein schnelles Lächeln des Einverständnisses. Das Essen ist gut. Der Wodka ist kalt.

Soll ich mitkommen? fragt Viktor, als Bella auf die Uhr sieht.

Nein, weshalb. Iß ruhig weiter und warte auf mich. Ich bin gleich zurück.

Sie steht auf, verläßt den Speisesaal, sucht den Aufgang zu den Hotelzimmern. Sie geht über eine breite Steintreppe. Auf den flachen Stufen liegt ein zerschlissener Läufer. Der Stein neben den Läuferrändern ist schmutzig. Im ersten Stock findet sie das Zimmer. Sie tritt ein, ohne anzuklopfen. Das Zimmer ist beinahe dunkel, nur auf einem Tischchen vor den Betten brennt eine winzige Lampe. Neben dem Tischchen stehen zwei Sessel. Tolgonai sitzt mit dem Rücken zu den Fenstern. Die Vorhänge sind zugezogen. Sie sieht Bella entgegen.

Wieder ist Bella von ihrer Schönheit berührt. Sie setzt sich in den zweiten Sessel und wartet. Tolgonai sieht sie an, als taxiere sie, welche Wirkung ihre Worte haben werden.

Ich hab Ihre Freundin gefunden, sagt sie. Sie ist tot. Sie war nicht meine Freundin, antwortet Bella. Ich möchte trotzdem wissen, was geschehen ist.

Man hat sie entführt, sagt Tolgonai. Es wird sich um Erpressung gehandelt haben. Hier ist Krieg. Sie wurde gefesselt. Ich hab den Entführer getötet. Nicht ihretwegen. Ich wußte nicht, daß die Frau bei ihm war. Sie ist erstickt. Wenn ich es gewußt hätte, hätte ich ihr geholfen. Ich weiß nicht, ob sie schon tot war, bevor ich ihn getötet habe.

Sie schweigt, wartet auf Bellas Reaktion. Bella antwortet nicht. Sie versucht herauszufinden, weshalb ihr gleichgültig ist, was Tolgonai über den Tod der Mehring sagt.

Da spricht Tolgonai weiter. Ich habe auch Sergej getötet und Irina, sagt sie.

Jetzt sieht Bella sie aufmerksam an. Was redet die Frau da. Was soll das Gerede vom Töten.

Die Miliz sucht mich. Ich kann nicht länger hier bleiben. Sie werden mir helfen. Jetzt werden Sie mir helfen.

Wobei? fragt Bella.

Das Gesicht der Frau ihr gegenüber bleibt ruhig. Oder ist um den Mund ein Lächeln? Schatten sind da, die kleine Lampe läßt das Gesicht im Schatten.

Ich werde Odessa verlassen, sagt Tolgonai. Ich werde nach Deutschland gehen. Sie werden mir ein Visum besorgen. Ein Visum für Deutschland.

Alles, das Gespräch über Tote, die sie nicht kennt, der feuerrote Keil auf dem Kinn der Frau ihr gegenüber, ihr weißes, von der kleinen Lampe erhelltes Gesicht in der Dunkelheit des Zimmers, die absurde Forderung, dieser Frau ein Visum zu besorgen, erscheint Bella unwirklich. Sie möchte lachen, um ihre Verwirrung zu verbergen. Irgend etwas hindert sie daran, vielleicht die Ahnung einer anderen Wirklichkeit, einer, die mit ihrem eigenen Leben nicht vergleichbar ist? Sie schüttelt den Kopf.

Warum, selbst wenn ich es könnte, sollte ich das tun. Ich weiß nicht, was Sie getan haben und wer die Toten sind, von denen Sie sprechen. Ich kenne Sie nicht. Weshalb sollte ich Ihnen helfen, wenn Sie schuldig sind.

Die Frau ihr gegenüber steht auf, langsam, einen Augenblick lang glaubt Bella, sie wird auf sie zukommen, sie bedrohen. Aber sie geht zum Fenster, öffnet die Vorhänge einen Spalt, sieht auf die Straße. Fürchtet sie, verfolgt zu werden? Als sie zu sprechen beginnt, wendet sie Bella den Rücken zu.

Hör zu, soviel Zeit haben wir noch. Dann entscheide. In dem Dorf, in dem ich geboren bin, und in allen Dörfern der Umgebung, kommt es vor, daß die

Männer Frauen rauben, wenn sie sie heiraten wollen. Die Frauen werden nicht gefragt. Sie werden geraubt, vergewaltigt und geheiratet. Es gab einen Schlachter, dessen Namen ich nie mehr ausspreche. Er stand auf dem Turkestanischen Markt am Schlachtblock. Wenn ich vorbeikam, machte er mir Zeichen. Er hielt mir dicke, bluttriefende Fleischstücke entgegen. Das war seine Art der Werbung. Er hat gesehen, daß ich mich ekelte, vor ihm und vor dem Fleisch. Sie haben die Hochzeit vorbereitet, seine Freunde, seine Familie. Das wußte ich nicht. Ich habe den Kindern auf der Kolchose Sportunterricht gegeben. Eines Abends, als ich nach Hause ging, haben sie mich – Ein Auto hielt neben mir. Es war das Auto des Schlachters. Sie haben mir die Arme verdreht, mich in das Auto gezerrt und auf den Boden geworfen. Die Hochzeitsgesellschaft hat schon gewartet. Ich war das gebundene Tier, das sie aus dem Auto getragen, das sie zur Tafel getragen haben. Ich konnte mich nicht wehren. Es war ihnen ein Vergnügen, dabei zuzusehen, wie der Schlachter sich seines Tieres annahm. Man hat uns verheiratet. Zwei Nächte später bin ich geflüchtet. Ich bin nach Hause gekrochen. Meine Mutter und meine Großmutter haben mir Benzin gegeben, damit ich mich verbrenne. Unser Dorf, haben sie gesagt, hat hohe Mauern, darüber erheben sich auch deine Flammen nicht. Alle Dörfer bei uns haben hohe Mauern. Selten erheben sich die Flammen darüber, in denen junge Frauen im Feuer zugrundegehen. Ich hatte sie trotzdem gesehen.

Ich hatte auch ihre Schreie gehört. Jetzt war ich an der Reihe. Ich war eine von denen. Oder ich hätte zurückgehen müssen. Ich ging zurück. Ich nahm das Benzin mit. Der Mann, dessen Namen ich nicht mehr ausspreche, ist tot. Ich bin geflohen. Du hast nicht gesehen, was ich gesehen habe. Tolgonai schweigt.

Und hier, fragt Bella, was war hier?

Tolgonai wendet sich um, kommt zurück, setzt sich Bella gegenüber an den Tisch. Der rote Keil auf ihrem Kinn leuchtet beinahe schwarz.

Meiner Mutter haben sie die Seele getötet. Meiner Großmutter haben sie die Seele getötet. Meine Seele haben sie nicht umgebracht. Sie ist nicht verbrannt in dem Feuer, das ihr zugedacht war. Sie hat trotzdem Schaden genommen. Sie hat keine Angst mehr.

Tolgonai schweigt und sieht Bella an. Bella begreift, was die Frau, die da vor ihr sitzt und ihre Hilfe erwartet, gerade gesagt hat.

Aber irgendwann wird man sie fangen, auch wenn sie keine Angst hat. Man wird sie ins Gefängnis werfen, in ein Straflager bringen, dort bis an ihr Lebensende gefangenhalten. Weil es kein Recht gibt. Weil sie versucht hat, dem Entsetzlichen mit entsetzlichen Mitteln Einhalt zu gebieten.

Und sie, Bella? Was wird sie tun? Wird sie zurückfahren in das Land, das sie nicht liebt? Wird sie geschehen lassen, daß Tolgonai vernichtet wird?

Der Gedanke, der ihr durch den Kopf geht, ist wahnsinnig.

Bleiben Sie hier, ich bin gleich zurück, sagt sie und verläßt das Zimmer.

Viktor unterhält sich mit dem Kellner. Bella bedeutet ihm, sitzen zu bleiben.

Ich möchte nach Deutschland telefonieren, sagt sie. Es ist wichtig.

Der Kellner führt sie in ein kleines Büro und läßt sie allein. Sie wählt Olgas Nummer und wartet. Niemand meldet sich. Hat sie sich verwählt? Sie versucht es noch einmal. Nichts. Sie wird zuerst Kranz anrufen und es dann noch einmal bei Olga versuchen.

Kranz ist sofort am Telefon.

Ich rufe aus Odessa an, sagt Bella. Es ist sehr kompliziert für Sie, alles zu begreifen, was ich Ihnen sage. Bitte, versuchen Sie es ohne allzu viele Fragen. Ihre Nichte ist tot. Man hat sie ermordet, vielleicht war's auch ein Unglück. Wußten Sie, was sie hier wirklich wollte? Sie hatte vor, nach den deutschen Dörfern zu suchen, die ihr Großvater während des Krieges aufbauen half. Davon hat sie sich irgend etwas versprochen, billige Arbeitskräfte vielleicht. Sie hat gewußt, was die Deutschen hier getan haben. Damals. Es war ihr egal. Sie wollte die alte Politik mit anderen Mitteln fortsetzen.

Kranz antwortet nicht. Dann sagt er: Bella, Ihre Mutter ist tot. Möchten Sie –

Bitte, sagt Bella, ich rufe gleich noch einmal an.

Sie sitzt auf einem hölzernen Stuhl in einem fremden Büro. Der Schreibtisch, auf dem das Telefon steht, ist leer. Die Wände sind mit gelber Ölfarbe gestrichen. Die Farbe ist nachgedunkelt. Neben der Tür steht ein Hocker, darauf ein leeres Tablett. Das Fenster ist hoch. Die schwarze Jalousie davor ist heruntergelassen. An der Decke brennt eine Glühbirne. Die Lampenschale ist zerbrochen. Spitze Milchglaszacken sind übriggeblieben. Bella sieht auf ihre Hände. Diese Hände waren Olgas Händen ähnlich.

Sie wird nicht zurückgehen.

Jetzt muß sie es Olga nicht mehr sagen. Olgas Hände wählen die Nummer von Kranz.

Ja?

Ich werde nicht zurückkommen, sagt Bella. Ich werde nach Rußland gehen. Ich glaube nicht, daß ich noch einmal Sehnsucht nach Deutschland haben werde. Ich ertrage dieses Land jetzt nicht. Ich werde einer jungen Frau ein Visum kaufen, mit dem sie nach Deutschland einreisen kann. Sie wird sich bei Ihnen melden. Holen Sie sie am Flughafen ab, und bringen Sie sie in mein Haus. Sorgen Sie dafür, daß sie dableiben kann. Bitte.

Kranz bleibt still. Bella wartet. Schließlich hört sie seine Stimme.

Sind Sie sicher, daß alles so richtig ist?

Ja, sagt Bella. Sehr richtig.

Ich tue, was Sie möchten. Aber ich bedaure sehr, daß wir uns – Ich hatte mir vorgestellt –

Leben Sie wohl, Kranz, danke für alles, sagt Bella und legt auf.

Der Kellner sitzt noch immer neben Viktor am Tisch. Die Musiker packen ihre Instrumente ein. Bella hört ihre eigenen Schritte, als sie durch den Saal geht.

Was ist los? Viktor sieht sie an. Der Kellner sieht sie an. Bella setzt sich zu ihnen.

Der Bundesnachrichtendienst, glaube ich, sagt der Kellner gerade. Die Deutschen brauchen waffenfähiges Uran. Da hätte ich Geld verdienen können. Die kamen direkt aus München.

Bella zieht Geld aus der Jackentasche und legt es auf den Tisch.

Kann man dafür ein deutsches Visum kaufen? fragt sie.

Dürfte nicht schwer sein, antwortet Viktors Freund. Kostet eine Kleinigkeit mehr, dauert ein paar Tage. Dürfte nicht schwer sein.

Schnell, sagt Bella, es muß schnell gehen.

Willst du nicht sagen, was los ist?

Später, sagt Bella, ich erzähle dir nachher, worum es geht. Vielleicht mußt du noch einen Tag warten mit der Abreise.

Kastner ist in der Zeitung mit Lob bedacht worden. Er ist der Held des Tages. Er fühlt sich trotzdem mies. Vor ihm auf dem Schreibtisch liegen Zeitungsausschnitte. Niemand hat die Partei von Kranz ergriffen. Das Weichei hat sich lächerlich gemacht. Die Befriedigung, die ihm der Gedanke verschafft, ist gering. Die drei Bimbos, die er in der Gemeinschaftszelle verarztet hat, haben ihm auch nicht geholfen. Er fühlt sich schlecht. Wenn er nach draußen sieht, was sieht er? Schwarze, Kurden, Russen, Kriminelle. Die Maßnahmen, die er sich ausdenkt, sind unzureichend. Sie sind lächerlich bei offenen Grenzen. Er wird hier weggehen. Aus der Schublade im Schreibtisch zieht er verschiedene Blätter, legt sie auf die Zeitungsausschnitte, betrachtet die aufgedruckten Adressen. Soll er sich beim Grenzschutz bewerben? In Rheinland-Pfalz hat die Polizei eine erfolgreiche Zusammenarbeit mit der Ukraine begonnen. Da sind sie weiter als hier. Soll er nach Rheinland-Pfalz gehen? Oder lieber gleich in den Osten? Er wird mit seinen Leuten darüber reden.

Vor dem Fenster spazieren zwei Strichjungen vorbei. Arm in Arm, mit blonden Wuschelköpfen. Ihr Anblick ist schwer zu ertragen.

Weshalb tun Sie das, sagt Viktors Mutter.

Sie sitzt auf einem Stuhl in der Küche. Ihre Füße liegen auf einem zweiten Stuhl. Sie hat die Schuhe ausgezogen. Bella steht vor ihr, um sich zu verabschieden.

Lieben Sie ihn?

Nein, sagt Bella, ich glaube nicht.

Weshalb tun Sie es dann. Das Leben dort wird nicht einfach sein.

Ich will nicht zurück, antwortet Bella. Vielleicht ist es ja eine Flucht. Mein Großvater –

Ich weiß, sagt Viktors Mutter. Viktor hat mir erzählt, wer Ihr Großvater war. Dann sollten Sie sich daran erinnern, weshalb Ihre Mutter aus Rußland geflohen ist. Vielleicht haben wir nicht weniger Menschen auf dem Gewissen als die Deutschen.

Meine Mutter ist tot, sagt Bella. Ich werde nicht zurückgehen.

Die alte Frau sagt nichts. Vor dem Fenster hängt Efeu, der das Licht in der Küche verdunkelt. Bella hört Viktor im Hof sprechen. Vielleicht verabschiedet er sich von den Hausbewohnern.

Geben Sie mir meine Schuhe, sagt die alte Frau.

Sie steht auf, behender, als Bella erwartet hat, und nimmt die Schuhe entgegen.

Ich freu mich für Viktor, sagt sie.

Sie spricht zu ihren Füßen, während sie die Schuhe anzieht. Dann richtet sie sich auf. Sie lächelt.

Gilt Ihr Paß lang genug? Bei uns sagt man: Der Mensch besteht aus drei Teilen, aus dem Körper, der Seele und dem Paß.

Der gilt, sagt Viktor, der zur Tür hereinkommt. Wir haben alles, was wir brauchen. Wir können gehen.

Ich möchte Ihnen das hier geben, sagt Bella.

Sie nimmt das Tagebuch aus der Jackentasche und hält es ihr hin. Vielleicht gibt es ein Archiv, das solche Dinge aufbewahrt.

Viktors Mutter legt das Buch beiseite. Sie verabschieden sich. Als sie die Küche verlassen, haben sich vor der Haustür die anderen Bewohner versammelt. Man begleitet sie zur Haltestelle der Straßenbahn. Viktors Mutter bleibt in der Toreinfahrt zurück.

Auf dem Bahnhof sitzen sie in der Sonne auf einem eisernen Gepäckkarren. Neben ihnen schlafen ein paar Kinder auf großen Taschen. Die Eltern, ein magerer Mann und eine übermüdete Frau, sprechen nicht miteinander. Erst als der Zug nach Warschau abgefahren ist, nach Westen, ins gelobte Land, sind plötzlich weniger Menschen auf dem Bahnsteig. Sie können die Beine ausstrecken. Dann fährt der Zug ein, auf den sie gewartet haben.

Es ist soweit, sagt Viktor.

Bella antwortet nicht. Sie nimmt ihr Gepäck auf und geht voran. Zwei Tage und zwei Nächte werden sie unterwegs sein, bevor sie zum erstenmal Station machen. Sie hat keine Vorstellung davon, wie ihr neues Leben aussehen wird. Es ist ihr recht, so wie es kommt.

Kranz steht in der Flughafenhalle und wartet auf die Maschine aus Odessa. Bella hat ihm die Frau beschrieben, auf die er wartet. Tolgonai – merkwürdiger Name. Sie spricht nicht deutsch, aber sie soll schnell lernen. Er hofft, daß er ihr klarmachen kann, weshalb sie nicht sofort Bellas Haus aufsuchen werden. Er wird Tolgonai zu Olgas Beerdigung mitnehmen, bevor er sie in ihr

Haus bringt. Ihr Haus – er ist erstaunt, wie selbstverständlich ihm die Situation vorkommt.

Als sie durch die Tür tritt, erkennt er Tolgonai sofort. Sie ist groß und trägt einen merkwürdigen roten Keil auf dem Kinn, der ihrer Schönheit nichts anhaben kann.

Später, da spricht sie schon seine Sprache, wird sie ihm erzählen, daß sie den Keil gemalt hat, als das Flugzeug nach der Landung in Wien weiterflog. Da hat sie keine Entdeckung mehr gefürchtet.

Kranz stellt fest, daß die seidenen und glitzernden Auslagen in den Luxusschaufenstern der Ankunftshalle neben ihr lächerlich wirken. Draußen nehmen sie ein Taxi nach Ohlsdorf. Die Trauergemeinde ist schon versammelt. Kranz und die fremd aussehende Frau werden nicht beachtet. In der Rede am Grab wird von Arbeiterklasse, Kampf und Frieden gesprochen. Kranz beobachtet Tolgonai, die sich neugierig umsieht. Er verzichtet darauf, Erde ins Grab zu werfen. Es kommt ihm vor, als sei er dazu nicht berechtigt. Als sie sich zum Gehen wenden, kommt eine ältere Frau zu ihnen. Sie hält ein Buch in der Hand.

Sie sind der Mann, der für Olgas Tochter gekommen ist. Das hier sollen Sie ihr geben. Olga wollte, daß ihre Tochter das Buch bekommt. Und danke, daß Sie gekommen sind.

Die Frau drückt ihm ein Buch in die Hand und schließt sich den anderen an, die schon gehen. Er sieht ihnen nach. Vielleicht vierzig oder fünfzig alte Leute, die meisten sind Frauen. Sie wirken müde und traurig.

Im Taxi, neben Tolgonai, die die Stadt mit unverhohlener Neugierde betrachtet, schlägt er das Buch auf.

Leb wohl, Kind, sieh auf deinen Weg.

Die Schrift ist krakelig und wird am Ende immer kleiner.

Er blättert, findet einen handgeschriebenen Zettel, liest:

> Die Späher Attilas gehen als Touristen
> verkleidet durch die Museen und beißen in
> den Marmor
> messen die Kirchen aus für Pferdeställe
> und schweifen gierig durch den Supermarkt
> den Raub der Kolonien den übers Jahr
> die Hufe ihrer Pferde küssen werden
> heimholend in das Nichts die erste Welt.

Merkwürdige Frau, diese Olga.

Tolgonai neben ihm zeigt auf ein Gebäude und sieht ihn fragend an. Das ist ein Museum, sagt Kranz, obwohl er weiß, daß sie seine Worte nicht versteht.

Die Zitate sind folgenden Werken entnommen:

Motto: Heiner Müller: Hamletmaschine, Berlin 1994
Seite 22: Zbigniew Herbert: 1969, zitiert nach Programm 4/1995 der Schaubühne, Berlin
Seite 50, Seite 258: Bertolt Brecht: Die Gedichte von Bertolt Brecht in einem Band, Frankfurt 1981
Seite 69: Alexander Block: Ausgewählte Werke, Bd. 1, Berlin 1978
Seite 283: Heiner Müller: »Kalkfell«, Hrsg. Frank Hörnigk, Martin Linzer, Franz Raddatz, Wolfgang Storch, Holger Teschke, Berlin 1996

Doris Gercke

Kein fremder Land
Roman
288 Seiten, gebunden

◆

Auf Leben und Tod
Ein Bella Block Roman
208 Seiten, gebunden

Dschingis Khans Tochter
Ein Bella Block Roman
288 Seiten, gebunden

Ein Fall mit Liebe
Ein Bella Block Roman
224 Seiten, gebunden

◆

Eisnester
Gedichte
80 Seiten, gebunden

KRIMINALROMANE BEI GOLDMANN

Keiner versteht mehr von der Kunst des Mordens als diese Meister des Genres

4945

5959

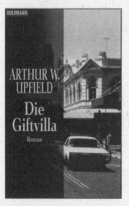

180

3108

GOLDMANN

ANNA SALTER

Ein brillanter, mitreißender Spannungsroman für alle Leser von Patricia Cornwell, Minette Walters und Elizabeth George

43859

GOLDMANN

Das Gesamtverzeichnis aller lieferbaren Titel erhalten Sie im Buchhandel oder direkt beim Verlag.

Taschenbuch-Bestseller zu Taschenbuchpreisen
– Monat für Monat interessante und fesselnde Titel –

✳

Literatur deutschsprachiger und internationaler Autoren

✳

Unterhaltung, Thriller, Historische Romane
und Anthologien

✳

Aktuelle Sachbücher, Ratgeber, Handbücher
und Nachschlagewerke

✳

Esoterik, Persönliches Wachstum und
Ganzheitliches Heilen

✳

Krimis, Science-Fiction und Fantasy-Literatur

✳

Klassiker mit Anmerkungen, Autoreneditionen
und Werkausgaben

✳

Kalender, Kriminalhörspielkassetten und
Popbiographien

Die ganze Welt des Taschenbuchs

Goldmann Verlag · Neumarkter Str. 18 · 81673 München

Bitte senden Sie mir das neue kostenlose Gesamtverzeichnis

Name: _____

Straße: _____

PLZ/Ort: _____